后浪

寻找

Finding
Jin Fuzhen

金福真

南山 著

贵州出版集团
贵州人民出版社

1 平安夜

2009 年 12 月 24 日 22 点 49 分，金福真还没有下班。

她正把店里新到货的皮包一个一个拿出来，轻轻打开，又轻轻塞进填充用的揉纸，再细细上油，抚平每一个角落，直到包包每一面都展现出柔和的光泽，她才小心地把它摆到橱窗上。

这时，她看到一个暗红色的手拿包，小小的，很精致，上面用烫金工艺烫了一头小小的大象。金福真很喜欢，拿到镜子前比画，哼着歌，摆各种姿势，自我沉醉。突然，她脸一红，觉得自己的样子很可笑，急忙环顾四周，并没有旁人，对面的服装店已经关门了，隔壁的鞋店早就拉上了卷帘门。

带着羞涩把包包重新放好，金福真听到有小孩子拿着玩具从店门口跑过，玩具唱着"we wish you a Merry Christmas and a happy new year"。

她知道什么是圣诞节，有个老头会给孩子们送礼物，是女儿告诉她的。想到女儿，她突然意识到明天是星期五，女儿说想吃比萨。数了一下包里的钱，这次不用去小吃街的小店子了，可以带女儿去吃必胜客，她一定会很高兴的。最好再叫一个同学，这样女儿可能会觉得更好。想到这里，金福真不由得笑起来。

她自言自语道："先回家吧，再晚她都要睡了。"

断电，检查工作间，锁好卷帘门。临近十一点半，金福真才走在回家的路上。

这座城市的冬天不算太冷，只是昼夜温差大。她搓一搓手，搓热以后赶紧夹在胳肢窝下面。

金福真有点胖，手臂和身子连接的地方挤满了肉，工作服被撑得鼓鼓的，像灌好的香肠。她双手夹在胳肢窝里，看起来很滑稽。

走着走着，她突然想到下班前发生的事情，同事小李觉得自己抢了她的客人，分外生气，直接在店里骂起来：

"金姐，你不能总是这样吧，我先接进来的客人，你抢了能挣多少钱？不就一个钱夹吗，这你都要抢？"

金福真连连摆手："不是的，不是我要抢，之前这个客人的皮带是我改的，这次专门来找我，先前打了电话的。"

想到这里，金福真心里一阵颤抖，进城十几年了，她还是很怕这种与人争执的时刻。其实，今晚不该她盘点、摆橱窗和关店的，但是每每有人责难，她难免觉得自己错了，想赶紧做点什么来弥补，代替加班就是一种方式。

很多时候，她也知道错不在自己，但那一刻，对方质问自己的那一刻，就偏会觉得自己错了。

和同事是如此，和女儿是如此，和丈夫更是如此。

金福真原本不叫金福真，叫金富珍。女儿五年级时，说金富珍这个名字真的太土了，像乡下来的，有一股泥巴味。

丈夫程明听完哈哈大笑起来，说："你妈本来就是乡下来的，我认识她的时候，她连县城，不对，连她们镇都没去过。"

"哎呀，你去改名字嘛，好土哦。"女儿冲她喊。

"改名字不方便吧，证件什么的都要改吧？是不是很复杂？"

"你又没什么证件，改一下结婚证和户口本就行了。"丈夫在一旁边用牙签剔牙边对她说，"可以把健健的名字也改一下，你们一起去，免得跑两趟，哈哈哈！"

女儿听了脸一沉，放下碗筷，砰的一声摔上房门。

程明把牙签丢在桌上，看看关上的房门，再看看捧着碗默默吃饭的金福真。

她的头发已经很油了，不知道是没来得及洗，还是本来就很油，或者胖子的头发容易油，从来没见过她干干净净、清清爽爽的样子。头发永远那样油腻地粘在大脑门上；后脖颈永远有一道肉堆出来的褶子，褶子里也不知道是脏的还是磨的，暗暗发黑；胳肢窝永远在出汗，浸湿一大块衣服；手指肉乎乎的，看不到骨节，像几只肉虫。

身上混合着油烟味、汗味，还有护理婆婆沾上的药膏味。她自己已经习惯了，但店里的同事经常说她臭，聚餐也很少带她。其实就算他们愿意带，她也没空，她总是急着赶回家。家里要做的事情太多太多了，像是这个家只有她一个人干活。

金福真没有看丈夫，也没有看房门，只是默默地吃饭。她端起盛青椒炒豆干的盘子，把油水倒进米饭里，拌了几下，囫囵吃进去。

婆婆在一旁叽里呱啦地骂起来，听不清在骂什么。

程明什么也没说，脸上露出微妙的表情，起身出门了。

金福真把饭桌收拾了，把瘫痪的婆婆抱回床上，给她换上新的尿不湿。婆婆依旧口齿不清地咒骂着。她已经快八十岁了，瘫痪了十多年，金福真伺候了十多年，她依旧骂她。

一开始还能听清楚骂乡巴佬、倒贴货、烂肚子，后来就渐渐听不清了。婆婆几乎不怎么睡觉，整天睁着眼睛，直勾勾地盯着地上。即便在夜里，也偶尔能听到她的咒骂声和哭声。

收拾好婆婆撒了一地的米饭，把轮椅折叠起来放好，金福真又从洗衣机里拿出衣服，晾在阳台上。楼下的老头伸出头，又开始骂："有爹生没妈教的，晒个鸟的衣服，烂屎婆娘！"

金福真看了他一眼，只当没听见，继续晾衣服，但在下面接了一把伞。不远处又腾起一片灰，缓缓地朝四周散开。隔壁村在拆房子，工地上的灰很大，飘得很远。

衣服即使晾干，也总是灰的、潮的。楼下的老头即使骂骂咧咧，也永远没有机会住进新房里，他的儿女们不知道来吵过多少次，争过多少次。等房子拆了，他只能住城郊私人敬老院的四人间，闻着自己的屎臭味、尿臭味，慢慢等死。

金福真有时候会想，其实在家里等死和在敬老院里等死，又有什么不同？人从自己不能决定自己生活的那一天开始，不就等于已经死了吗？活着说不了想说的话，做不了想做的事，不就已经死了吗？

其实金福真家，应该说程明家，房本上并没有金福真的名字。听说这个片区也要拆了，应该要不了多久了吧。拆了，或许一切都会改变。或许他们一家能像东区的人一样，搬到西北新城的新小区里。听说那边还是学区房，刚好女儿要上中学了。她也不用再花一小时四十分钟坐公交去上班。

她想要一间宽敞的浴室，能伸开四肢舒舒坦坦地洗个热水澡。厨房和卫生间可能也不会挤在一起了吧。女儿也能有一间自己的房间，不必和他们两口子共用一个用帘子隔开的卧室。又或许，自己也能有一间卧室，还可以有一个梳妆台。她每天起来洗漱好以后，可能会坐在梳妆台前，仔细梳自己的头发。

她一直很想烫一个卷发，店里的小姑娘说烫完会显得头发多，还会像那个大明星高秀明。她不知道高秀明是谁，只是觉得像明星挺好的。

有一天，她上晚班，于是上午去派出所改名字。别人调侃她，四十多岁了还要改名字呀，她只是腼腆地笑笑。

她自己想了很久，要改成金福真。女儿说挺好听的，像韩国人。

金福真还没走到家，才走了三分之一的路程。她把围巾重新整理了一下，把耳朵和鼻子包起来，又拿出小手电照明。

回家要穿过一个长长的城中村，叫马厂大村。马厂大村的两头，连接着繁华的商业区和马厂中村，马厂中村就是正在拆迁的片区。沿着围挡再走八九百米，就能到位于马厂下村的家了。

村里只有几盏路灯，有的亮，有的不亮。偶尔有狗叫两声。村口的垃圾堆放处经常有几十只老鼠在翻东西吃，有时候太多了，还会不小心踩到它们。第一次看到的时候，她吓得不轻，十几双眼睛在黑夜里盯着她，怪瘆人的。现在她已经习惯了，走到垃圾场之前用力跺几下脚，咳嗽两声，它们会得到信号，集体钻进垃圾里躲起来，等她走了再出来觅食。

她心里计划，到家以后先冲点感冒药喝，然后问女儿功课做完没有；如果婆婆把裤子拉脏了，可能要先洗婆婆，自己再洗澡。

啊，对了，店长通知明天交两张身份证复印件，说是要办什么证。明天要早点去复印，药店旁边好像有打印店吧。可以先去买菜，再去复印，不，还是先回家弄饭，上班路上再去复印……

想着想着，金福真眼前突然出现一个黑影，她吓了一跳，手电光颤了一下。原来是一个男人靠着电线杆在抽烟。男人和自己差不多高，比自己瘦，穿得不多，只看得到衬衣和夹克，是20世纪90年代流行的那种夹克。那男人微微弓着身子，头发稀疏，看起来不太有精神。金福真觉得可能是个老人。

这么冷的天，这么晚了还在路边抽烟，大概日子不太好过。金福真在心里笑了一下，为了省8块钱的打车费，半夜走在黑咕隆咚的路上，自己又能好到哪里去，还可怜别人，真是闲得很。

她没有管他，看着前面的路，加快脚步，想快点回家。

突然，什么东西勒住了她的脖子，金福真下意识用手去拉，好像是根电线一样的东西。电线不断收紧，她用手紧紧拉着，但还是被勒得想吐。手电从手里滑落，掉在地上发出"咚"的一声。周围的狗又叫了起来。

她死命拽住电线，拼命挣扎，像头待宰的猪一样剧烈地扭动身躯，身后的男人几次被她扭得差点跌倒。他把电线两头扭结在一起，转过身用背狠狠地抵住她的背。

金福真没了力气，沉沉地往下坠。男人的手猛地一松，她闷声倒在地上。

男人的手抖得厉害，瘦瘦的身子剧烈地颤抖着，他从地上捡起没有熄灭的烟屁股，用力吸了几口。他的额头和脖颈布满了汗珠，嘴唇发紫，上下牙止不住地发颤，发出轻微的敲击声。

很快，他把烟踩熄，去翻女人的包。包里有一双鞋，是一双女式皮鞋，被挤得变形了，发出脚汗的臭味；有一大包湿纸巾，看起来只用了几张，他抽出一张擦了下脸，愣了愣神，又赶紧把纸巾揉成团揣进兜里；还有一把小锤子、一串钥匙、几张传单、好几包印着男科广告的劣质纸巾。

"操！"男人骂了一句。

他定了定神，去翻女人的身子，她的衣领被汗浸湿了，腋下也是湿的。他用了很大的劲把她翻了一面，露出另一边的衣兜。

找到了，钱包在衣兜里。里面有几张卡、身份证，还有一点现金。男人急匆匆地把现金装进裤兜里，钱包丢在地上。又想到手机，在她裤兜里找到了，慌乱中按亮屏幕，一个小女孩在冲他笑。他慌得不行，手忙脚乱地把手机卡拔出来，用牙咬断，揣进兜里。

他环顾四周，没有人，只有老鼠。贴着墙根往拆迁工地走，腿抖得不行，他扶着墙，定了定神。突然想到什么，又往回走。

女人还躺在那里，一动不动。他突然冷静了许多，捡起钱包和身份证装进衣兜里，然后用滚轮胎的方式把女人往垃圾堆的方向推。她太重了，翻一面要使好大的劲，折腾了五六分钟，也只翻了两次而已。

男人突然笑起来，接着又哭了，他和女人一样仰面躺在地上，身子一抽一抽的，有节奏地啜泣着。没有月光，也没有灯光，耳边是老鼠窸窸窣窣的声音，偶尔有塑料袋的声响，鼻腔里都是垃圾堆的酸臭味和发酵以后的刺鼻味道，他甚至能闻到一点酒味。

"我这是在干什么啊！"男人突然大喊。

他咬住自己的右手手臂，失声痛哭着，眼泪顺着太阳穴流进耳朵，像游泳的时候耳朵进水一样，周遭的声响突然变得瓮声瓮气了。

他只是不断地流泪，看着这个城中村上方漆黑的夜空，和周边商业区的霓虹灯有一条明显的分界线。在这团有边界的黑暗中，一个什么东西向他袭来。

砰的一声，金福真拿一个酒瓶子敲在男人头上，正中太阳穴。

她从昏迷中醒来，发现男人躺在她旁边，她把头微微左转，看到他的双脚正一下一下地颤动。脖颈疼得要命，舌根也疼得要命，身子止不住地战栗，恐惧再度占据了她的脑海。她右手慢慢摸索着，摸到一个酒瓶，她猛地坐起身，一下子砸在男人头上，正中太阳穴。

酒瓶碎了，她手里只剩一个瓶颈。太黑了，什么也看不清楚，她跌跌撞撞地站起来，心里的恐惧放大到了极点，她只想快点跑到商业区的光亮中。

跑了两步，她腿一软跌倒了，倒在垃圾堆旁，手上沾满了酸臭的黏黏的混合物。垃圾的味道突然变得更刺鼻了，金福真呕吐起来。

她感觉自己要死了，感觉脖子要断了，感觉胃要从喉咙里掉出来了。

头发粘在嘴边，和呕吐物混合在一起，她把头发拨到耳朵后面，跪坐在地上。然后猛地爬回男人的身边，去探他的鼻息。

是血！热热的，黏黏的，是血！

金福真很怕血，过年期间常因洗鱼的腹腔想吐，婆婆会骂她"没用的东西"。

她颤抖着，憋着气，去摸男人的鼻子，没有气息。

金福真一屁股坐在地上，大口大口地喘着粗气。她快窒息了。她的胸腔起伏得像海上的浮标，反胃的感觉再度来袭，呕吐物冲到嘴边，她下意识用手去接，呕吐物顺着指缝落下来，落在男人躯体上。

她的眼球发胀，手心发凉，脑袋凉得要命。

"得报警，得报警，是他要杀我，不是我要杀他。我不是故意的，我不是故意的。警察会查清楚的，不是我的错，不是我的错。"

她摸自己的裤兜，没有找到手机，又去摸男人的兜，找到了。她颤抖着开机，一阵开机音乐过后，屏幕亮了，女儿冲着自己甜甜地笑。

金福真突然清醒了。"我这是杀人啊。我杀人了。不管是不是他先要害我，我都杀人了。"

她捏着手机，看着女儿的脸，眼泪喷涌而出，她的大脑快速转动着，梳理着眼前这件事。

"如果我被抓了，女儿就会变成劳改犯的女儿，她不能考公，说不定高中、大学政审都通不过。

"女儿想当医生，想考医学院。

"我杀人了。

"我不能，我不能被抓。

"不可以，不可以，绝对不可以，就算是我现在就死，也不可以对女儿有一点点影响。

"可即便是我现在就死，我也是杀人犯。

"对，消失，只要我消失了，一切就会好的。"

2　黑车

　　月光落在城中村的土路上，被建筑物切割成不规则的形状。

　　金福真尽量不去看那具尸体，一边流着眼泪，一边整理东西，自己的皮包、湿纸巾、钱包、身份证、不远处的手电……

　　她异常地仔细，一样一样地检查着地上的东西，细心收好。还有那个酒瓶子，她用湿纸巾把瓶颈擦了又擦，和地上的碎片一起扔进垃圾堆里，又刨了许多垃圾把它们埋起来。

　　埋好后，又折回去，用手电照着男人，满脸是血。这时候她才发现这个人并不老，大概四十多岁，很瘦。

　　她用嘴叼着手电，奋力拖男人，放在垃圾堆的内侧；摘下他的手套，戴在自己手上。然后又用一把竹子做的破旧大扫帚，把整个地面都扫了个遍。

　　一切都做完之后，扔下扫帚，踉踉跄跄往家的方向跑去。

　　不对，不能从家那边走，路口有一个摄像头。可商业区摄像头更多，金福真一时没了主意，在拆迁墙外走来走去。

　　她死命掐着自己的虎口，想要冷静下来，她来回地踱步，她的大脑转得飞快，她从来没有这么用力地想过事情，想得太阳穴都突突突突地痛。

　　"我得、我得先离开这里，离开市区，去摄像头少的地方。不能打车，不能坐公交，不能去街上。"她低声对自己说着。

金福真突然感到一阵绝望，感觉四处都是天网，她无处可逃。她蜷缩在地上，用手敲打自己的头。"怎么办？怎么办？"眼泪又止不住地掉下来。

已经凌晨三点了。

"我妈会想我吗？"她的脑子里突然出现这样一个念头。

她想到自己很小的时候，妈妈背着弟弟，带着她一起在田里摘豆子。"珍珍，吃一颗。"妈妈递蚕豆给她。嫩嫩的蚕豆，有一股涩涩的甜味。她把蚕豆皮包在手指上，喊："妈，妈，你看我的指甲！"

妈妈赶忙用手捂住她的嘴巴："别说，别说，别出声。"

那是1971年，吃一颗蚕豆都不能让别人发现的年代。

那天晚上，金福真看到父亲用板凳打在妈妈背上。

"烂屎婆娘！呸！"父亲一口口水吐在妈妈脸上。

她躲在角落里，捂住自己的嘴巴。

现在就像那时一样，捂住自己的嘴巴，不哭出声来。

她又想到健健。健健是她的第一个孩子，是个儿子，一岁多就没了。她和丈夫是在纺织厂认识的，因为怀上了健健，他们才结婚的。

健健没了以后，紧接着又怀了一个。婆婆花了大价钱让人看性别，说是男孩才让生的。结果生下来是个女孩，还是叫健健。

那天也应该带女儿去改名字的，哪怕叫珍珍也好。

她还想到昨天夜里，丈夫看着杂志自慰，床被摇得吱吱响。女儿用力踢了一脚铁床架，发出当的一声，他才停下来。没一会儿，手又伸进裤裆里。

那一刻，她想把丈夫踢出家门，把门锁死，带着女儿安静睡觉。她想自己买间房，就买在学校旁边，带着女儿两个人生活；她想自己开一家店，她发现做皮包很挣钱的，成本很低；她还想，或许女儿上大学以后，工作以后，她也可以去旅游，去看看大海；她还想过也许有一天，她也能安安静静地躺一天，什么都不做，就安安静静地躺一天，吹吹风，看鸟儿飞过，把手放在肚皮上，就那么躺着。

但是她什么都没有做，只是紧紧地闭着眼睛躺在床上，一动不动，像是已经沉睡。

她不该装睡的，可是一直在装睡。

想到这里，金福真痛苦不已，脚趾和手指都发麻了，痛苦像改锥刺着身上的每一寸皮肤一样。她的指尖疼得近乎断裂，脖子和耳朵都刺痛着，胃也很痛。

过去十几年，她没有再感受过这样清晰的疼痛。

看到妈妈被打的那一晚，她感到疼痛；被弟弟打出家门的那一晚，她感到疼痛；健健抢救失败的那一晚，她感到疼痛。

自此以后，丈夫喝醉了打她的时候，她是麻木的；母亲去世的时候，她是麻木的；女儿责备她无能的时候，她是麻木的……

麻木极大地保护着她的躯体和大脑，吃饭、干活、养女儿，她的生活被这三件事填满。

但是这个凌晨，痛苦再度爬满她的每一个毛孔，像要把她溺死在寒冷和黑暗里。

一阵冷风把她从胡思乱想中拉回现实，她看了看手机，又看了看四周，突然，她听到什么响声。

是塑料桶相互撞击发出的声音。

她跪在地上慢慢爬行，探出头去看，想找到声音的来源。模糊的灯光下，一个男人在往三轮摩托车上装塑料桶。只见男人把四五个塑料桶放好，盖上油布，转身回到昏黄的小屋里。

金福真计上心头，站起身，慢慢走到三轮摩托车旁，蹲下身子。

她观察着屋里的动向，似乎只有男人一个人，他在吃早餐还是做什么，发出那种碗筷碰撞的声音。她悄悄爬上三轮摩托车，钻进油布下。

塑料桶散发着和垃圾堆相似的臭味，但是是不一样的腥臭，是泔水桶。这个男人可能要去换泔水桶，金福真准备在他停车的时候跳下去，这样可以躲过摄像头。

不一会儿，男人出来了，发动车子，朝着街道驶去。

凌晨的街道金福真非常熟悉。女儿还小的时候，她在一家早餐店打工，每天三点准时从家里出发，去店里熬骨头汤、和面、切料。后来女儿上小学，她换到学校附近的包子铺，也是凌晨就得去市场买菜，回店里和面，再回家送孩子上学，然后又回铺子里干活。因为要在早高峰请半小时假，她的工资比店里其他人低很多。

现在这个卖皮包的工作是在招工栏看到的，她打电话过去，男老板说是"卖包的"，她听成"卖刀的"，还被骂了一顿。不过，最终还是应聘上了，因为面试结束后她顺手把店外面的一口痰擦干净了，老板娘觉得她很实诚，便让她留下了。

从零开始学，第一个月没有工资，后来做得还不错，店里的女孩们偶尔还会夸她："打皮带，孔总是打得很滑、没有毛边，真的很厉害。"这是她这半生干过的最体面的工作了。第一次体面地拥有工资卡，体面地交着社保，体面地站在敞亮的店铺里，体面地和客人交谈，体面地梳一个发髻，体面地用一个干净的玻璃杯喝水。体面的工作服，体面的小皮鞋，体面的条纹领结。

现在，领结上沾满了呕吐物和泔水桶上的油，手上还残留着血痕。

摩托车很快就开到了小吃街背后的巷子里，停车以后，男人和铺子里的店员打招呼。金福真知道他们要先签单子，赶忙掀开油布，从车上跳下来。

跳下来的时候踩到了下水口的油，滑倒了，哐当一声。

男人和店员闻声走过来，什么也没看到。

金福真已经拐过街角的杂物堆，匆匆逃走了。

她记得有一次看到女儿在看一个外国电影，里面的一个女人一边走路一边快速换装，最终躲过了追杀。她想到得先改变样貌，才能走到汽车站。汽车站有黑车，不用买票，给钱就能走。

凌晨五点多，街上的行人还不是很多，大多是赶着打工的人和清洁工。她把工作服和领结扯下来，和包包一起扔在垃圾桶里，然后反穿着外套，又把头发披散下来遮住脸，只带着钱包、手机、湿巾，还有那把小锤子——是店里打皮带孔用的小锤子，下班的时候着急收错了。

不知道为什么，她就是很想带着这把小锤子。

她走到街角，看到一个环卫工大爷在扫地，大爷没有穿工作服，那件衣服就搭在垃圾桶上。她想了一下，趁人不注意把那件衣服穿在身上，尽量低着头，向东边的汽车站走去。

凌晨六点，她终于走到了汽车站外围。那里停满了小汽车，司机们一边抽烟一边喊着"来来来，东林东林，坐满就走""走啦走啦，只差一个了，富山，只差一个了"。

"美女，你要坐车吗？"一个二十多岁的小伙子凑上前来问她，然后又说，"不好意思，不好意思，我没看到你是来上班的。"接着又喊："富山富山，90一个，坐满就走！"

她看看自己的衣服，掏出兜里的钱数了一下，一共是386块5毛。

"小伙子，只拉我一个人，怎么收费？"

"包车吗，姐姐？好说好说，收你600块。"

"300块。"

"姐姐，我油钱都不止300块。"

"400块，我只坐到富山收费站。"

"你坐到哪儿我都要那点油钱啊。"

"400块，立刻走。"

小伙子想了一下，又看看四周："走嘛走嘛，哎呀，都是老乡，400块就400块。"

她急忙打开车门，正准备坐进去，小伙子急匆匆跑来："不好意思哈，姐姐，我给你垫一下。"他一脸赔笑地把一个超市塑料袋垫在后排座位上。

金福真低头看看自己的衣服，泥土混着各种污渍，尴尬地笑了一下。

车子慢慢地驶离汽车站，汇入清晨早高峰的车流里。

金福真终于平息了内心的慌乱，她看着那些打着电话的上班族，看到精致的女孩们，看到有人在树下晨跑，看到老人在遛狗，看到阳光一点一点照在高楼的顶端。

她把脸紧紧地贴在车窗上，像个孩子一样渴求着窗外的风景。在这里生活这么多年，这还是第一次这样静静地看这座城市。车上播放着一首好听的歌曲，她从来没听过。"如果有一天，我老无所依，请把我留在，在这春天里。如果有一天，我悄然离去，请把我埋在，在这春天里，春天里……"

她的心里怪异地，又不能自已地，涌出一阵温热。

"姐，你来办事吗？"小伙子从后视镜里打量她。

"嗯。"她尽量不和他眼神接触，只是应付一声。

"姐，我和你商量一件事嘎[1]，就是那个，嘿嘿，等下出城遇到运管的人，你就说你是我堂姐嘎！"

"嗯。"

---

1 云南方言，等同于"呀"，但情绪更强。——本书所有注释均为作者所注

"啊么¹姐，你记下我的名字和电话嘛，你旁边有我的名片，我叫李有金。"

"嗯，好的好的。"

"姐姐，不好意思，我也要记一下你的名字。"

金福真愣了一下，说："我叫刘芳，叫刘芳。"

"富山那边姓刘的不多，你家是不是刘家山那片的？"

"嗯，是的是的。"

"刘家山我去过，那边今年种三七、重楼的人好多哟，我好几个亲戚都发财了，去山上开地、扩种。今年行情好，三七价高，卖遮阳网的都发财了。我家没有地，要有地我也去种。红籽那个价格，哇，看人家数钱我眼红啊……"

金福真只是听着，并不搭话。

"哎呀，不好意思嘎，姐，我就是话有点多，开长途说点话不容易睡着。嘿嘿，我不说了，你要睡觉就睡嘛，姐。"

她把头靠在车窗上，开始想事情。富山收费站往东走，可能走两个半小时就能到刘家山，她想回去看看母亲的坟。

小伙子看她没睡觉，又自顾自说起话来："姐，其实我家本来也有地，就是村里人太蛮横，我老爹老娘死得早，我和我兄弟出来打工，地就被分了，要不然我们也把三七、重楼栽起来。这种行情根本不用再跑黑车，一天四趟累死了，有时候开着开着都打瞌睡。啊，你不要怕嘎，我今天不打瞌睡，我昨晚睡了觉的。"

"富山那边有什么工作是不见人、不要身份证的？"金福真突然问。

"姐姐，你……你有情况吗？"

---

1 云南方言，等同于"那你就""要不你就"。

她把手往袖子里藏了藏，说："我老倌打我打得太凶了，今天跑出来，身份证都没有带，不会再回去了。工资不要紧，有口吃的就行。"

小伙子吸了一口气，说："姐姐也是有难处的嘎。不见人呢，工作倒是多，好比说那些鞋厂、榨菜厂、玩具厂，我妹子、我嬢嬢她们就在里面，一个月 4000 块，还是好在呢 [1]。不要身份证呢，工作就有点……哎，对了，你不是刘家山的吗？你们刘家山背后那些山上，守三七地、重楼地，缺人得很！"

"嗯，好，谢谢你。"

"但是姐，那些地方工资只有 600 块、800 块，难在得很 [2]。手机没有信号，你可能耐不住哟。"

金福真没说话，拿了一张超市促销传单垫在后脑勺上，沉沉地睡着了。

她做了一个梦，梦到无数的气球填满了城市，她用手拨开气球，轻飘飘地往前走，走着走着，自己和气球一起飘了起来。大的小的，方的圆的，还有做成各种花朵造型、动物造型的，好多气球啊。世界仿佛被气球占领了，目之所及全是气球，有的飘着飘着自己炸了；有的一直爬升，越过公园，越过立交桥，越过高楼；还有的气球，有一整座楼那么大，也晃晃悠悠地飘起来。

她飘啊飘，飘啊飘，后来发现自己原来是在海面上。海面上没有阳光，海水冰冷刺骨，她的胸口被海水挤压着，闷得难受。她想抓住什么东西浮起来喘口气，她抓到一个物体，这下有救了。她稍微松了一口气，定睛一看，抓的是一条胳膊，四周漂着的都是人的尸体。她吓坏了，她想跑，想赶紧逃离这里，想转身游走。一转身，

---

1 云南方言，意为"日子也挺舒服的"。

2 云南方言，意为"日子很艰苦"。

那个男人，被她杀死的那个男人，满面鲜血，瞪着大眼睛，直勾勾地盯着她，他们离得太近了，鼻尖几乎就要碰到鼻尖。她尖叫起来，猛地惊醒了。

车已经开到富山服务区了。她睡了快三个小时。

"姐姐，你要上厕所就去哈，我在外面抽根烟。"

她低头走进厕所。解完手后，她洗了洗脸，又趁人不注意，用肥皂把自己的手搓了又搓，把指甲缝里的血尽量抠干净。出去后，买了两个包子，想了一下，又买了两个馒头、两瓶水揣在兜里。

回到车上，她给小伙子递了一瓶水。

"我其实没有 400 块，我只有 380 块，对不住你小伙子，要不你在这里把我放下吧？"

小伙子盯着她看了半晌，她还是尽量低着头。头发一缕一缕地粘在她脸上，看不清表情，只看到冻得通红的鼻尖，还有更红的手指，握着那瓶水，微微发抖。

他接过水，愣了好一会儿，叹了口气，说："算了，都是苦命的人，你给我 300 块得了。"

出了收费站，金福真就下车了。她迈步很快，越来越快，几乎快跑起来了。

小伙子喊了一声："姐姐！"

她回头，看到他半拉身子探出窗外。"要用车的话打给我，给你打八折！"

她鼻子一酸，捏了一下名片，头也不回地上了小道。

3 山野

告别话痨黑车司机以后，金福真朝老家的方向走去。

她不敢走大路，怕被人看到，所以准备从山上绕回村子里。妈妈的坟墓在离村子不远的地方。不管下一步怎么走，她一定要先去看看妈妈。

她已经十几年没有回过乡下了，那些山路差不多要忘记了。小时候，妈妈和她总是要干很多活儿，有时妈妈会特意带她来这片山放牛，这样她就可以在山里玩一整天。

走着走着，她看到一棵巨大的清香木。她太熟悉这棵大树了，每次从山里回家都要路过这棵树。它正发出迷人的香味。

她背靠着大树坐下来，休息了一会儿，然后在旁边的水塘里洗了脸，擦了身上的污渍，把头发整理了一下，把衬衣脱下来搓了几把，挂在树枝上，等待太阳把它晒干。离妈妈的坟墓已经不远了，她不想这么狼狈地去见妈妈。

等待的时候，她把路上买的馒头拿出来，撕了一点丢给旁边的松鼠。松鼠的尾巴很大、很漂亮，拿到馒头后高兴得吱吱叫，像一只小奶狗。她自己吃了两口，把剩下的包起来收好。

这里的风景很好，眼前尽是绿色，一个人都没有，只有阵阵风声和松鼠的叫声、鸟儿扇动翅膀的声音，还有偶尔树枝掉落的响声。

太阳出来了，没有那么冷了，金福真感觉回到了童年，她躺在草地上，望着树枝间漏下来的点点阳光，像一片宁静璀璨的星空。她像一个在度假的旅人，跷起腿，眯着眼睛，轻轻地呼吸。

然而，这样的松弛没有持续太久，几分钟以后，金福真再次认识到自己目前的处境。她身上没有钱，还背着命案，有的就是两个馒头、一身衣服、一把打皮带孔的小锤子、一包湿巾，还有一部没有电话卡的手机。

她的前半生是在踏实的工作中度过的，完全没有想过四十多岁时会走到今天这步田地。尽管知道不会大富大贵，但至少不应该是逃亡啊。

痛苦再度占据了她的心，想到自己以后的生活，感到一阵无力。

她坐起来，开始想接下来要怎么办。最重要的是，一定要活着，要想办法活下去。只要活着就有希望，就还有重新和女儿相见的可能。要活下去，就需要吃的东西和住的地方。但是不能用身份证的话，能找的工作好像只有黑车小伙子说的，在山里给种植户守种植园，600块钱一个月。如果包吃住，应该还行。

定了定神，金福真打定主意，先去给妈妈扫墓，然后去找守门人的工作，躲得越远越好。

她把衬衣拿下来，像挥舞旗帜一样在空中挥舞，加速风干。挥累了，就放在树枝上晒，过一会儿又重新挥舞。如此重复几次，衬衣干了。她把衬衣穿好，整理好东西，用湿巾仔仔细细擦了鞋子，然后朝着妈妈的墓走去。

到了妈妈墓前，野草横生，想必是很久都没有人来扫墓了。

她把东西放在一边，用一根棍子把半人高的野草扫到两边，用脚踩平，露出妈妈的墓碑。

金福真走近墓碑，轻轻地抚摸着浅浅的碑文，上面是妈妈的名字。她把脸贴在妈妈的名字上，轻轻地叫："妈妈，妈妈，我来看你了。"

妈妈当然无法回应，回应她的只有风吹树梢的声音。

"妈妈，我好想你，没有人疼你的女儿了。妈妈，你走了以后，再也没有人疼我了。妈妈，我该怎么办？

"妈妈，我一直很乖，一直很听话，我是照着你教的做的，做个好老婆，做个好妈妈，做个好儿媳。我没有做错什么，为什么会这样？为什么，妈妈，是我做错了吗？

"我也想，我也想做一个有用的人啊。妈妈，我很努力了，为什么还是不行呢？妈妈，我也想上学，想有文化，想在那些亮堂堂的地方上班。为什么你没有让我继续读书啊，妈妈？为什么你一点都不重要，我一点都不重要，为什么？为什么？为什么？"

她紧紧抱着墓碑，把自己的委屈、困惑和不甘向妈妈倾诉了一遍。说着说着，眼泪顺着墓碑向下滚落，不一会儿就浸湿了一大片，把墓碑染成了黑褐色。哭了快半小时，哭到眼睛发胀，才终于慢慢停下来。

她慢慢起身，带上她所有的东西，准备去刘家山的山背后。

想到不能让人发现自己来扫过墓，又把踩平的野草扶起来，整理了一下。她知道野草的生命力很强，第二天就能重新挺直腰杆，恢复原样。

差不多走了两小时，终于看到一片又一片黑色的遮阳网。它们四四方方的，一块挨着一块，连成一片硕大的种植地，里面种的就是三七和重楼，两种名贵的中药材。

三七是一种非常难养的药材，需要在精心的照顾下，在背阴处生长三年，才能采挖。采挖过后的土地营养枯竭，十分贫瘠，必须再养三五年，才能种植其他作物。因此，三七种植户在不断地朝更深的山野扩张种植地。很多时候是偷偷扩地——这部分种植户，是最不想惹上麻烦的。

规范的种植地不是金福真要找的地方，她要去的是更小的种植地，最好是私人的，单独一块的那种，离人远，怕人查。

她沿着大片的种植地，往深山又走了一个半小时，终于看到两块一远一近的小种植地。

第一块地已经有守门人了，是个六十来岁的驼背老头，在抽旱烟。他打量着金福真，发出奇怪的笑声。他觉得这个胖女人八成是在开玩笑，穿着衬衣、西裤和皮鞋，这是城里人的衣服，来做守门人，简直太可笑了。

但他也想打听眼前这个女人的底细。

"你说你想做守门人，为啥？从城里来做守门人，图啥？"

"大爹，我叫刘芳，是刘家山的人，我老倌打我，我跑出来了。爹妈都死了，也没地方去。求你了，帮我问问吧，问问哪里要人。我很能吃苦的，我还能干活。"

"刘家山人？刘家山人跑这么远干啥？守门不要女人，女人能干啥？"

"近处的亲戚太多了，我、我要面子……我什么都能做的，大爹，真的，真的。"

老人还是迟疑，敲了敲烟嘴，不说话。

金福真急忙把东西放下，脱掉外套和马甲，解开衬衣扣子……

"你、你干啥？你干啥？"老人慌忙站起来往后退。

只见金福真解开扣子，把头发拨到一边，露出脖子上的勒痕，又卷起袖子。那条青紫色的勒痕就像一条难看的爬虫趴在她的脖子上，边缘透着红血丝，触目惊心。胳膊上布满了其他青紫，一块又一块，新旧交错。

她慢慢穿好衣服，然后安静地看着老人。

老人颤颤巍巍地走上前来，递给她一个老式热水壶，说："行了，我知道你的难处了。这两块地都是我家的，上面那块你去帮我守。"

金福真接过水壶，里面是热水，她连忙灌了两口，递还给老人。

老人已经走出小屋："拿着吧，山上少不了热水壶。抱着那床被子跟我走。"

二人一前一后往更远处的种植地走去，大概走了十分钟。这块种植地要小许多，一头是一间小小的石棉瓦、空心砖搭成的小屋，屋外有蓄水用的超大水桶；另一头是铁丝围起来的黑色遮阳网。

走进小屋，里面有一个灶台、一口铁锅，地上有一个大草团，看起来是坐人的；旁边贴着墙的是一个空心砖搭出来的台面，上面放着破旧但不薄的被子。床尾有一些锄头、镰刀之类的用具。门边有一些铁夹子，看起来像是捕鼠器，还有两只水桶、一卷橡胶水管和一袋化肥。门背后挂着一卷粗糙的卫生纸、一条褪色的毛巾，一块洗衣服用的肥皂被线穿起来，也挂在铁钩上。

"你晚上就睡这儿，不能睡死，晚上是贼最多的时候。这个哨子拿着，每天夜里要起来转几圈，看到人就赶紧吹哨子。"

"好的好的，我知道了。"她把头点得像鸡啄米，尽量表示自己的可靠性。

"米、面，明天我会拿来。一个月有十斤大米、五斤面和两条五花肉。水果那些精贵的东西是没有的，菜你自己种。我只开得到600块，一个月给一回，不过第一个月的钱要押着。"

"我知道了。"

老人沉默了一下，又说："不准带人来，不准踩到三七苗，柴火自己捡。做不满三个月，不给抵押的钱。"

"我知道了。"金福真一边答应着,一边已经在铺床了。

厚厚的被褥有点霉味,有几只小虫子爬出来,应该很久没人用过了。她把两床被子抱出屋外,铺在一丛能晒到太阳的灌木顶上。

老人看她的动作倒是挺麻利,不像是没干过活的人。他拿起烟斗敲了敲,又装上烟点燃,然后从随身的大布包里掏出一个光饼递给金福真。

"今天将就一下,明天再说。"

金福真接过饼,还是热乎的,有点旱烟味。她突然有点想哭,低着头不说话。

"我走了。"老人猛吸两口烟,"叫我老斗就行了,别人都这么叫。"说完,留下金福真一个人,自己顺着小路走了。

"老斗叔,您慢点,那个坡滑,慢点!"金福真追出去喊了一句。

老斗摆摆手,示意听到了。她返回小屋前,坐在地上,慢慢地吃起了饼。饼里啥也没有,就一个光饼,吃着有点噎。她细细地咀嚼着,吃一口饼,喝一口水。

再过一两个小时,太阳就要落山了,天黑了会很冷,得把小屋收拾出来。

吃好以后,金福真先在台面上铺了一层化肥袋子,再把被褥抱进来铺上。被褥被太阳晒过,感觉好多了。然后又把那些工具理了理,整理出一块干净的地方来。她在灶台旁边找到一盒火柴,于是去屋外捡了一些松树枝和松叶,生起火来。

火光一下就把屋子照得亮堂堂的,她的脸被照出两团红色。她把鞋子脱了,坐在草团上,脚上传来一阵阵热气和一阵阵疼痛。小趾不知道什么时候受伤了,和袜子粘在一起。

她忍着疼痛,把袜子慢慢撕下来,又架上锅子,从屋外的蓄水桶里打了水烧上。水热了,她倒进小水桶里,尝试着慢慢把脚放进去。

第一下接触水面，一阵刺痛传来，把脚完全放进去以后，感觉好多了，暖意从脚底一直传到后脖颈。泡了一会儿脚，身上终于暖和起来。她又如法炮制，擦了身子。

她想了一下，用那把剪化肥袋子和三七花的大剪刀，一下子把扎好的一把头发剪到齐耳处，接着热乎乎地洗了一个头。

小屋里没有镜子，但是金福真能摸到自己的样子。她的头发是柔顺的，身上不再黏糊糊的，也没有油烟味，只有肥皂的香精味。她躺在床上，舒展着四肢。

太讽刺了，竟然是在这样的情境下，第一次不赶时间，慢慢地洗了一个热水澡，慢慢地梳理头发，慢慢地躺下，并且可以完全伸展四肢。

被子还是有一点霉味，但已经不要紧了，被太阳晒过以后，它变得松软了一些。她想了想，把衣服都脱了，只穿一件马甲和内裤，身上的肉像是得了特赦，一下子安逸地松弛下来，包裹在被子里。

她竟从来没有像现在一样，感觉到自我，感觉到安全，感觉到想睡一个好觉。

不知道现在家里怎么样了？丈夫和女儿会不会在找自己？警察会不会去家里问话？事情发展到哪一步了？

金福真拿出手机，看了一下女儿的照片，定了十二点、三点、六点的闹钟，然后在微弱的火光中沉沉睡去。

4 老斗叔

2010年4月，山上的春天终于来了，山开始有了深深浅浅不同的层次。早春的花已经怒放，马缨花红彤彤地霸占了小路，让人移不开眼睛。还有小簇小簇的杜鹃花，花托顶端微微泛白，托举着更为洁白的花瓣，而花瓣整个儿由中心向边缘渐变成淡淡的紫色，欢闹着挤在一起，像许多活泼的小姑娘。

金福真最喜欢的是刺芽，嫩生生的，摘下来煎鸡蛋，非常美味。

她已经适应了守门人的生活。每天夜里，每隔三小时起来巡护一次，生物钟已经养成，不再需要手机提醒——手机早已不开机了。

白天吃完饭后，背着化肥袋子缝成的大挎包，装上尼龙绳，上山去捡柴火。运气好的话，还能捕到野兔。

石棉瓦小屋旁边的菜地里种了白菜、茄子和辣椒，大棚里温度高一些，蔬菜都长得很好。尤其是辣椒，本地的二荆条，有一种独特的、汁水丰盈的清辣。铜锅里放点自己炼制的猪油，把切成滚刀块的二荆条扔进去，"刺啦"一声，油脂包裹住年轻的辣椒，香味迅速填满鼻腔，接着把薄薄的五花肉倒进去，翻炒几下，加点盐就能出锅了。鲜甜的辣味把五花肉的油腻和焦香中和得恰到好处，加上铜锅焖煮出来的米饭，那滋味啊。

她喜欢把米饭和二荆条炒五花肉直接拌在一起，用一个巨大的搪瓷碗装着，坐在田埂上慢慢吃。

哦，对了，还有一道菜不得不讲：把茄子直接丢进炭火里烤，手头上忙活别的事情，茄子软了漏出汤汁，发出扑哧声；趁热夹出来，再加一个烤过的西红柿，随意捣碎，用盐和辣椒拌一拌，非常解腻。

其余时间，她会帮老斗打药除草，或者和他一起挖药草，或者在周边的山坡上散步。

在山坡上散步，是一天当中最美好的时光。宁静的大山宽容地接纳她，她总是慢慢走，折一枝花戴在耳朵上，看不一样的植物，看蜻蜓追逐求偶，看鸟儿喂养雏鸟，还遇到过野猪。

遇到野猪的时候，她就得紧紧抱住身体蹲下，不发出一丝丝声音。野猪可不是她能搞定的。

从背后看她蜷缩在一棵杜鹃花后面，可以明显地看出她瘦了很多，胳膊不再像浑圆的香肠，腰身也显出来了，活动起来更灵活了。

事实上，仔细看的话，她的脸好像也年轻了几岁，紧致了，可以看出本来的轮廓。山里的湿度大，空气干净，把她的皮肤滋润得越发白净，尤其是做完活以后，脸颊透着两团红色，散发着一种新的生命力。

现在她穿的是一套老斗给的粗布的男士衣服，她把长出来的部分剪掉，在膝盖和手肘处打了补丁，这样更耐磨一点。

最初穿的衬衣她洗干净，用洗干净的化肥袋子罩好，用树枝和尼龙绳做的简易衣架挂在门后。

老斗偶尔会过来看看，有时候会带咸菜之类的东西。更多时候，这片山只属于金福真一个人。

夏天，她学会了抓田鼠——把捕鼠夹打开，用木棍撑好，放在沟渠里，偶尔会有贪吃的田鼠被夹住。

她向老斗学会了怎么剖开田鼠，清理内脏，剥掉鼠皮，撒上盐和辣椒粉，晒成肉干。处理过的肉干在炭火上烤来吃，酥脆、干香，别有一番滋味。

当然，老斗教给她的不止剥田鼠。她学东西很快，这是她最大的优点。她学会了用各种类型的工具，修门，修喷壶，用橡皮管引水，在野外生火，等等。老斗教给她什么，她就快速地学什么，就像一个十几岁的人，疯狂地汲取着能学习到的一切。

她的精神越来越好，眼里焕发着生机，看起来已经不再是原来那个家庭妇女了。

七月，山里热起来了，偷盗高峰期也来临了，夜里要起来得更勤快些。

金福真在棚子外面挂了一圈绳子。这绳子是她拆开化肥袋子，抽出塑料线条，自己用手搓成的。绳子上拴着几只铃铛，夜色中很难发现。只要有动静，铃铛就会响起来。

一天夜里，她刚把火熄了准备睡下，突然听到微弱的铃铛声。她警觉起来，拿上镰刀和手电，蹑手蹑脚地往三七地里走去。

三七地里传出一些不寻常的声音，"噗通噗通"，是刨地的声音。"吱吱吱"，是田鼠的声音。"噗通噗通"，又是一阵刨地声。金福真慢慢靠近，猛地把手电打开，吹着哨子跑过去。

哨声在空旷的山谷里并不大，但足够让老斗听到。他心想"不好"，拿上手电，急忙往那头赶。

他赶到，却看到屋里生着火堆，金福真坐着喝一杯热水，神情并不慌张。她脚边有一只枯瘦如柴的狗，看不出来是土狗还是豺狗，脚上血淋淋的。

那狗正狼吞虎咽地撕咬着一只烘干的田鼠，连着骨头一起嚼，咔嚓咔嚓，不时呜呜叫几声。

金福真起来，边给老斗让座边说："对不住，老斗叔，我当是贼呢，结果是这家伙。围栏让它给刨坏了，我明早就补。别的没事，没伤到三七，一点都没伤到。"

老斗没说什么，看了一眼狗子，把衣服理了理，原路回去了。

金福真把自己的吃食匀了一部分给狗子，又好好处理它的伤口，悉心养了半个多月，伤好得差不多了，有一点跛脚，但不影响它跑。恢复身形和体力以后，才看出来是一只棕黑色的土狗。

老斗叔每周会去乡镇赶集，她托他给狗子买了一个项圈和铃铛。因为它爱吃馒头，就给它取了馒头这个名字。

"你不应该给一只狗取名字，取了名字它就会一直跟着你。"老斗叔说，但还是帮忙买了项圈，一个棕色的皮项圈，拴着一个小小的银色铃铛。

馒头和金福真一样，很快适应了三七地的巡护工作，很多时候甚至不需要人喊，它就能把野兔和田鼠打回来。

有了馒头，守大山的日子似乎有趣了许多。她还是会梦到丈夫，梦到那个被她打死的男人。偶尔也会梦到自己被人勒住脖子，那个人一开始是陌生人，然后突然变成自己的父亲。

每每从梦中惊醒，馒头就会呜咽着，跑过来舔舔她的手，舔舔她的脸。她往里挪一挪，拍拍床，狗子就会跳上去，把头枕在她的脚踝上躺下。

一人一狗，互相陪伴，互相安慰。

2010年12月，又一个冬天来临了。

金福真在这座山里已经待了整整一年，没有出去过一次。没有用过手机，没有看过电视，连收音机都没有听过。7200块钱，是她这一年挣的所有钱，除了买项圈和大张刀纸——月经期间用——花掉的钱，还剩 7156 块。她把钱卷起来用塑料绳绑好，和身份证一起，放在贴身缝的内兜里。

2011 年 2 月，老斗叔要回村里过年，金福真夜里得去另一头巡护。大年三十夜里，她打着手电，和馒头仔细地在地里检查。检查完没问题以后，锁好棚子，回到小屋里。金福真坐在火堆旁，狗子乖乖地伏在地上，偶尔翻个身，她却思绪万千。

她想到四年前的大年三十，程明喝了酒，狠狠地打了她一顿。那是她第一次还手，用盘子砸在他耳朵上，而后迎来更强烈的暴风雨，耳膜穿孔，手肘骨裂，在急诊室度过了那个万家灯火的夜晚。

都过去了，那个男人或许现在正享受着另一种生活。或者，有没有一种可能，没有了自己的家里，早已一团乱麻呢？

金福真用力甩甩头，现在想这些有什么用，人生早就走上分水岭了。她叹了一口气，和馒头分一条猪肉干吃，又喝了一大口山茶水。

老斗突然来了。他带了一碗红烧肉和一碗八宝蒸饭，还带了一瓶白酒。他颤颤巍巍地坐下，倒了一点酒在茶缸里。

"您怎么来了啊？"

"过年没什么意思，在哪里过都一样。来，尝一口。"说着，把酒递给金福真。

她没有喝过白酒，只在年轻时和纺织厂的女孩们喝过一点啤酒。她尝了一口，辣味直冲鼻头，她紧皱着眉，过了好一会儿才缓过劲来，嘴里充斥着发酵的味道。

"哈哈哈！"老斗笑起来，"得学会喝酒，喝了酒就不冷了！"

她闭着眼睛又喝了一大口，胃里一阵冲击，酒精像鼓槌一样捣着胃壁，随后身上渐渐暖和起来。

两人聊起了关于这座山的事情，从风向说到采药草，从开地讲到收成，从收成讲到山下的合作社……说着说着，老斗突然沉着脸：

"你只能守到明年了，明年收成以后，不会再种三七了。"

金福真心里咯噔了一下，还是语气平和地说："现在行情这么好，这两块地的三七和红籽应该能卖不少钱吧？"

老斗却不接她的话头："一直在这里，不是办法。你还年轻，要去外面，到外面去，不要在地里老死。"老斗呷了一口酒，火光中他脸上的褶子显得更深了。

她把头低下，没有说话。

"你没有和我说实话，我知道。但是我，我管不着你的事情，也不想追问。我是想说，年轻人，不要害怕，没有什么可怕的。有力气，还能活很多年，那就要去做想做的事，不是躲在这里，不是一直守着这座山。你听得懂我的意思吗？"

"老斗叔，您出去过吗？"

老斗眯着眼睛，望向门外，像是陷入很长很长的记忆里。他拿出烟斗，在门边敲了敲，点上旱烟，呷了一口。

"我年轻的时候，赶上改革开放，跟着别人做生意，从广东进货，拉到这边批发给小老板。那时候挣很多哟，我老婆……已经死了十多年了，那时候她和我一起两头跑……"说着顿了一下，又喝了一口酒。

"做生意的第三年，老婆怀孕了，在这边养胎，我一个人进货。儿子出生后，就跑得少了。1990 年，儿子十岁，我们在县城盖了一栋四层楼。那时候日子太好过了，飘了，和人家去赌博……"

金福真喝了一口酒，又皱了一下眉头。

"后来，把家当输得差不多，老太婆得了肺癌……很快就走了。儿子离家出走，去广东打工。我还是滥赌，那时候已经疯了，不知道停的。赌到最后，借的都是高利贷，被人讨债，给打成这样。"他一边说，一边想直起身子，但直不起来，又弯了回去。

31

"这两块三七地是儿子的。老了，不想死在外面。"老斗苦笑了一声，然后剧烈地咳嗽起来，咳了很久才停下，顺了顺气，又说，"人生不会重来，你还年轻，要走的路一定要想好。"

金福真紧紧攥着茶缸，几乎要把真相和盘托出，话到嘴边，还是没能说出口。

"我挺好的，真的，我在这里挺好的。"她看着老斗轻声说，又摸了摸馒头的头。

"行，我下去了，地里离不了人。"老斗说着，站起来往外走。

老斗走后，金福真把茶缸里的酒一口喝完，关上门在火堆旁坐了很久很久。差不多十二点了，又该去巡护了。喝了酒身子暖和，回来很快就睡着了。

这个夜晚格外寒冷，凌晨三点那次巡护，冻得人手指发麻。金福真和馒头在大棚外圈一前一后地走着，熟练地检查有没有挖开的孔洞。

突然，一阵尖锐的哨声刺破了夜空。一人一狗忙朝着老斗那块种植地跑去，远远地，只听到一阵激烈的搏斗声，老斗吃力地喊着"别跑，别跑"。

金福真跟跟跄跄地跑到老斗身边，只见他趴在地上，不远处的棚子上有一个大破洞，三七被偷挖了好大一块。

那两个贼人偷得急，想必根本没细看，乱挖一通。哪怕挖个十几二十公斤，也能卖不少钱。

被他们糟蹋过的地方，三七根和叶子撒了一地，而那两个黑影已经消失在夜色里，无影无踪。

她赶忙扶起老斗，摸他兜里的老年手机。"没有信号的，太远了。"老斗虚弱地说。她拿出他的手机一看，果然没有信号，手上却沾着什么，黏黏的。用手电一照，是血！

金福真一下子想起那个夜晚，被吓得愣了好久，才又回过神来。怎么办，怎么办？得去医院，对，去医院。

"叔，别睡，别睡，醒着，和我说话！"她吃力地把老斗背在身上，一边不断地喊他，一边拼命地朝山下跑去。

她从来没有跑这么快过，馒头不明所以跟在后面，同样跑得飞快。她不知道医院在哪里，不知道老斗的家在哪里，只能朝有亮光的大种植地跑。那里人多，肯定有人能帮忙！

不知道是汗水还是血水，渐渐浸湿了她的后背，她的脑子一片空白，只能一直跑，一直跑，一直跑。

终于，他们到了大种植地附近，那里时不时有大大的手电亮光四处照着。她大叫起来，叫得声音都撕破了："救命！救命！有人受伤了，救命！"

那边的人听到声响，朝这边跑来。

来的是一个精壮的男人。"救命，快！老斗叔，这是老斗叔，有贼，他受伤了。"金福真语无伦次地比画着，然后大口大口地喘着粗气，瘫坐在地上。

男人用手电照了照两人的脸，随即对着身后的屋子喊起来："喂！来两个人！快点！小波，打110，叫派出所，我打卫生院。快点，快点！搞快点！"

说话间，跑来两个年轻人，手忙脚乱地把老斗往面包车上搬。金福真拉住老斗的手，正欲一起上车，老斗突然抵住她的肩膀，怒目圆睁，说："走！快走！公安，走！"

一老一少两个人四目相对，老斗的脸上布满血迹，苍老的双眼陡然发亮，死死地盯着她的眼睛，似乎有千言万语。

她读懂了老人没说出口的话，眼泪一下子填满了眼眶，放开扶着老斗的手，慢慢退下车，很快就和馒头一起消失在夜色里。

5　蒙眼少女之死

金福真思绪混乱，在一片黑色中跌跌撞撞地跑回小屋。

老斗叔是知道什么吗？他怎么知道的？他要放自己走，为什么？这几个问题都没有答案，她只是机械地收拾东西，把挎包里的山茶倒出来，把肉干和水壶丢进去，还有那把小小的锤子、一条毛巾、一包草纸。别的，好像也没有什么了。

她反应过来身上的衣服应该都沾满了血迹，这样走不远的。想到当初穿来的衣服，她手忙脚乱地换上，又把8000块钱和身份证装好，然后把带着血迹的衣服扔在火堆里烧掉。

馒头不知道发生了什么，焦急地转着圈，低声呜咽。

"我们要走了，我们现在就走。"她把它的铃铛卸下来。

小小的手电只能照亮一米多的距离，一人一狗摸索着，沿着当初来的路往收费站走。走到天蒙蒙亮，才看到县城零星的亮光。大年初一的清晨，很多人家早早就在放鞭炮了。

她和馒头就地坐下休息，想吃点肉干，但太硬了，完全嚼不动。她看着县城的方向，整理了一下自己，朝着亮光走去。

走到县城时，早点铺子已经人流如注。她买了两个大肉包子，自己一个，馒头一个。

吃完包子，她去客运站，想再找一辆黑车。至少得换一座城市，被发现的概率才小一些。

客运站哪里还有什么黑车，她在山里的这一年，政府规范客运环境、整治非法营运，取缔了大部分黑车。大年初一班车很少，客运站门口只有一两辆出租车，司机在闲聊吹牛中等客人。

她发蒙了。这已经是她能想到的最好的办法了。

突然，她想到那个话痨司机。或许，或许呢？

从西服口袋里找到名片，她来到唯一开着的小卖部，拨通了上面的号码。

"嘟……嘟……喂？哪个找？"

"你好，我找李、李有金。"

"你是哪个？"

"我以前坐过你的车……"

"不跑了不跑了，早就不跑了！"对方啪的一声挂断了电话。

这挂电话的声音，像一把榔头击在她忐忑的心头，她怯怯地放下电话，拿出零钱去付账。

老板正在和馒头玩，他们似乎很投缘，馒头竟然能听懂他的指令。他是个胖乎乎的中年男人，慈眉善目。旁边的电视机在播放着春晚重播。

"你这个狗儿，很乖哦。"老板笑眯眯地看着馒头和她搭话。

"是，是。"她完全没有听老板在说什么。

"卖不卖？你这个狗儿卖不卖？"

"什么？"

"哈哈，我随便问问，你别生气。"

"你喜欢它吗？"

"喜欢，感觉有点缘分，你看它……"说着，老板干脆蹲下来，和馒头打闹。

"你好好对它，我送给你了。"

听到这句话，老板不可思议地抬头，眼睛发亮。

"当真？"

"真的。"

"你不能反悔哟。"

"不反悔。我去打工，它跟着我也是过苦日子。你好好对它，我会经常来看它的！"

"行行行，好，一定一定。"老板语无伦次，摸着馒头的头，满脸欢喜，"电话费不收了，你要什么自己拿。拿些饼干什么的路上吃，自己拿。"

金福真没有拿，只是满眼哀伤地望着馒头，狠下心准备走。

老板看她什么都没拿，扯了一个塑料袋，胡乱装了一些饼干、饮料、兰花豆，追上去塞给她。

她拗不过，接下来，然后把追上来的馒头抱在怀里，最后把项圈递给老板，头也不回地离开了客运站。

她一路都在流泪，和馒头分开，为什么比和人分开还要难受。

寒风吹在她的脸颊上，很快冻出一片红色。她擦擦眼泪，往收费站走去。

到了离收费站五百米左右的一个商铺旁，她看到有人拿着行李在拦过路的车。有个学生模样的小女孩，被妈妈带着，也在那里等车。

"嫂子，你好。"她去向小女孩的妈妈搭话，"你们是在拦车吗？"

县城的主妇格外自来熟，话匣子一打开就停不了："是啊是啊，客运站的班车今天只跑近处，跑江阳的全部停了。我妈又病了，我着急领娃娃去看她。你说，大过年的，只能拦过路的货车、私家车，看人家拉不拉。妹子，你要去哪里？"

"我、我也去江阳。"

"走亲戚?"

"是,走亲戚,去找点事情做。"

"是的是的,就是要找点事情做。哎呀,我家那个大儿子,真的是说不听,叫他去找事情做,硬是说要过了十五才去。那我也没有叫他今天就去,我是叫他早点去,人家着急用工,工资就会开高一点……烦死了,说了不听,生个儿来气自己,真是遭孽……"

旁边的小女孩听妈妈又在和别人说自己家的私事,用力扯她衣服。"哎呀,这个娃娃硬是,大人聊天怕什么嘛,怪得很。是啦是啦,妈不说了。妹子,我们一起拦,说不定能一起坐车去江阳!"

江阳离她跑出来的江门有两百多公里,属于两个市区,如果能先去那里,也不是不行。

等了快两小时,她们才终于拦到一辆返回江阳的面包车。车子只保留了驾驶室的两个座位,后排所有座位都拆了。

小女孩坐在副驾驶,两个大人在车厢席地而坐。车子摇摇晃晃地上了高速,车窗玻璃隔音太差了,轰隆声覆盖了大姐流水似的倾诉声,轰得她脑子突突地痛。

到达江阳南区,已经下午六点多了。和她们分别以后,金福真打算先找个住处。

情况不太妙,虽然不是市中心,所有的旅馆还是都要登记身份证。她看到前台的告知,默默地退出来。

要不先吃饭吧。她拎紧化肥包,就近在小巷里买了一份砂锅菜,里面有鸡肉、两块淀粉午餐肉、一点粉丝、一个蘑菇,还有娃娃菜和番茄,米饭自取,不限量。

一路上饿坏了,她连吃两碗米饭,狼吞虎咽的。直到她准备去添第三碗米饭时，才发现大年初一在这个小店里吃饭的人还不少。她正对面是一对夫妻，看起来是清洁工，斜对面坐着一个独眼女孩。

她只有一只眼睛，另一只说不好是受伤了，还是天生就如此，萎缩成一个肉团子，挤在眼窝里。

女孩拿着一本破破烂烂的漫画书，笑得咯咯咯的，偶尔扒拉一口饭，眼睛一直没有离开过手里的书。

她看了两眼，觉得盯着人家太不礼貌，赶忙移开眼神，去添米饭。

砂锅里的菜吃完了，她把米饭倒进去拌了拌，又撒了一点辣椒面，直接就着锅吃了起来。

终于吃饱了，接下来要考虑睡觉的事，住旅馆估计是不可能了，今晚只能先应付一下，明天去看看有没有短工可以做。

她付钱时，发现那个女孩已经不见了，她都没注意到她是什么时候走的。

她漫无目的地走着，从小巷走到大道上，过了马路又钻进一条小巷里，都没有看到可以遮风避雨的地方。

她想干脆回到商场门口的肯德基应付一晚上，一转身，看到一个人紧紧地跟在她后面。光线昏暗，看不清来人的样子，直到那人凑近，脸几乎贴到她脸上，抢下她的包，她才看清楚——那人只有一只眼睛。

包里有 8000 块钱、身份证和吃的，要是被抢走了，往后的日子就真的难过了！

对方虽然瘦小，跑得却很快，她已经使出吃奶的力气了，还是跟不上。看得出来，独眼女孩不是第一次做这种事情了，她熟练地绕开车流，往城市边缘跑去。

金福真一直追，一直追，追到四下无人的城郊大道。她实在是跑不动了，刚才吃进去的三碗米饭在肚子里翻江倒海，终于齐齐往上顶，哇的一声吐了出来。

女孩看到她吐了，开心得又跳又笑："吐了，哈哈哈哈，太搞笑了，竟然吐了，哈哈哈哈……"

她生气极了，直起身子准备继续追，没走两步，又吐了起来，只能眼睁睁地看着女孩拿着自己所有的东西，大摇大摆地消失在马路对面。

她一时不知道该往哪里去，便在路边的商铺门口捡了两个啤酒箱子，拆成两张纸皮，一张垫着，一张盖着，蜷缩在店铺门口瑟瑟发抖。

半睡半醒之间，她感觉有人在戳她的胳膊。"喂，喂，不能在这里睡，你会冻死的！"

说话的是个老头，头发有些花白，身上穿着一件很长的军绿色袄子，袄子上尽是破洞，里面是层层叠叠的衣服——鬼知道他到底穿了多少层——脚上穿着一双已经有点烂的"踢不烂"。旁边跟着一个很娟秀的女孩，也穿着一件破烂的军大衣，但比老人的新一点，笑嘻嘻地看着她。

"几点了？"她感觉头有点疼，拍着头迷迷糊糊地问。

"星期天，十点啦！"女孩拍着手说。

老人握住女孩兴奋的双手，示意她不要闹，随后对金福真说："快十二点了。"

看到金福真的样子，老人明白了什么，问她愿不愿意和他们一起走，好歹有个暖和的地方。她犹豫了一下，那个漂亮的女孩过来拉她的手："姐姐走，姐姐走，星期天，姐姐走。"

她跟着一老一少，穿过独眼女孩跑过的大道，一直往城市边缘走去。走了快三十分钟，来到一处荒废的、像停车场一样的地方，那里有一个蓝色铁皮搭起来的，不能算屋子，只能说是个棚子。

虽然破破烂烂的，但上了锁。老人打开锁进去，里面有一张破烂的床垫和一些生活用具。味道倒不算太臭。

"你和我闺女小春一起睡这里，我睡旁边。"

老人指了指床垫，然后自己去门背后的一张破沙发上躺了下来。她和那个叫小春的女孩躺在一起，小春还一个劲地给她盖被子。

这一天她真的累坏了，已经没有多余的力气去戒备，和小春紧紧挨在一起，一觉睡到天亮。

第二天，她醒来时，小春已经不见了，老人在一边烧开水。

"大叔，谢谢你，我得走了。小春呢？"

"她出去找她姐姐了，她姐姐昨晚没有回来。"说着，把热水倒在一个巨大的搪瓷缸里，然后竟然就这么喝起来，"你要是没地方去……"

"我想打短工，你知道哪里招短工吗？"

"哪种短工？"

"最好是一天一结那种……"

老人指了指东边："那边蜂窝煤厂，按日结算。你等等我，我也要去那边，一路走。"

老人喝完茶，又哼着小曲儿在棚子里捣鼓了一阵，他们才一路朝东边走。

走到二环快速 B 线上，老人站在立交桥下一个停用的交通岗亭旁边，像要等人。不一会儿，小春蹦蹦跳跳地来了，递给老人 50 块钱。老人摸摸她的头，说："乖小春，好样的。"

他们还是坐着不走。

又不一会儿，小春像是看到了谁，站起来兴奋地挥手。顺着小春的视线，金福真往快速 B 线的对面看，是一个女孩。女孩似乎准备直接从快速 B 线上横穿过来，金福真对她摇手，示意她不要，又指指天桥，再度摇手。

女孩却执意穿过来，越走越近，等足够近时，金福真才发现女孩只有一只眼睛。

女孩好像没有认出她，兴奋地朝着小春跑过来。突然，一辆满载着工地脚手架的挂车直直地冲过来，独眼女孩瞬间消失在车轮下。挂车发出刺耳的刹车声，车轮在路面上拖出一条红红的印记，一股刺鼻的橡胶味道弥漫开来。

小春吓坏了，尖叫着往老头怀里钻。老头也吓坏了，愣在原地，不知道做何反应。金福真吓得瘫坐在地，张开嘴巴大口喘气，浑身止不住地颤抖起来。

110尖锐的警笛声和120救护车的鸣笛声响起，才把丢了魂的三人叫回现实。金福真想冲过去，老头死死地拉着她的衣服，把她拉到岗亭背后蹲着。

交警来了，医护人员来了，消防员也来了。一辆，两辆，三辆……原本空空的马路堵起了长龙，人们惊奇地围合在车祸现场，不少人拿着手机兴奋地拍摄着眼前血腥的画面，有的女孩不知道发生了什么，伸头进去看了一眼，然后就在路边吐了起来。

现场拉起了警戒线，大货车被腾挪到一边，人群在民警的指挥下渐渐散去。

路上没有独眼女孩的尸体。只有一摊长达五米的红色物质。像一块颜料，把乌黑的柏油路染得鲜亮。

戴着口罩的交警，用一把塑料扫帚清理着独眼女孩，他用力把她从路面上剥离下来，然后一捧一捧地捧进一个黑色的塑料袋里。

一个民警戴着手套捡起她散落一地的东西，那个化肥包早就被撕扯得稀巴烂了。他看着手里的身份证，对同事说："小陈，记身份证：430211************，金福真。其余物品，损坏。"

6　老酉

独眼女孩叫小夏，和小春一样，是老头在街上捡的。

小夏的眼睛是在工地做捆绑工人时，摔倒了被钢筋插坏的。她未成年，和施工方没有合同，是和街上认识的人临时搭伙找的零工。

工头赔了 3 万多，工友又捐了一些，她命大，活了下来。

但那以后，再也找不到零工了，她不想回村里，就在街上混着。有一回雨夜里发烧，让老头和小春给救了。老头给她买了退烧药，又照顾了一天一夜。

那老头又是谁呢？

从废旧岗亭离开，小春一直在哭，她一边哭一边打自己的脑袋，嘴里不断喊着："星期天，星期天，星期天……"老头用力钳住她的双手，试图让她平静下来。

金福真愣乎乎地跟在后面。

三人一起回到棚子，老头让小春喝了一杯水，她很快就睡着了。

金福真看到老头往里面加了粉末，心里一阵发毛，走也不是，留下也不是。老头给小春盖上被子以后，走过来说话。

"小春这里不太好，"他指一指脑子，"我捡到她的时候，她就跟今天一样，嘴里一直叫星期天星期天，把自己身上都抠破了。"他一边说着，一边整理棚子外的纸皮，把它们扎成一捆。金福真上去帮忙，老头接着说："刚好遇到了，总不能不管。当时我手里有点钱，就是卖这些东西攒的，去不了大医院，去的是小诊所。医生说精神好像有点问题，让我去精神病院。我去了，但她看到精神病院就害怕，根本带不进去。唉，没办法，我就自己去开药。喏，每周去一次，一次只给三颗。"

他从一堆乱七八糟的东西里找出一个鞋盒，里面有各种各样的药，其中一种白色药片就是他说的药。

"医生说，她有控制不住的行为时就吃一颗，让她睡觉。唉，小夏……唉……"

金福真手上忙活着，心依旧有被吊在空中的悬空感。小夏的死亡就像一个隐喻，意外来得太突然了，她又回想到警察举起她的身份证。

他们会以为死掉的人是自己吗？江阳的警察会通知住在江门的丈夫和女儿吗？她现在在世界上是一个死人了吗？她无法想明白，以她的社会经验和知识文化水平，她完全不明白背后的程序是怎么运行的。

小春在梦里哼了几声，老头进去看了一眼，又出来接着干活。等到纸皮都捆扎好，老头叫金福真一起出门，把小春反锁在屋子里。

"这样锁着没事吗？"

"没事，她一时半会儿醒不了的，我们很快就回来。"

老头背上一捆纸皮，金福真也背了一捆，跟在他后面，一边走一边追问。

"可是小夏就这样死了吗？就这样了吗？"

"不然呢，你想要怎样？"

"至少、至少应该让她家里人……"

"愚蠢！"

"什么？"她一时不明白老头为什么会突然发火。

"你以为每个人死了都有去处吗？这个世界上不明不白地出生、不明不白地死去的人，多的是，多的是！告诉家里人，那又怎样？我问你，他们会觉得悲痛吗？会遗憾吗？会为她找个好地方吗？烧点纸钱？我告诉你，不会！要是没有赔款，他们只会觉得麻烦！"

她被这种近乎控诉的解释吓到了。这一天，心就没有落回地面上过，她不敢再问，只是安静地跟在他背后继续走。

两人走到一个规模很小的废品站，一个穿着背带裤的老头正在往三轮车上装废品，见到他们，灵活地从车上爬下来。"老西，昨儿怎么没来？我等你喝酒，等了一晚上！"

"有点事耽搁了。来！"说着，把纸皮扔在灰不溜秋的磅秤上。金福真也把自己背上的放上去。

"44块。来，这是45块。"背带裤老头递给老西钱，又招呼他进屋喝酒。这时候他才指一指金福真，问："这谁呀？小春、小夏呢？"

金福真拘谨地搓搓手，不知所措。

"一个朋友。小春睡着了，小夏……死了。"

听到这话，背带裤老头一点都不惊讶，仿佛这样的事情司空见惯，搂着老西的背就要进门喝酒。老西转身把钥匙扔给金福真："你先回去！"

命令的语气让她无法拒绝，她捡起钥匙。钥匙上面挂着一只用绳子编成的金鱼，就是小学门口最常见的那种编织绳，孩子们很喜欢玩。

她拍拍金鱼上的灰，把钥匙收好，往回走。她肚子饿得很，身上也冷得很，不知道该怎么办。现在钱没了，身份证没了，吃的也没了，那个蜂窝煤厂到底在哪儿？

回到棚子，打开门，小春果然还在熟睡。她实在是冻得不行了，钻进被子和小春一起躺下。等小春醒来、老酉回来再说吧。

下午两点左右，老酉才回来，带着半只烤鸭和俩馒头。他叫醒小春，又丢了一个馒头给金福真："吃饭！"

昨天把肚子吐空了，到现在什么也没吃，她是真的饿坏了，拿到那个馒头，就像狗啃骨头一样啃起来，就着烤鸭脖子，囫囵下肚。

小春看乐了，在旁边哈哈大笑。老酉细心地把小春的馒头掰成四瓣，又给她倒了水，然后问金福真："你叫啥名字？接下来准备去哪儿？"

她把一口馒头艰难地咽下去，又喝了一大口水，然后把小夏抢了自己包的事情，一五一十地说出来。

"现在我钱没有了，身份证也没有了，不知道上哪儿找工作……"

"我看你穿得挺好的，怎么会没工作？身份证没了，补办一张不就行了？派出所就在……"

"我不能去派出所！"

"为啥？"

"我……我……"

见她支支吾吾的，小春开心得鼓起掌来："星期天，星期天！"

"她为什么一直叫星期天？"

"不知道，估摸着小时候在星期天遇上啥事了吧。你不能去派出所，那咋办呢？找工作，不得要身份证啊？"

"短工可能不要吧？"

"那是以前，现在不一样了，你没有身份证，没人敢要。"

她将信将疑看着老酉，可他的样子不像是在骗人。

"这样吧，你要愿意呢，可以跟我和小春在一块儿，先过渡着，等你什么时候能去派出所了，你再离开。"

她看看手上的馒头，又看看天真可爱的小春，点点头答应了。

流浪生活正式开启。其实这也不能算流浪，只不过没有家而已。白天，她四处捡纸壳、塑料瓶、易拉罐，她很快就学会了什么地方捡到好东西的概率最大，哪个菜市场的馒头最大个，哪个菜市场下市以后会剩很多能用能吃的好东西。晚上，老酉偶尔会带点烤鸭、猪心、猪肝之类的东西回来，当然也有纸壳和塑料瓶。

他们每周去背带裤老头那里卖一次，老酉会像那天一样，让她们先回家。

他们一块儿生活的第三个月，2011年4月，天气终于渐渐暖和了，老酉拆了铁皮棚子，要搬家。

好端端的，为什么要搬家呢？

老酉解释说："冬天街上人少，在这儿不打眼，没人注意到；天热了，小孩儿到处疯玩，这儿就不安全了，两天就能给我造没了。有一回，一帮小屁孩儿放火把我屋给烧了。真是一帮没屁眼儿的东西……"

"咱们搬去哪儿？"

"更东边。"

他说的更东边，是城市真正的边缘地带，没有什么人居住，也没有车水马龙。那里有一片不知道何时停工的烂尾楼，有几栋盖到一半，而有的只起了个地基。

楼与楼之间有小小的积雨湖泊，地面上杂草环生，很多草种子被风吹起来，落在三楼、四楼，在钢筋水泥之中寻找生存机会，硬是长出叶子、开起花来。

老酉选了一栋看起来还算稳当的楼的二楼，三面有墙，一面临湖，景色还不错。只见他丁零当啷地翻找着搬过来的东西，掏出塑料布和没剩多少的胶带，一圈一圈地把临湖的那一面包成半透明的窗子。

金福真收拾锅碗瓢盆，打扫卫生。小春像青春期的女孩，仔细地收拾着自己的几件衣服，翻来覆去地叠，叠了又散开，散开了又再叠。

当天傍晚，老酉又捡回来一个比原来那个好一点、小一点的沙发，这个家就算安下来了。

这里的夜晚很宁静，不像棚子那边，常常有车经过，甚至有时候路过的人会好奇地走进来看，而有的醉汉会在不远处解手，老酉就会带着棍子出去咒骂。这里一辆车都没有，夜晚醒来，能看到很美的星空，蛐蛐儿时不时叫两声，风吹来，塑料窗子发出阵阵有规律的摩擦声。这个家明明就在城市边缘，却和城市没多大关系，像一个架空了时间与空间的独立城堡。

有一天凌晨，金福真下楼解手，竟然发现湖边长满了一种水生野菜，她很高兴，把野菜采回家。晚上菜市场关门的时候，她买了一块非常小的五花肉，老板看她可怜，又给了一点边角料——猪油、猪皮，她带回来煮了汤，下野菜吃。

晚上，小春和老酉回来，看到家里有新鲜的菜汤，很开心。小春喝了好几碗，很早就睡着了，老酉从他的破烂堆里翻出来一个裹了几层的酒壶，就着猪肉和野菜，喝得美滋滋的。

"你这女人不错，会做家事，好得很。"老酉喝了几口，情绪上来了，对着金福真夸起来。

"你这个名字也好，金福真，有福气。不是，小春和我认识了你，是我们俩有福气。你看你来了以后，这个家是不是有家味了？这些东西……"他指了指周围摆放着的家庭用具，"我没空收，没空收，小春离不了人，你，收得很整齐，很好，很好！"

也是借着这股酒劲儿，老西向金福真讲述了自己的故事。

老西是农村人，家里几辈都是农民，到了他这一辈，命犯孤星。

爹妈很早就死了，老西进城打了十几年工，不知怎的，又突然回去了。在村里和弟弟两个人生活，谁知没过多久，弟弟也死了。

他没读过书，没什么文化，这么大年纪了，还是光棍，一个人住在老房子里，又不会种田，种什么死什么，干脆荒废着。隔壁两家的田埂，今天挪一寸，明天挪半分，不知不觉，他的田就凭空消失了。

亲戚都是捧高踩低的人，谁会找不痛快给老西做主呢？在农村，或者说在人世间，有互惠的利用价值，才有来往的必要。老西这样的老光棍，又没钱，能有什么来往的必要？

他只有一身蛮力，所以村子里有的人家，尤其是女人当家的，偶尔会请他做点翻地、固田埂之类的活计，给他一些米啊面啊。可这样的人家少，老西脾气古怪不爱说话，别人也有点怕他。

七年前的大年初二，一大清早村里死了三口人，都是喝了水以后突然暴毙的。

三个人都是直接把嘴接在水龙头上喝，喝完就死了。警察来了说，水里有敌敌畏。他们村刚通自来水没多久，自来水是从水库引到村头水窖里，再从水窖接到各家各户的。那到底是水库里有敌敌畏，还是水窖里有敌敌畏？总不会只有那三家人的水管里有敌敌畏吧？

一时间，全村的人都不敢喝自来水了，牛、马也都渴着。从镇上、县上来了一大拨警察和医生，县里又调了一辆消防车，来给大家供水。村民们拿着水桶、脸盆，接水回家用，过了一个提心吊胆的春节。

全村的人都被警察叫去挨个问话，做笔录。村民们议论，说是有人把锁撬了，往水窖里倒了好几瓶敌敌畏，五个药瓶子就扔在水窖边。

敌敌畏这玩意儿，是用来除草的，谁家没有呀，这怎么查？还真有一个人家里没有，也不该有，可他偏偏去买了。那个人就是老西。

村里有人向警察反映：在集市上看到老西买敌敌畏，买了五瓶；他又不种地，买敌敌畏干啥？

还有人言之凿凿：大年初一夜里起来解手，看到老西一个人从村头回来。

这挨个问话还没问到老西呢，他便成嫌疑人了。他一不做二不休，干脆先跑出来。警察找上门，发现他家门大开着，四壁空空，人早已不知去向。

金福真听得瞪大了眼睛："那药到底是不是你……"

"当然不是，我吃饱了撑的，药死全村人对我有啥好处？"

"那你跑什么呀？"

"你信警察，我不信。就算没罪，村里人也能给我弄出罪来。"

"那你也没买药？"

"买了。"

"你买药干啥啊？"

"嗐，一时半会儿和你说不清楚。总之，我没有杀人，我没有下毒。这日子，都是叫他们给逼的！"

老西情绪又激动起来，唾沫星子飙得到处都是。金福真赶紧站起来安抚他，过了好一会儿，他才重新平静下来。

夜深了，温度比白天低了不少，金福真裹紧衣服，又一层一层地扣好。她以前在街上遇到流浪汉，总是不明白，为什么不管春夏秋冬，他们都穿得那么多，层层叠叠的。现在自己也过上了差不多的日子，终于明白了。流浪的人是没有冬天和夏天的，每天都一样冷。奇怪吧？阳光明明照在身上，可体感还是冷。

她又给小春盖了一件衣服，然后毫不掩饰地把自己的事也说了出来。

说完，抬头看老酉的反应，可能是酒精的原因，可能是情绪的原因，也可能是困了，他没有太大的反应。俩人沉默了半晌，老酉说："第一，你不能用真名；第二，不要回江门市；第三，不要违法，不要偷东西，不要和别人起争执，不要被人家抓住。"

说完，他回到破沙发上，蜷起身子，不一会儿就鼾声如雷了。

金福真小心地收拾碗筷，洗刷锅子，都归置好，一个人坐在窗边看月亮。

一轮弯弯的弦月，在云朵里穿行，忽明忽暗。那遥远的光斑上，像是有人在舞蹈，他们时而起跳，时而旋转，时而弯腰，时而踢腿，然后哗啦啦，一下子全部脱离月球表面，坠落到地球上，摔成了斑斑点点的黑色烂泥。

7　溃烂的美人

小春不见了。

本来应该晚上回家见的，但才下午三点多，老西就慌慌张张地跑到金福真经常捡东西的菜市场找她。

"怎么会不见呢，你们不是一直在一起吗？"

"我就走开了一会儿，就一会儿，回来就没看到她了。"

"先别急，一块儿再找找！"

他们顺着来路，一路寻找小春的踪影。今天天气好，小春出门之前特意换上了她最喜欢的一条粉裙子，裙子衣领上有一个大大的蝴蝶结，很好认。

她是在另一条菜市场背后自建房间的小巷子里走丢的。自建房高高矮矮，样式不一，有的人家修了花台，占了不少路；有的人家就地做生意，门口摆着油腻的锅灶和一些看起来不是很新鲜的烤串；有的人家改建成旅馆，灯牌坏了，友情旅馆变成了"又青方官"，胡乱拉扯的电线和数据电缆乱七八糟地搅在一起，悬在上方。

他们来来回回，把四通八达、曲折迂回的巷子都找了个遍，也没有看到小春的影子。

老西急了，急得直跺脚。金福真头一次看老西这样着急，就让他别慌，再扩大范围找一次。他们没走多远，在一个临街的包子铺门口看到了小春。

她正被一个蓬头散发的女人压在身下，两人滚在一起，像在争夺什么东西。

旁边的路人看热闹的看热闹，议论的议论，有一两个买菜的妇女想上去劝架，又怕那个蓬头散发的疯女人，不知道从哪里下手才好。

老西冲上前去，一把抱住疯女人，金福真抱起小春。小春把头埋在她怀里，委屈地哭起来。

老西很生气，冲她喊："哭什么！回家！"他放开疯女人，用力拉小春，都把她弄痛了，一直喊"星期天，星期天"。

看到小春三人走了，疯女人才拿出她抢到的东西——不过是两个肉包子。

包子铺的年轻女店员红着脸站在一边，老板瞪着眼睛，一边骂她一边麻利地关卷帘门。

"我说过多少次了，不要直接拿给他们，你丢到菜市场那边，他们自己会捡的。真是的，说不听，这回知道厉害了吧？"

这是远近闻名的包子铺，每天清晨六点开卖，只卖到下午两点半，没卖完就扔，从不卖隔夜包子。因为这噱头，生意一直好得不得了，很少有剩下的。

今天不是工作日，加上对门的新店开张搞活动，生意稍微受了点影响，但也就剩了几个。刚好小春路过，口水直流，心善的女店员看她清清秀秀的，只是智力不太好，就干脆打包给了她。哪承想冒出个疯女人来，上来就是抓啊咬啊抢。小春哪儿见过这架势，被吓得不轻。卷帘门一合上，女店员蹲在地上哇哇大哭起来。

门外的疯女人跟几天没吃饭似的，三口两口就把包子吞完了，拎着菜路过的老奶奶急得不行，拍着膝盖喊："慢点吃，慢点吃，噎到了可不得了！"

那疯女人完全不听旁人的话，边吃边跑。

老酉紧紧拉着小春的手，在小巷子里走得飞快，小春几乎是被他拖着走的。金福真在后面追："老酉，慢点慢点，你把她弄痛了！"

老酉并不听劝，脸上满是怒气，仍旧拖着小春走。小春的手腕被他捏得发红，手掌都青了。

金福真丢下大袋子，奋力跑上前去，用力推开老酉，把小春护在怀里："你干什么！她痛，你没看到吗？"

老酉环顾四周，捡起一根木棍，雨点般地落在小春身上："叫你乱跑，叫你乱跑……"

金福真抓住他的手腕，夺过棍子扔了："你干什么！疯了吗？你这么打她，她就能听懂？"

小春抱着头，不敢再哭了，呢喃着："星期天，星期天……"

金福真没再理老酉，跑回去捡起袋子，又跑回来把小春扶起来，拉着她慢慢往家里走。

老酉看着她们的背影，又四周环顾了一下，叹了口气，也跟了上去。

他们谁都没注意到，有个人悄悄跟在后面，把这一切看在眼里。

到了家，金福真给小春擦了脸，又检查她身上哪儿受伤了。脸好像在地上磨过，破了几处，身上还好，看来那疯女人没有咬到她。

腿上有几处老酉打出来的红印子，她心疼坏了，打湿毛巾擦去尘土，又用一块纸壳子扇风，把伤口吹干。"这里不能碰到水哈，碰到水，啊——好痛！"她跟哄小孩似的，耐心地教着小春。

小春把头靠在她身上："星期天，妈妈，星期天。"

金福真定住了，她的眼泪像被挤压的水球一样喷涌而出。

小春不知道她哭什么，用手擦去她的泪水："星期天，妈妈，星期天……"

她深呼吸几口后，帮小春梳头发，又给她换上一件比较干净的衣服，然后打算把换下来的裙子拿到水塘边洗干净。她发现裙子上有一块很大的血迹，心想可能是疯女人身上的，便没多想，带着盆下楼。小春跟在后面，又开心起来，像什么都没发生过一样。

晚上，老西才回来，浑身酒气，醉醺醺的，倒头就睡。

小春早就睡着了，金福真没睡着，也没起来，不想管他。

第二天一早，天刚蒙蒙亮，他们听到动静，迷迷糊糊坐起来看，那个疯女人竟然蹲在地上翻他们的东西，锅碗瓢盆等生活用品，还有捡回来的废品，被她翻得乱七八糟。

老西酒还没醒，一点反应也没有，金福真拿起一个小锅，慢慢靠近，大喊一声："别动！转过身来！"

老西让这一声给吓醒了，从沙发上掉下来，他手忙脚乱地爬起来，只见金福真跟个傻子似的举着一口锅，而那疯女人更傻，举起手慢慢地转过来。

又好气又好笑，他让一个把锅放下，又让另一个站起来。

那女人慢慢站起来，一只手仍举在头顶，另一只手拿着不知在哪儿找到的半个面包啃着。

大家这才看清楚她的脸。虽然头发乱糟糟的，脸上有黄的、红的污渍，指甲又脏又长，但是不难看出来，她长得很好看。一双丹凤眼，被一对根根分明的眉梢吊着，透着一股傲气。眼角有一颗泪痣，又增添了一丝楚楚可怜。鹅蛋脸正中立着一个小巧的鼻子，高高的山根搭配圆圆的鼻头，有一种恰到好处的娇憨。看起来年纪倒不小了，但这五官搭配在一起，就是披着烂麻袋，也掩盖不了美人的底子。

她三下五除二吞了面包，拍拍肚子，准备走人。

金福真想追上前去问个清楚，老西摆摆手，说："算了，随她去吧。"话音未落，美人突然倒在楼梯口，浑身开始抽搐起来。

老西反应快，走上前去把她放平："莫不是羊癫疯犯了，拿布来，堵住嘴巴！"

金福真没有拿布，只是帮着把人放平："以前我见过，说不能堵嘴巴，会把人闷死。放平，把头侧到一边，她自己慢慢会好！"

结果这一番操作，并没有让她变好，她的身子止不住地抽搐着，眼下变得乌青，额头上青筋毕露，手死死地抠住自己的身体，脚到处乱蹬。

一个艳丽的美人，转眼间面目狰狞，面色青紫，口水、眼泪直流。老西熟悉这种样子，他在其他地方混时见过，于是用衣服袖子把她的手绑在背后，把脚也捆好，又拿一块纸壳子卷起来让她咬住。做完这一切，他拍拍手坐回沙发上，喘着大气说："毒瘾犯了。"

金福真只在电视剧里看到过类似的情节，完全不明白发生了什么："什么？毒瘾犯了？你说她吸毒？"

老西顺了一口气，说："不信你看她胳膊，肯定有针眼儿！"

她试探着慢慢向前，轻轻撩起她的衣服，胳膊上是有好几个针眼，有的地方还溃烂了。仔细看，她的下巴也溃烂了，脖子也是，耳根还有几个脓包。

她吓坏了，连连后退。

过了几小时，女人才恢复神智，金福真给她松了绑，又给她拿了一点吃的。

那天晚上，女人又发作了两次，第三次醒来，已经是凌晨三点多了。

她非常虚弱。她慢慢挪到窗前，把脚从塑料布下面的缝隙伸出去，抬头看天空。

今晚没有月亮，周遭都是一片沉沉的黑色。金福真怕她掉下去，摸黑来到她身边。她把头靠在金福真的肩膀上，说："我叫邹莉莉。"

金福真没想到她会先开口说话，愣了一下，想了想说："我叫金福真。"

之后又沉寂了，屋里安静得只听得到老西的呼噜声。

不知道坐了多久，月亮突然出来了，一道柔和的月光轻柔地照在两人身上，照进屋子里。

邹莉莉看着月光一点一点爬上自己的身子，突然很开心，用手轻轻摩挲着腿，像是在抚摸月光。

"我本来不是这个样子的。"她笑着说。

"我知道，我知道。"金福真赶紧回答。她心里有一种成年人的预感，死神已经站在离她们不远的阴影中。

邹莉莉用极其缓慢的语速讲述了自己的生平。她四十三岁，原来在一座小城的建筑公司做财务，离过一次婚，没有孩子。或者说，因为没有孩子，才离了婚。

有一次，她去南边的一座大城市出差，认识了一个男人。他说他喜欢她，对她很好，百依百顺，关心她，关心她的身体，关心她的心情，关心她的月季这一季开得好不好，关心她的狗狗是不是还在掉毛。

她以为爱情来了，沉浸在一种可能里。

人们只知道莉莉姐最近容光焕发，却不知道她找到了真正的爱情，和生孩子无关，和照顾家庭无关，和老人无关，和收入无关……只和她邹莉莉有关。

她最快乐的日子就是那一年，有时候幸福得觉得当时就死掉也划算。

好景不长，不久以后，男人生意失败，邹莉莉把自己的存款都给了他，但还不够，她就一点一点把公司账户里的钱悄悄地转出去。

后来，男子说不用再偷钱了，他在南澳赢了一把，能把所有钱都还上，并且真的先还了三分之一。她很开心能把窟窿填上了。

但没想到这只是开始，他们挪的窟窿越来越大，直到东窗事发。她的房子被没收填了窟窿，公司没有追告她，只是把她开除了。

没有了工作以后，她跟着男人去赌博。根本没有好手气，赌输了。当然会输，本来就是要她输的。

借遍了亲友，已经无人再愿意和她往来，她听从男人的安排，去做皮肉生意……

人生，建立起来就像垒长城一样艰难，崩塌却像多米诺骨牌一样容易。

有了第一次，就有第二次、第三次……

她和客人一起染上了毒品，以贩养吸，吸了又去卖……直到她再也卖不动了。不管是什么，她都没法再卖了，就像一块破布头，被丢弃在江阳的街头。

那些人从哪里来，又到哪里去了，自己一直生活的是什么地方，她竟然一概不知。

听完这一切，金福真惊呆了，久久说不出话来。邹莉莉解脱了似的看着月亮："谢谢你，金福真，我终于能说出自己的名字了。"

话音未落，她身子朝前，没有一丝犹豫，想直接落下去。

金福真眼疾手快，死死拉住她。

老西的塑料布粘得挺牢实，邹莉莉又太瘦，金福真把她给拉回来了，两个人躺在地上，喘着粗气。

"你干吗啊你！何必到这一步！"金福真一边打她一边掉眼泪。

老西醒了，只是看了一眼，没说什么，又继续睡。小春睡得很香，完全没有醒来的迹象。

邹莉莉拖着虚弱的身子站起来，挪到角落里，靠着废品睡着了。

这一夜只有金福真没有睡着。这半年来的日子，实在是太魔幻了，她以为自己打死人跑去山里躲着已经够不可思议了，够不能启齿了，够有隐姓埋名的必要了，没想到别人的人生比自己的更复杂，更无法理解。

她理解不了有一份体面工作的人，为啥能为了爱情赴汤蹈火；她也理解不了没做错事的人，为啥要亡命天涯；更不能理解小夏，她是真的没看到那辆车吗？

小夏从马路对面跑过来的画面再度出现在她脑海中，她吓得哆嗦了一下，迟迟不能入睡。

第二天上午，等她醒来已经快十点了。还没完全清醒，她就听到一阵持续的尖锐的叫声，是小春发出来的。

一个黑影从窗前落下。她一激灵，循着小春的声音往楼上跑，跑到五楼，看到老西站在窗边往下看，小春抱着头蹲在地上，下巴不断地往膝盖上磕，念着："星期天，星期天，星期天……"

五楼没有墙壁，只有几根光秃秃的柱子，她手扶柱子，探出头去。邹莉莉面朝天空，一根钢筋贯穿了她的头颅，从嘴里伸出来。她的衬衣破了，露出大部分身体，白皙的躯体上长满了青色的点点瘢痕和暗色的脓包。

她身边散落着几十张红色的人民币。她就像一朵盛放的大丽花，鲜红地开在破败的草丛里，点缀着粉色的、罪恶的印记。

天开始下雨了。

8　失去姓名的人

看着死去的邹莉莉，三人都吓坏了。

老西最先清醒过来，对小春说："回去！"小春吓坏了，根本动不了。他又对金福真说："带她回去，然后带几个袋子下楼，快点！"说完，自己先跑下楼去。

金福真心里充满了疑惑和恐惧，邹莉莉是自己跳下去的吗？老西和小春怎么也在上面？那些钱又是哪儿来的？

她双手微微颤抖，慢慢扶起小春，安慰她，带她回住处躺下，然后迅速拿起三个捡塑料瓶用的大袋子，又拿了一件衣服，慌慌张张地下楼。

到了楼下，老西已经把钱都捡起来了，他又淋着雨把邹莉莉从裸露的钢筋上取下来。金福真亦步亦趋，用带来的衣服盖住她裸露的身躯。

"别弄了，现在弄这个有什么用？快点，装进袋子里！"

她不知道该怎么弄。

"愣着干什么！快点！"

雨中的老西看起来格外凶狠，一点也不像个老头，矫健的身躯灵活地脱着尸体身上的衣服，把她扒光。

这时候她才反应过来，老西不能算老头，他看起来只比自己大几岁而已。

她被老西反常的样子吓坏了，手忙脚乱地帮他把尸体放进编织袋里，搬到一楼深深的草丛中。

老西把邹莉莉的衣服翻了个遍，只找到一张缝在裤子夹层里的身份证。他把身份证装在自己的衣兜里，拿着那些衣服走了。

金福真站在原地不知如何是好，老西又折回来，压低声音凶狠地说："守着，别让人看到！"

雨一直下着，她不敢上楼，也不敢站在编织袋旁边，在另一栋楼楼下远远地看着。

此刻眼前的世界，就像一个怪异的千丝牢笼，雨水和钢筋水泥把世界编织成立体监牢，每个人都被关在其中一个格子里，逃脱不得。

盛夏的雨，越下越大，甚至快看不清对面。模糊的雨中，走过来一个身影，她警觉起来，躲在柱子背后。

那人越走越近，原来是小春。她松了一口气，把她拉进楼里，抹去她头上的雨水。

小春哼哼唧唧，不知道在念叨什么。

"什么？春儿，你说什么？"

她尽量安抚她的情绪，又凑得很近很近，才听到她说："星期天，妈妈，星期天。"

原来又是这几句话。她叹了一口气，把小春搂在怀里，坐在地上继续盯着对面。

小春湿漉漉的，靠在她怀里，不断重复着只有她自己才懂的话语。突然，她把拳头伸进金福真手里。

"冷了是不是？我们回去换衣服好不好？"她温柔地问小春。

小春只是把拳头松开，一张布条掉在她手里。

"离开他。"

她展开布条，上面写着这三个字。不知道是用什么东西写的，像砖头，像石头，又像石膏。

她仔细辨认，只有这三个字，没有别的了，倒是布料上有很难发现的粉色绣线，好像在哪里见过。

猛地，她的大脑嗡的一声，冷汗从背脊一直冒到头顶——邹莉莉身上那件衬衣！

她左右环顾，然后压低声音问："谁给你的？是谁给你的？"

小春哪里说得清楚，头摇得像拨浪鼓。

"是漂亮阿姨吗？"

小春摇头。

"抢肉包的阿姨，对不对？"

听到肉包，小春可算有反应了，想了想，才点了点头。

她还准备追问，老西拖着一辆两轮板车回来了。她赶紧对小春做了个"嘘"的手势，把布条紧紧塞进裤兜里。

老西到了尸体前，不见金福真，喊了两声，才看到她和小春一起从楼对面过来，便问："去对面干什么？"

"我们害怕。"

"怕也没用，把尸体拖走就不怕了。来，搭把手。"

他的表情平和多了，不像先前那么狰狞，金福真都怀疑自己是不是被吓出幻觉了。

她和小春一人抬着一只脚，老西一个人抬着头，把尸体放到了板车上。

"等天黑了，再把她拖出去。"老西说完，回楼上去了。

她本来打算等他回来一定要问清楚，早晨到底发生了什么事？好端端的，为什么三个人会在五楼？邹莉莉是怎么死的？钱又哪儿来的？

她什么都没问，心里被那句"离开他"折腾得直打鼓。

她到底是什么意思？是离开男人，还是离开老西？还是根本没有什么特殊意义？她不敢轻举妄动，不敢问，也不敢猜想，只能紧张地等待天黑。

天终于黑了，雨也停了。

老西拍拍床，把她们都叫醒，三个人一起拖着、推着板车，往森林公园的方向走去。

那个森林公园是免费的。说是公园，其实就是一块植被茂密的地方而已，没有人管理，也没有修路；里面有一片野生的杜鹃花，年轻人很喜欢，一到开花的季节，就会有很多人过去打卡，还给它取名杜鹃谷。杜鹃谷不远处有一片松针林，雨季很容易在里面捡到野生菌，是老太太们喜欢的地方。松针林再过去就是杂木林，里面杂木横生，不方便进去，鲜有人光顾。

他们顺着无人的偏僻小路，走了大约半小时，就到了森林公园的松针林。

老西把尸体扛在肩上，又从板车上拿了铁锹，往杂木林去了。

杂木林的根系错综复杂，要挖开一个大洞不容易，他找了很久才找到一块稍微宽敞一点的地方。有棵树像是病死了，根系萎缩，周围土地变得松软。

他奋力挖着，每挖一下，金福真的心就像被捶打了一次。

她过去帮忙，用双手刨开树根……

埋好邹莉莉，老西让她们先退出去，他一个人在后面，细心地扶起倒下的幼苗，用铁锹把脚印弄乱。

夜里应该还有阵雨，大雨一洗，就什么都没了。

他把板车推回去还给背带裤老头，金福真和小春则从大道慢慢走回家。

回去以后谁也没说话，一种诡异的默契流淌在三人之间，老西淡定地吃了夜宵，很快就睡着了。

金福真心里倒是有了另外一番盘算。

她和老西谁都不提那天发生的事情，他们还是像往常一样，白天各自行动，晚上再一起吃晚饭。

秋天来了。过去几个月里，她几次提出，白天让小春跟着自己，减少他的负担，都被他一口回绝了。她一时想不到更好的借口，只能再等等。

说起来很奇怪，在那之后，老西并没有什么奇怪的行为，可是那个念头就是一直缠绕在心头。她想要不自己走了算了，甚至有几天夜里，她都把自己的东西收拾好了，可看着熟睡的小春，又特别想把她一起带走。

有时候她也会想，小春是他从垃圾堆里扒出来救下的，长久以来一直是他在照顾，而且照顾得挺好，自己到底为什么总想把小春带走？她不明白，也不明白现在到底算怎么回事。

没等她把这一切都想明白，一个意外事件把她和老西紧紧地拴在了一起。想走，也走不了了。

他们一起杀人了。

东子现在就趴在河道里。他从三米多高的地方被推下去，脸砸在尖锐的石头上，鲜血一下子蔓延开来；他的下半身在河里，上半身在石头上，一动不动。

"他、他死了吗？"金福真一边颤抖，一边呜咽着问老西。

"不知道。"老西面无表情地回答，到处张望，然后去不远处的救生站拿来一根救人用的竹竿，戳东子的身躯。

东子没有反应。

他对着蹲在角落的金福真压低声音吼了一句："别哭了，快拿竹竿来！"

她边哭边跑，也拿了一根竹竿过来。

两人一起用力，想把东子整个推到河里。水不够深，他的身体随着河水一荡一荡的。每荡一下，金福真的心就漏跳一拍。

老西看她已经完全吓傻了，干脆把两根竹竿都拿在自己手上，一起使劲，又退了好几步，才终于把东子推进河里。

他仰面躺在河面上，随着河水漂走了。

为什么？为什么事情会到这一步啊？金福真掩面止不住地哭泣。

老西把竹竿放好，折回去，双手抓着她的肩膀说："别哭了，别哭了，看着我，看着我的眼睛！"

她把脸从手中抬起来，看着他的眼睛。

"这是一个意外，我们谁都不想这样的。你听好，我说的每个字你都要认真听好：你不认识这个人，从来没见过他，你今晚一直在家里，和小春在一起。明白了吗？"

金福真只是哭。

"明白了吗?！"老西用力晃动她的肩膀，捏得她直痛。

她茫然地点点头。

"你先回去，回去的路上绕去你常去的那个菜市场，捡点东西也好，买点东西也好，但一定要让别人看到你。记住，一定要让认识你的人看到你。"

金福真惊慌地擦擦眼泪，往菜市场跑去。

菜市场已经收市了，只有几个猪肉摊的老板在奋力搓洗台面。秋天是疾病高发期，卫生监督管理更严格了，对生肉摊的要求比往常严苛。

她随手捡了一点破烂玩意儿，经过肉摊，脚下一滑，重重地摔在地上。

摊主是一对夫妻，老板娘连忙过来看她摔着没有。老板伸过头来辨认她的容貌，拉着灯看了好一会儿，说："哎哟，北门姐姐，你把我吓得好惨哦。这么晚了还没回去，今天生意不好哇？"

老板娘瞪了他一眼，一边扶她一边骂："嘴巴闭上很费力是不是？闲来没事做吗？屁话多。"

扶起来以后，又对她说："姐姐，今天嘞个¹晚还没回去呀？"

她不作声，只点点头。

老板娘又绕进摊子，提出来一袋小小的猪皮，是客人买了肉不要皮，剔下来的一小块。"嘞²些皮子你拿回去，可以煮点热的吃。早点回去哈，嘞回子起秋风了，晚上冷得很……"

她连连鞠躬，老板娘摆摆手，示意她快点回去。她把猪皮揣在怀里，慢慢从北门走了。

走出菜市场，她的心几乎要跳出嗓子眼儿了。还好他们两口子还没走。那一跤摔的也不知道像不像真的，不过他们没起疑心，应该是没看出来。

她揣着猪皮，赶紧往家赶。

---

1 重庆方言，"这么"的意思。

2 重庆方言，"这"的意思。

老西已经到家好一会儿了，小春像是已经睡熟了。

他们坐在一起面面相觑，过了一会儿，老西先开口："今天的事就当没发生过，你不说，我不说，谁也不知道。"

接着拿出一张身份证给她："拿着。你如果觉得害怕，不想和我们过了，可以去找点零工做。"

她接过来一看，是邹莉莉的身份证。她心里一慌，没拿稳，身份证掉在地上。老西捡起来，拍拍灰，又递给她。

"你们年纪相仿，做点洗碗什么的小零工，人家不会怀疑。拿着吧。"

她心里困惑不已，这算收买，还是控制？都一起杀了人了，还能这么冷静、这么温情吗？

愤怒一下子蹿起来，几乎是强忍着爆发，她拽着他的衣服问："邹莉莉到底是怎么死的？东子说的到底是不是真的？"

东子和他们不一样，他走上流浪这条路，纯粹是因为好吃懒做。他很小的时候爹妈就死了，从此偷偷抢抢，留下很多案底，找不到工作，看到别人不工作也能活，他干脆也加入流浪队伍，成了这个城市流浪大军里的一员。

他过上这种生活以后才知道，流浪也是讲技巧的。

一般来说，城市里的流浪人员分为三种。

第一种，智力有问题，没有亲人兜底，无法正常生活。街上最常见的就是这一种。他们一般会在民政救助的一些专项行动中被收容，然后住在救助站或者敬老院里。

第二种，游击式流浪人员。他们的生活其实和普通人是高度重叠的，但是永远看不到他们的身影，因为每天菜市场关了门，他们才会进去睡觉；凌晨五点多，菜市场陆续摆摊，他们就会静悄悄地消失。还有的人会选择地下停车场、公园、ATM 等，正常的时间遇不到他们，他们来无影去无踪，一直存在，又像从不存在。

第三种，自主流浪人员。老酉、金福真就属于这一种。他们有的是背负着秘密，有的是看透了红尘，有的是天然热爱流浪，有的就是好吃懒做，只要不饿死就行。这一种人大多心智健全，有谋生能力，会选择栖息地，有的像老酉一样四处搬家，有的会一直在某个桥洞下或者某个废弃的公园里安家，直到被驱逐或被救助。

东子流浪了大半年，还是适应不了这种生活，偶尔偷一点，金额不大，能活下去。

他和老酉是在西边认识的，后来老酉搬走了，他和别人合不来，就在城里到处游荡。就在他从背带裤老头那里打听到老酉住处的那一天，他看到了不该看到的东西。

那天上午，他饿得不行了，准备去找老酉混口饭吃。他知道老酉有钱，他见过他把钱卷起来用橡皮筋绑好，放在贴身的衣服里。

天很阴，像是要下雨，东子吹着口哨来到烂尾楼，远远地看到一个女子在前面跑，老酉和小春在后面追。他们前后隔着几步路，那女子一直跑到五楼，不知是咳嗽还是怎么的，突然跪坐在地上不动了。

这一大清早演哪出呢？东子准备凑近看个清楚。

"还是老酉厉害，半年没见又弄了个女的。"他把嘴里的草梗吐掉，走上前去。

还没等他走近，竟看到老酉和那女子厮打起来。女子扯住老酉的衣服，一只手指着小春在说什么。只见老酉几乎把女子整个拎起来，很激动地说着什么，小春在比画着什么。

突然，毫无防备地，老酉像丢垃圾一样，把那个女人从五楼丢了下来！女人把他的衣服扯破了，那些钱像雪花一样，跟着女人的身体四散飘落。

小春的尖叫声划破了阴天，另一个女人从二楼跑到五楼，扶着柱子向下看了一眼，他们在说什么……

天开始下雨了。

东子一直躲在不远处，看到了整个过程。他看到老酉推来板车，看到他们把那个女人拖去森林公园，八成是埋了。最重要的是，他看到老酉捡那些钱了，最起码有几千块……一个念头在他心里生根发芽，他觉得自己的想法妙极了。

不能打草惊蛇，以防他们又突然搬家。上回就是突然搬走的，让他一阵好找。他悄悄跟了他们十几天，发现他们白天各干各的，晚上会回到烂尾楼。

"这个老酉，过的什么好日子，有两个女人伺候他，真够可以的。呸！"

可他发现，小春几乎一整天都和老酉在一起，下手可能不太容易。又跟了好久，终于逮到老酉单独出门。

东子从烂尾楼开始跟，一直跟到一个桥洞下面，老酉像是来见人。

东子躲在暗处，左顾右盼看了很久，也没看到有人来。他再也等不了了，干脆现在就动手！

他灵活地跳下桥洞，拿出兜里的刀对着老酉喊："老酉，可算找到你了！"

老酉本来心烦意乱，看到来人，仔细辨认半天才发现是东子。

"东子？"

"是我，废话少说，把钱拿出来。"

"什么钱？"老酉一脸懵懂地看着他。

"少装蒜了，那天我都看到了，你把那个女人丢下楼！"

老西的脸上渐渐荡漾起一分笑意："你看见了？"

"是，我看见了。你不把钱给我，我就去报警。"东子得意扬扬，对老西晃了晃刀子。

"你说说，你还看见什么了？"老西脸上依旧带着笑，一步一步向东子逼近。

东子心里有点慌，刀开始抖动。"我看、看、看到你把那女的掐死扔楼下了，还看到你和另外一个女的，还有小、小春，你们把她埋了……"

老西继续逼近："这么说，你全部都看到咯？"

"对，老子看到你杀人了。少废话，把钱拿来！"东子把刀拿稳，也向前逼近几步。

老西举起双手，慢慢后退："东子，你是不是几天没吃饭了？咱们先去吃饭好不好？"

"少诓老子，拿钱来，钱！操！"

"我给你，给你，你别着急……"老西慢慢把手伸进内兜里，拿出来一卷人民币，但是没有递给东子，而是慢慢地举起来。

"扔过来。"东子急了。

"东子，你听我说，我知道你现在有难处，我会把钱给你的，你先把刀放下，行吗？"

东子当然不答应，直接冲上去，准备把这老东西捅了。

老西突然把钱往东子身后一扔，东子的眼睛跟着钱转，一时没注意，手腕被老西捏住了，两个人扭打在一起。

老西江湖经验多，可架不住东子年轻，一下子就被他压在了身下，刀尖慢慢逼近，就快划破他的喉咙了。

"砰"的一声，一块石头拍在东子脑袋上，他浑身一软，倒在了老西身上。

是金福真。

她举着石头，站在二人身旁，抖得像筛子一样。

她跟踪老酉好几天了。她想弄明白，老酉和小春白天都去哪儿，去干什么。她只是想把事情弄清楚，看看小春到底在做些什么，才有可能让她自愿跟自己走。

这天晚上，老酉要出门，强烈的直觉让她悄悄跟了上去，然后就听到了两个人的对话。

东子说，是老酉把邹莉莉丢下楼的。她躲在暗处，身上起了一身鸡皮疙瘩，她感到一种不可言说的恐惧和寒冷。她还想知道更多，还想离真相更近些，却看到东子快把他杀死了。

现在自己冲动把东子拍死了，她崩溃了。

"邹莉莉到底是怎么死的？东子说的到底是不是真的？"她揪着老酉的领子逼问。

老酉丝毫没有惊慌，淡定地望着她："是不是真的，又有什么意义呢？你知道了如何，不知道又如何？你别忘了，今晚是你杀了东子。"

听到这句话，她的身子瞬间发软，她松开他的衣领，像块烂泥一样瘫坐在地上。

9　红色金鱼

　　星期天上午，金康小区老年音乐团的老朋友们，早早地约在小区西北门。今天天气很好，不冷也不热，风也很小，很适合练曲子。

　　团长老张最先到达约定地点，他擦拭手风琴的琴键时，远远地看到几个老太太，花枝招展地走来，有的穿着丝绒质地的暗红色旗袍，围一条同色系的丝绸围巾；有的手上拎着几个煮熟的玉米，想必是怕大家排练的时候饿了；还有的一边走路一边拍个不停，又笑又闹的。

　　老张心头一阵热乎，又有点痒痒，有那么一瞬间，他感觉像是回到了五十年前在文工团做演员的时候。这个瞬间，把这个星期天变得温柔了许多……这几个老太太，还真是不会老。

　　没多大一会儿，人都到齐了。短暂地商量了一下，今天这天气最适合去金鸢河河边的草坪上排练——那儿风景好，湿度也友好，最重要的是，方便几姐妹拍照。

　　到了河边，老朋友们各自摆好椅子，拿出乐器，调声的调声，开嗓的开嗓。

　　老张突然有点想吐——这是手术后遗症，众人关切地围上来，他摆摆手说："小问题小问题，你们先练着，我去那边。"说着，指了指河边的大桉树。

大家已经习惯了他偶发的后遗症，照顾他的面子，谁也没跟上去。

老张来到河边，手扶着桉树，哇的一声吐了出来。他精心梳理的花白头发，狼狈地耷拉在脑门上。他拿出手帕，叹了一口气，擦干净嘴巴，对着河面调整呼吸，整理头发。

远远地，他看到河面上漂着一个东西，被石头挂住了，一荡一荡的，像只死猪，又像一床被子。

他想走近些，看个究竟。

众人看到他慢慢地往下走，吓得不轻，纷纷跑过去。

大家都跑到了岸边，才发现河面上漂着的那团不明物体竟然有手。

老太太尖叫起来，老张的手微微颤抖，拨通了110。

派出所的老杨今年快退休了，退休前的警情，出一次少一次。最近，他的心态发生了奇妙的变化，着迷于出警，甚至有一丝丝荒唐的渴望，渴望重大案情。

酒醉闹事；邻里纠纷；喝醉了硬说家里有贼；两口子打架，一会儿要报警，一会儿又不报了……几十年了，很多同期的警察，有的当了所长，有的升到市局，有的进了刑侦，有的下海发达了，似乎只有自己一直在面对这些，似乎只有自己被困在时间里了。这些警情让他疲倦、倦怠、厌倦。

他自己也知道不对，可是他内心隐隐约约就是有一种对血腥的渴望，脾气也急躁了许多。他怀疑自己变态，买了很多教人平心静气的书来看，最近还练起了书法。女儿说，这大概是退休前焦虑症，给他买了好多书啊画啊，还给他换了手机和电脑，开通了视频会员。

这段时间，情绪终于好了许多，他已经在静静等待退休了。

直到这个星期天到来。

"什么情况？"老杨问先一步到达的徒弟周州。

"几个老人家在河边排练时看到的。师傅，人在这边，味儿有点大，您捂着点。"

老杨捂着鼻子，靠近看捞上来的尸体。

已经肿胀起泡了，像打了气的猪尿脬；很多地方小面积腐烂了，头部、面部有损伤，看不出来长相和年纪；身上的衣物部分损坏。

"师傅，这个人也是脸朝下……就是那个，'男尸必是脸朝下，女尸必是面朝天'，难道是真的？"

老杨一帽子打在他手背上："少胡说八道，你是警察，不是神棍！兔崽子好的不学……"

老杨一边骂一边蹲下来定神看，尸体颈部有一个小小的印记，特别眼熟。

"过来，这儿，这儿拍一张。"

周州屁颠屁颠地跑过来，对着师傅说的地方着重拍了好几张。

"报上去了吗？"

"报了报了，等市局法医呢！"

老杨摘下手套，拿着手机远离人群，拨通了一个电话。

很快就接通了。

"喂？杨师傅，您今儿又怎么了？"一个有点顽劣的声音传来。

"我这儿有件大案子……"

"哎哟喂，老杨，你可饶了我吧。您啊，就喝喝茶，看看报，追追剧，安安心心等退休，成不？"

"不是，真的是大案子，让别人抢先了，你后悔一辈子！"

"是是是，我后悔一辈子，好吧？您就让我后悔去吧。你的大案子……"对面扑哧一声笑了，接着说，"你的大案子哪次不是乌龙？别找我逗乐了，我这忙着呢。"

"这次是真的！"老杨急得换两只手拿手机，"尸体身上有金鱼！"

对面一听，沉默了一会儿："真的？"

"真的！快来！定位发你手机了，法医快到了。你可赶紧的，把这活儿揽了！"

接电话的是市局刑侦大队的刘传洋。这家伙脾气不好是出了名的，奈何人家能破案子，只得忍着。

其实要说破案技巧吧，也高不到哪儿去，并没有影视剧里那种天才破案警探的主角光环，他就是能熬。就没见过他这么能熬的人，有时候想案子一天一夜不睡觉，第二天抓捕的时候照样往前冲。真是神了，不用睡觉似的。

队里都管他叫老呱。为啥？青蛙的睡眠时间短呗！

听到金鱼，老呱整个人都兴奋了，毛孔全部张开，像闻到血腥味的豹子，他半耍赖半发脾气地把这案子要了过来。

到了现场，尸体已经被法医带回去了。他大概了解了一下事情经过，又看了照片。

"怎么样？"老杨带着试探的语气问他。

"您说这是金鱼印子，是不是有点牵强啊……"老呱端详着照片。

老杨所说的金鱼印子，是一块红色的斑点，在死者面颊近耳根处。整块红斑只有半个大拇指大小，看不出来金鱼的形状。

他心里有点烦，尽量没表现出来："行了，这案子既然要过来了，我会管到底的。不过老杨，我觉得你是不是有点、有点过度了？"

"什么过度？反应过度？不是，你看这个印子，它……"

"行行行，我晚上回队里好好看，行不？这儿还忙着呢。还是谢谢你，谢谢你啊，老杨！"老呱边说边走，上车离开了。

老杨愣在原地，心里真不是滋味。

这印子一定和金鱼有关系，错不了。十年来，他把这个印子看了万千回，绝对错不了。

金鱼印子，来源于十年前的一桩悬案，至今未破。

也可以说是老杨的案子。十年前，老杨还在西北辖区的一个小派出所，有一天接到一个男子报警，说家里有恐龙。

不是老杨接的电话，他刚吃完午饭，从外面回来，听到派出所里哄堂大笑。

"恐龙，哎呀，真笑死我了。"所里的"三点"和"四眼"正准备出警，一边笑一边领车钥匙。

"什么恐龙？"

"咋的老杨，想跟我们一块儿去看恐龙？"

"本捕快今儿带刀巡街，恕不远送！"

"别呀，你跟四眼换换，我带你看恐龙去，哈哈哈！"

"什么乱七八糟的！"

"刚接到一通电话，说他家里有恐龙，哈哈哈哈！"

"哪儿的事？"

"西山远景。"

"哟，富人区啊，别是磕嗨了乱报警……"

"那不正好，最好一次抓仨，今年的指标妥妥的！"

"行，四眼，巡街去！"老杨和三点一起出警，往西山远景赶去。

西山远景位于江阳市西北区，依山傍水，是一个别墅区。它紧挨着高尔夫球场，风景秀美，房价不菲。

"要我说，未必是磕嗨了，说不定人家家里真进了巨蜥或别的咱没见过的保护动物，对吧？吓坏了，说成恐龙也是有可能的嘛！"

"老杨，不是吧，这么天真？"

"一切皆有可能！"

到了报警人家里，一个中年男子已经焦急地等在自家门口。

"警察同志，你们可算来了，可算来了呀，呜呜呜……"说着，竟然伏在三点身上哭了起来。

老杨上下打量了一下，白色紧身裤子，条纹短袖翻领 T 恤，T 恤扎进裤子里，皮带上的 logo 大得能住进十个人。好家伙，磕嗨了，没跑了。

三点都不用进屋，闻他身上的味儿就知道是怎么回事，推了推他，说："说吧，哪儿有恐龙？"

男子一边哭一边往屋里走。这屋子可太大了，这些人怎么就这么有钱，到底是干什么的？老杨心想。

他们停车的地方是这家的负一层，负一层有一个花园，从花园上去还有一个花园，穿过第二个花园，才到主楼。

主楼是一栋四层建筑物，装修不菲，品味倒比他身上的衣服好很多。老杨和三点四处打量美丽的花园，三点时不时指一指雕塑，又指一指假山水，他俩就这么一边欣赏美景一边跟着男子往屋里走。

走进主楼，一楼大厅一片狼藉，花瓶、书本全部打翻在地上。这是真有恐龙，还是遭贼了？

一种诡异的气氛围绕在这栋富丽堂皇的别墅里，一丝血腥味从楼上传来。老杨猛地警觉起来，手扶装备，给三点使个眼色，便跟着男子沿旋转楼梯轻手轻脚地往二楼走去。走到楼梯尽头，三点骂了句："操！"

说时迟那时快，老杨一把把报案男子紧紧抵在墙上："蹲下，蹲下，手抱着头！"

男子又哭起来："警官救救我，救救我啊，恐龙快要把我吃了，呜呜呜呜……"

"闭嘴！抱头！"老杨边说边强制他蹲下，然后把他铐在楼梯的栏杆上。

二楼的大厅里，三个成年女性和一男一女两个小孩，被绑得结结实实的，倒在血泊里。血流了一地，根本看不清是谁在流血。

所有人都被胶带缠住脸。三点先看孩子，已经快没气了，他的手有点发抖，但还是非常快地把两个孩子脸上的胶带解下来，露出鼻子。

老杨铐住男子以后，也冲上去松绑，两个人手忙脚乱一通操作，最后发现五个人里只有小女孩还有一丝丝微弱的呼吸。

老杨一辈子都记得那一天。如果他们没有在一楼看花园，没有和那个紧身裤男子啰唆半天，那是不是有可能，有没有那么一丝丝可能，他们或许能救下那两个孩子，甚至能救下那三个大人呢？

老杨和三点心里乱得很，回所里以后，三点烟一支接着一支地抽，不知道抽了多少，抽得在墙根咳嗽，咳得像一棵快被风吹倒的老槐树。

老杨的心就像通了一个洞，像是被谁用勺子跟挖西瓜似的挖去了一块，他几乎是迷迷糊糊地完成了上报和交接工作。

当天带队赶来的正是老呱。报警男子很快被带去市局审讯，老杨也通宵写了很长很长的情况说明。

男子叫林生，经过尿检，确实使用了违禁品，用得还不少。他清醒过来，得知家里发生的事后，当场吓得尿裤子，整个人瘫在审讯室里，嘴唇乌青，全身止不住地发抖。

可是不管怎么审讯，他都一再坚持当天从中午开始，他就一直一个人在地下室"溜冰[1]"，报警前才上楼，上楼以后到底发生了什么，他完全不记得了。

老呱一队人轮流审了他几次，他都坚持这个说法。

第三天，林生试图自杀，他试着像影视剧里演的那样咬断自己的舌头。舌头没咬断，血倒是流了不少，话也说不利索了。值班民警发现以后立刻把他送到医院。

老呱这个人完全没有恻隐之心这种人之常情，林生越是想死，他越觉得恶心。他就是熬也要把这小子的实话熬出来。

晚上十点多，医院里安安静静的，老呱走在住院区的走廊上。陪床的家属大多已经挤在病房里睡下了；有的家属则在ICU门口打地铺，想必是亲人正在里面受苦。

林生他一个犯罪嫌疑人，却住在单间里，还得专门分个警力守着他。一想到这儿，老呱心里就来气。他直接冲进病房，把门关上，拿出录音笔，再次给林生播放他的报警电话。

"救命！救命！我家里有恐龙，救救我，救救我……"

林生流着眼泪，把头扭到一边，不想听。老呱把录音笔放到他耳边，又放了一遍。

"救命！救命！我家里有恐龙，救救我，救救我……"

林生又把头扭到另一边，老呱跟着换到另一边……

"救命！救命！我家里有恐龙，救救我，救救我……"

如此反复四五遍，林生生气了，呜呜哇哇叫着。他的双手被手铐铐住，挣脱不得，他仍旧用力挣扎，输液针扎破了血管，血顺着输液管慢慢往回流。

---

1 即吸食冰毒。

老呱才不管，冷静地把录音笔放在他耳边，再度按下播放键。

"救命！救命！我家里有恐龙，救救我，救救我……"

林生崩溃了，他死死地盯着天花板，不再挣扎，眼泪顺着眼角直接流在枕头上，胸腔急促地起伏着，呜呜呜地哭出声来。

老呱拖了一把塑料板凳坐下，问："你真的什么都不记得了？"

林生点点头。

"那你告诉我，恐龙是怎么回事？"

林生说得含混不清，老呱说："写下来给我。"他示意民警把手铐松开，又给了林生一部手机。他半坐起来，用手机慢慢打出来一句话："我看到客厅里有恐龙在跑，听到恐龙在叫。"打完又哭了起来，接着又打了一句话："我只想去死，我只想和我家人一起去死。"然后用手机用力敲打自己的头。民警赶紧把他控制住，又铐在了床上。

从病房出来，老呱脑子里一直琢磨着那句话："我看到客厅里有恐龙在跑，听到恐龙在叫。"会不会是林生"溜冰"后产生的幻觉，把真正的凶手看成恐龙，把家人的惨叫声当成恐龙的叫声？可凶手既然和他打过照面了，没理由留他一个活口啊。

又会不会是这狗东西幻觉发作，把家人当成恐龙，全部绑起来了？可他身上干干净净的，一丝血迹也没有。而且，如果是这样，家人没理由不反抗。他吸食了毒品，三个成年人，哪怕是女人，控制他也并不难。

一切就像一团迷雾，笼罩在他心底，也笼罩在老杨心底。

案发后，老杨几次偷偷返回现场，不管他再怎么看，再怎么研究，都找不到一丝丝违和的地方。

只要是犯罪，就一定会留下证据。这起案子的证据就是林生的证词，他和三点的执法记录，以及那个还在 ICU 抢救的幸存小女孩。

老呱也一样困惑，没有破门痕迹，可视对讲机什么都没拍到，小区的监控里也没有可疑人物，这起案子再怎么看都是林生这王八蛋吸嗨了害了全家。

可总觉得哪里不太对，哪里少了什么，无论如何也拼不出一个圆来。

他反反复复、翻来覆去研究这个案子，几乎是在同一天，他和老杨先后发现，死者中的年轻女性，也就是林生的亲妹妹，林媛的胳膊上有一块小小的红斑，只有半个拇指大小。仔细辨认，那块小小的红斑越看越像一条金鱼。

10　目击者

　　老酉有老酉的方法。金福真只是千千万万个老实人中的一个，对待老实人就要用对待老实人的方法。

　　老实女人最怕什么？怕责任和信赖。只要让她背上责任，再予以信赖，就算要她把头割下来，她也会自我感动，认为这是一种极度崇高的奉献。

　　他太了解金福真了，不需要知道她的过去，他就知道该怎么驾驭她。一张邹莉莉的身份证，一句"你又杀人了"，这两把镰刀同时架在她的脖子上，让她动弹不得。

　　她应该恐慌，她应该害怕，应该想要逃离，奇怪的是，一丝惊慌过后她反而有种安定。

　　其实并不难理解这种安定，有的女人就是要有一个男人掌握话事权[1]，才会觉得安全。如若不然，当初为什么要加入呢？真的是因为老酉善良吗？还是因为怜悯和担心小春？

　　从出生直至走到如今这一步，她的人生只有选择逃亡是自己做了一回主，其余时候都是别人安排好，她去走那些被安排好的道路。

　　被安排是轻松的，即便身体在受苦，精神也是轻松的，反而是

---

1 广东方言，指决定权。

逃亡的痛苦，让她难以安睡。如今再度被人拿捏，她反而觉得安全了。

不选择，是不是就不用负责呢？她的脑子想不明白，便决定回归麻木，把这一切都翻篇，顺从地接受邹莉莉的身份，安分地生活。

东子死亡的那天晚上，他们连夜又搬了一次家，搬到了离烂尾楼很远很远的北边。北市区的城中村很多，容身的地方也多一些。现在两人都增加了藏匿的必要性，他们租了一间平房，用邹莉莉的身份证。

房东是本地人，一个酒鬼老头，看到现金就啥也不管了，只要有钱就行。

平房很小，用帘子隔成了两半。

她又看到了熟悉的帘子，熟悉的窘迫，熟悉的逼仄。只是与那时候比，多了两条人命。她无力思考这一切。思考，让她感到痛苦。

她听从老西的建议，用邹莉莉的身份证找了一份短工，在快餐店洗碗。只需交一张身份证复印件，没有保险，工资周结。

从那天起，她再也没有想过东子和邹莉莉的事情，麻木再度保护了她的大脑，她又慢慢回到了逃亡之前的日子，打工，做家务，照顾孩子。

老杨还没有放下对金鱼的执念，他不相信自己错了，他又缠上老呱，追问案子的进度。一天几个电话，老呱被搅和得脑子都痛了，他手上还有一个入室抢劫的案子，忙得焦头烂额。

八成是喝醉了跌河里去的，他是这样想的，所以完全没有把这个案子放在心上，直到法医给他打电话：没有酒精成分，怀疑他杀。

尸检报告显示，该男子死于溺水。根据呼吸道吸入物分析，他落入水中的时候还活着。

但是究竟是经外力撞击才落水的，还是落水的瞬间恰好遭受了撞击，那就不一定了。现在能明确一点，他的死亡发生在头部撞击之后，面部撞击也发生在这之后。因此，可以合理怀疑，有人攻击了他的后枕部，然后把他抛到河中。

这时，他才对老杨的话认真起来。这次会不会真的撞大运了？他急忙冲回办公室，拿出十年前的金鱼印子，和这具尸体上的印子进行比对。

像，也不像。形状不像。但法医认为，两个印子，不管是压力分布，还是最终瘀痕的血红细胞分布模式，都高度相似。

查，一定要查出来。

老呱的心被兴奋和恐惧填满。他兴奋，是因为如果别墅杀人案的凶手再度现身，十年过去了，他的体力和精力必定会有所下降，只要他动手，就一定会露出马脚。但他也恐惧，如果这次又弄错了呢，会不会这辈子警察当到头，别墅杀人案也破不了？

他想到当年在 ICU 去世的那个幸存的小女孩，当时的绝望和痛苦再度席卷而来。那一天，他在医院待了一宿，无力感第一次袭来。他是一个警察，却破不了案子，真操蛋。

如今，这个像是机会一样的案子放在自己面前，他只能相信一次运气。就从这里开始，就从这具男尸开始，一定要查个明明白白，水落石出。

"老呱，指纹比对结果出来了。"队里的女警冯小谷拿着报告走进办公室。大家都管她叫谷子，谷子年纪轻轻就能到市局和老呱搭档，局里说闲话的不少。老呱不管这个，谷子聪明，有责任心，干活麻利，和他配合得很好。只要能破案子，他才不管对方是男是女，是老是少。

"怎么样？"

"这人是老前科犯了，你看看，偷盗次数都快赶上年纪了。2000年，持刀抢劫……180元；2012年，偷盗母鸡……这什么人啊，我都看笑了，你看看，他有什么不偷的！"

老呱拿过报告，仔细看起来。

陈东，二十八岁……

"监控那边有结果了吗？"

"金鸾河两边植被太好了，沿河都没有拍到他的身影，不过根据水流速度、天气、体重、死亡时间综合研判，落水地点应该是在腾龙桥附近。我觉得我们可以先过去看看。"

"行，让小李子把监控抓紧点，我们去腾龙桥看看。"

腾龙桥是横跨金鸾河十几座桥当中的一座，桥基很高，离河道几乎有四米，桥洞下面有一些生火的痕迹，还有不少啤酒罐子，尿骚味熏天。

谷子捂着鼻子，端详着地形和周围环境。如果陈东是在这里和人打斗之后落水的，应该会留下痕迹。但是现在看这场景，估摸着是社会青年鬼混的地方，这么几天过去了，应该是找不到什么线索了。倒是对岸的桥洞下，好像有什么东西。

河面很宽，在这头看不清楚，老呱和谷子又爬上桥面，过桥，下桥洞。桥洞很难下，不像对面被人为踩出一条路。两人互相搀扶着，紧紧抓着周边的植被，才艰难地滑到桥洞下面。

只见一张厚厚的床垫紧紧贴着墙面摆放，附近有一个锅、一瓶浑浊的液体——瓶身上拴着一条麻绳，看起来装的像是河水——一张塑料布简单地挂在床垫侧前方，像是遮风挡雨用的。除此之外，没有别的东西了。

看来是有流浪汉在金鸾河边扎根了。

从这一侧看对面，也看不太清楚。金鸾河是江阳的母亲河，河水湍急，又很宽阔，维护得也很好，水质不错。

他们等了许久，这个"住所"的主人也没有回来。"先去吃饭，晚上再来，八成能遇到。"老呱拍了拍身上的土，拉着谷子一起上了桥。

夜里十一点，深秋的寒意把河面浸染出一丝凛冽，它不像白天在阳光下那么温柔，宛若一个慈母；现在的金鸾河，冰冷，阴森，残忍。

老呱和谷子各自加了一件衣服，再度来到腾龙桥，没等车停好，就看到桥上围了一圈人，有的在喊加油，有的在尖叫，有的在拍视频，还有个四十多岁的女人，在人群中间哭得上气不接下气，边哭边捶打自己的大腿："儿子啊！我的儿子啊！"

"怎么了？怎么了？我是警察！"老呱冲进人群中大声问。

"那个女人的儿子跳下去了！"一位穿着夹袄的老大娘，从兜里伸出一只手来，指了指哭泣的女人，又赶紧收回兜里，接着说，"我们出来遛狗，看到母子俩在吵嘴，吵着吵着，那小孩就直接跳下去了。哎呀妈呀，太可怕了……"

没等她说完，老呱急忙往前挤，挤过人群探头看，一边看一边脱衣服，只见河里一个少年在挣扎，一个看不清样貌的男人正奋力游向他。

老呱又把衣服穿上，一边穿一边指了指旁边两个青年男子："你，你，跟我走。谷子，叫派出所！"

他指挥一个青年去五米外的救生站拿救生圈和竹竿，然后带着另一个青年一起从白天走过的路滑到桥洞。

到了桥洞下，看到先一步跳下去救人的男子已经抱住了少年，在往回游了。老呱沿着桥基一路向下爬，爬到了河滩，走进河里接应救人的男子。

这时，去拿竹竿和救生圈的青年回来了，他把东西扔给老呱。老呱把救生圈扔给救人的男子，男子一把把它套在小孩身上，然后一手拉着救生圈一手拉着老呱递过来的竹竿游回河滩。

众人看到此情景，连连拍手叫好。救护车、消防队和派出所也都赶到了。

老呱看孩子还有意识，估计只是呛了几口水，便把他的头侧到一边，拉着手安抚他。孩子连吐几口水，浑身开始发抖。

救人的男子口齿不清地对留守在桥洞下的青年喊："丢、丢、丢、丢被子！"

青年环顾四周，身后那个破烂的床垫上有团黑乎乎的玩意儿，还散发着臭味。眼下也管不了那么多了，把被子往河滩一扔。男子飞快地扒光孩子的湿衣服，然后用那床臭烘烘的被子包住。不多大一会儿，孩子恢复了一些体温，终于抖得没那么厉害了。

消防员用救援设备把孩子连被子一起吊上了桥面，哭泣的母亲跟着上了救护车。

老呱和救人的男子在派出所抖得像筛子，尽管换上了干净的衣服，那深秋的河水可不是闹着玩的。

谷子给他们一人端了一杯热水："我配合所里做一下笔录，你们先在这儿缓缓。"

两人面对面坐着，手捧着热水，一起发抖。

"哥们儿，挺勇啊！"老呱边抖边对男子说。

男子不说话，只是腼腆地笑笑。

在派出所明亮的灯光下，老呱才看清男子的脸庞。一头长发乱七八糟，胡子捂住了面庞，分不清嘴脸，指甲漆黑，手背也是黑乎乎的，分不清是肤色还是泥垢。

他心里已经明白了几分，这位想必就是桥洞下的"主人"。他挪了挪凳子，离他更近一些："哥们儿，出来几年了？"

男子还是腼腆地笑笑，不说话，喝了一口水，看着他，又腼腆地笑笑，同时手搓动着水杯。

老呱还是不死心，凑上前去："你一直在那儿住着？白天上哪儿去了？"

男子有点被吓到了，身子一歪，差点没跌下去。这回他不笑了，只紧张地搓动着杯子。

"我问你，上周五晚上你在哪儿？也在桥洞下面吗？"

男子还是不回答，老呱有点急了："星期五晚上，你有没有看到桥附近有人打架？有没有看到一个男的掉河里？"

谷子进来，正好看到老呱逼问男子："哎呀，你干什么呀！"

老呱谄媚地笑着说："我问，随便问问，嘿嘿。"

谷子没好气地瞪了他一眼："你出来，有点事跟你说。"说完，往民警办公室走去。老呱看了一眼男子，他还是低着头，不敢看自己，于是把水杯放下，拉了拉衣服，跟着谷子出去了。

"什么事？不能在里面说？"

"让你过来看资料，喏，救人的男子。"说着，把电脑屏幕转动了一下方向。坐在一边的年轻民警解释道："这个人我们已经和救助站的工作人员一起带去救助站好几次。广东人，不知怎么的就流浪到这边来了，神智有时候清醒，有时候糊涂。去年冬天，救助站的工作人员带他去避寒，还通知了家人来接他，谁知道最冷的那两天一过，他就跑了。谁知道今晚成英雄了。"

"在救助站还能跑了？"

谷子瞪他一眼："人家是救助，又不是监禁，别人没犯罪，凭啥不让人走。你这脑子真是……"

老呱不好意思地挠挠头："是是是。哎，那他是不愿意和家人回去吗？"

年轻民警接着说："嘻，这样的人多着呢。那街上流浪的人有许多都不愿意和家人回去，他们也不喜欢过民政救助那种集体生活，去敬老院就更不愿意了……可能就是喜欢这种流浪的感觉吧，我也说不清。"

"人和人还真是太不一样……"谷子若有所思地说。

"哎，兄弟，你和他熟吗？能问出话来吗？"老呱贼兮兮地问。

"不算熟，不过他应该认识我，上两回恰好是我跟救助站的工作人员一起去找的他。你们可能不知道，最近辖区内的流浪人员算少的了，前几年那可太多了，一到冬天就得加班，把我们折腾惨了……"说着说着，感觉和大队的人抱怨不太好，他及时打住话头，接着说，"走吧，我去试试。"

三人一起来到休息室，发现里面只剩一杯水，男子已经去无影踪了。

88

11　诗人的情歌

老呱、谷子和派出所年轻的民警小朱一起回到休息室，却发现救人的流浪男子早就走了。

此时，办公室的电话丁零丁零地响起来。

"喂，小石桥派出所。"

"小朱？我老刘。今晚跳河的那个男孩醒了，没大碍，就是受了点惊吓。家长说要当面谢谢救人的那几位，都在你那儿吧？"

小朱看看老呱两人，又看看休息室，对着电话说："有一个还在，是大队的刘警官。另一个……走了。"

"怎么走了？笔录做完了？"

"做了做了，大队的冯警官也在，她帮忙做的……"

"臭小子，怎么说你才好。行吧，现在家长已经往你那儿去了，拦也拦不住，你接待一下。"

话音未落，一对夫妻和一位老奶奶已经到派出所了，一见到老呱、谷子和小朱走出来，在走廊就直接跪下了。

"谢谢救命恩人，谢谢，谢谢！"

这架势可把三人吓坏了，赶紧一人扶一个，好说歹说地扶了起来。

男孩的母亲声泪俱下："要是没有你们，我一辈子都过不安生。

我孩子不会游泳，今晚没有你们，我也跟着他去死了……"

谷子递了一张纸巾。她突然抓住小朱说："恩人，恩人，我该怎么报答你？"

小朱连连摆手："是这位，他是刑警大队的刘警官，是他……"

话没说完，孩子的父亲紧紧握住老呱的手："刘警官，刘警官！我明天就去局里送锦旗。这里有点心意，您拿着……"一边说一边掏出来一沓捆好的钞票。

把人弄丢了，老呱心里烦得很，现在又面临这种场面，他整个人非常难受。他直接把男孩父亲的手甩开，说道："你们呀，谢错人了，跳河里救人的是个流浪汉，不是我，我就是搭了把手！"

"流浪汉？"

"是，天桥下的流浪汉！"

"你说，是流浪汉救了我孩子？"男孩父亲不敢相信，迟疑地问道。

"是，千真万确。舍命救回你们孩子的不是我，是流浪汉！"

三位家属面面相觑，不知如何是好。老呱叫上谷子往外走，男孩父亲追上来："请问……哪里能找到那个流浪汉？"

"我们正要去腾龙桥！你们要去也行，不去随便。"

坐到车上，谷子问："你干吗生那么大气，人家好心好意来谢谢你，你倒好，给人摆脸色。真是，什么臭毛病。"

"平时不好好和孩子沟通，现在来谢有什么用？最烦这些人，做功夫一套一套的。这还好是救上来了，要是没救上来，你看他们会不会把派出所掀了……"

"喂喂喂，你这想法也太偏激了吧，家家有本难念的经，听说过没有？再说了，人家也不见得就是你说的那种人。"

"那就看他们会不会真心谢谢咱那位无名兄弟了。"

没多大一会儿，两人又回到了腾龙桥。谷子从车里出来，发现小朱也过来了，后面还跟着救助站的两名工作人员。远远地，还有一辆黑色的路虎跟在后面。车停稳以后，下来三个人，正是男孩的家属。

谷子冲他努努嘴，做了一个"你看吧"的表情。老呱只是看了一眼，便顺着原来的路，走到桥洞下面。

幸运的是，那男子安安静静地在床垫上缩成一团，已经睡着了。

他们的动静吵醒了他，看到来的两个人，他警觉地坐起来，抱着膝盖，不言不语。

谷子轻声说："上救助站去睡吧，今晚怪冷的，你的被子没了，晚上会冻坏的。"

他摇摇头，不答话。

谷子接着说："或者上派出所去，我们给你拿两件军大衣，冬天也能穿，行吗？"

老呱没有耐心了，直截了当地问："我问你，上周星期五晚上，你一直在这里吗？"

男子机警地转过头，不和他对话。

这时男孩的父亲跟着救助站的人也下来了，他对流浪汉说道："大哥，兄弟，你救了我的孩子，是我们一家的恩人，你上我家去吧，我一定管你吃饱穿暖，管你一辈子！"

老呱咳嗽了两声，男孩父亲不好意思地后退了两步："我就想、想帮忙劝劝……"

救助站的工作人员对他说："我们来吧，我们都认识了。"说着，熟练地拿出一个袋子，收拾他的东西；另一个人坐下来，扶着男子的肩膀说："老广，一起回去好不好？你看你都跑了几回了，回去不好吗？那儿有你的朋友们。人家小四川就一直在我们那里吃住，最近还在读书，你也学学他嘛，好不好？"

不料，男子一下子激动起来："不去！不去！不回！不回！"说着，紧紧贴着墙壁，一副抗拒的姿态。

老呱心里急死了，他一心想问案子，又想上前去，谷子一把拉住他，摇摇头，示意他看床垫。

这时他才注意到，男子身下的床垫是很多年前的款式，很厚的席梦思弹簧。侧面有一个很大很大的口子，口子两侧被穿了几个孔，用一根布条像系鞋带一样系起来。男子每挪动一下，床垫就传出一阵臭味……

这个臭味，老呱和救助站的工作人员都太熟悉了，是尸臭。

老呱警觉起来，换了一个方向，绕到男子的侧边："兄弟，今晚我俩一起做了好事，你看看，人家都来谢我们了，难道就我一个人接受感谢？不好吧？至少，咱一块去吃点夜宵，喝两口？"说着，对男孩父亲使了个眼色。

男孩父亲接着话头说："是是是，一起去，大家一起去，什么回不回的再说，回头再说。今晚可太冷了，咱一起去烤烤火，吃点串儿……"

男子抬头看着男孩父亲，若有所思。救助站的人看机会来了，拉住他的手哄劝道："老广，走，你不去没意思，咱们兄弟几个一起喝几杯。"

他看几个人轮流说话，有点犯糊涂了，慢慢放松身体，跟着工作人员缓缓站起来。

老呱看他站起来，在众人的引导下准备回桥面上去，便悄悄解开床垫上系的布条，准备一探究竟。

谁知男子感觉到有人在动他的床垫，像野兽一样冲回来，呈大字形趴在床垫上，紧紧抓住床垫，并嗷嗷大叫起来。他的眼神充满了愤怒与恐惧，和在派出所喝热水时的腼腆模样判若两人。

这发生得太突然了，大家都吓坏了，一时竟不知道该怎么办才好。谷子指挥大家后退，老呱拔出枪来，对着他喊道："起来！起来在旁边蹲下！"

男子并不听他的命令，依然紧紧抱住床垫嗷嗷叫着，像一只受伤的鬣狗。

老呱瞄准时机，跳到他背上，他奋力挣扎，张口把老呱的手腕紧紧咬住，咬出血来。老呱一边痛得大叫，一边用力把他四肢控制住，终于铐了起来。

男子绝望的叫声刺穿夜空，他叫得那么伤心，那么孤独，像一个受了欺负的孩子，又像一位没了孩子的母亲。

谷子和闻声跳下来的小朱把男子控制住，老呱来不及管手上的疼痛，几下解开布条，掀开床垫。

床垫里并没有尸体，只有十几个硬壳笔记本，看起来年代很久了，封面上印的是《还珠格格》剧照。一只死老鼠和笔记本躺在一起，正发出令人作呕的恶臭。

虚惊一场！大家都没想到会是这样，救助站的工作人员过来，小心地拿出那十几个笔记本，最后一行人一起去了救助站。

到了救助站，几个原本也是流浪人员的男男女女迎上来，热情地和男子打招呼，又惊奇地指着他手上的手铐发出惊呼声。

工作人员试探性地给了老呱一个请求的眼神，他心里有点愧疚，当时控制住了老广，想着铐着带回来会好一点，现在到了温暖干净的救助站，他很过意不去，不敢看男子的眼睛，默默解开了手铐。

工作人员对着另外几名流浪人员说："好啦好啦，不早了，快点回去睡觉。"

其中一个男子瘦瘦的、白白的，一直憨憨地笑着。工作人员对他说："小四川，你想和老广在一起是不是？"

小四川用力点点头，依旧是憨憨地笑着。

"行吧，那我们一起带他去洗澡、剪头发，好不好？"

小四川像得到了特赦一样，开心得蹦蹦跳跳，挽着老广的手和工作人员往淋浴区走去。

谷子看到这样的画面，心里特别不是滋味，她干咳了两声，对老呱说："要不明天再来？明天他稳定一点，可能问得更清楚。"

老呱点点头，又像想起来什么似的，对收拾东西的工作人员说："他的那些笔记本，我能看看吗？"

工作人员点点头默许了，把东西放在值班室就出去了。谷子和老呱各自拿出一本，慢慢地翻。

笔记本大多很陈旧了，有的纸张都黄了、破了。每本上面都写得密密麻麻的，有圆珠笔写的，有钢笔写的，有铅笔写的，也有看起来像用炭灰写的。看起来，老广是有什么笔就用什么笔，在这一本又一本的笔记本上，写下了自己的内心世界。

写的都是诗歌。

一首接着一首，老广和自己对话，在昏暗中，在阳光下，在小雪里，在雷雨中，独自写下诗歌。

河泥

河泥亲吻我的脚

我回应它

抱紧它

是我的脚在吃河泥

还是河泥在吃我的脚

飞鸟

它上个月来了

它前天来了

它昨天来了

它今天没有来

它死了

妈妈

不要吃手指

妈妈昨晚对我喊

我张开眼睛

只看到手指

没看到妈妈

烟花

下雪了

五颜六色的雪

掉在黑色里

我去追一朵红色的雪花

它不见了

　　一首接着一首，一页接着一页，看着看着，谷子的眼睛有些发酸，她悄悄伸手揉一揉，继续看。

　　老呱低着头，一首接着一首地看，久久说不出话来。他不知道该说什么，不知道该怎么面对这么汹涌的，带着一些傻气的、热情的情感。老广并不是木讷的人，也不是凶猛的野兽，他只是用自己的方法，傻傻地爱着在这个世界上生存的每一天。

　　或许有人会说他不对，不该流浪，应该珍惜这次机会，和被救男孩的爸爸回去，得一份安稳。可这样的安稳就是对的吗？这样的安稳对他来说就是好的吗？就一定会快乐吗？

他抬起头眨眨眼睛，深吸一口气，换了一本，继续读起来。

自由落体

雨是自由落体

石头是自由落体

悲伤是自由落体

他是自由落体

死亡，也是自由落体

老呱盯着这首诗沉思了一会儿，突然想到了什么，拿出几个本子对比，翻来覆去地看。谷子不知道他在看什么，问："你在找什么？"

老呱没空应答，抢过她手上的那一本，翻开第一页，上面写着7，他接着把每一本都翻开，排在桌上。只见十几个笔记本，每本上都有编号，而写《自由落体》的那一本正好是17。

《自由落体》是最新一本诗集中最新的一首诗。可以看出来，老广写的都是他看到的、他感受到的，如果说老广看到的"自由落体"不是今晚跳桥的男孩，那就一定是陈东！

老呱兴奋极了，站起来搓着双手，焦急地等老广梳洗完回来。

谷子听完他分析，也警觉起来。如果老广真的目睹了陈东被害现场，那凶手有没有看到他？会不会回去灭口？

不管有没有这个可能，老广都不能再回桥洞去了，他必须换个地方生活。

等了又等，老广终于梳洗干净回来了。胡子剃了，头发剪短了，看样子应该四十岁左右。他穿着温暖的棉衣，情绪看起来缓和了许多。小四川一直紧紧地拉着他的手。

老呱把工作人员拉到一边问："现在适合问话吗？您能帮帮忙不？"

"非要今晚？"

"非要今晚，很急。"

工作人员看看老广和小四川，沉思了一会儿，说："行吧。"

几个人围坐在会客室里，救助站的一个大姐拿来一个小烤炉，小四川用含混不清的声音对她说："谢谢，谢谢洪妈妈。"说完，把小烤炉放在老广的正前方，完了又拉着他的手。洪妈妈宠溺地摸了一下他的头，出去了。

老呱和工作人员交换了一下眼神，试探着问："老广，我问你几个问题可以吗？"

老广不说话，紧紧地握着双手。小四川也紧紧地握着他的手，他人松弛了一些。

工作人员扶着他的膝盖说："他不是坏人，他是专门抓坏人的好人，是我的朋友，也是洪妈妈的好朋友。他只是问你几个问题，你记得就答，记不得就不答，好不好？"

老广终于抬头，正式观察起老呱和谷子。

这种打量反而让老呱有点不好意思，他搓了搓双手，尽力表现出和善的样子。

工作人员接着说："老广，他只问几个简单的问题，问完咱们就睡觉，好不好？"

终于，老广点了点头。

老呱如释重负，准备问话，谷子按住他的手，用尽量平稳的声音问："老广，你可不可以告诉我们，这首诗写的是什么呀？"

她打开笔记本，指着《自由落体》。

老广自己读起来："雨是自由落体，石头是自由落体，悲伤是自由落体……"

工作人员很疑惑，满头雾水，小四川摇头晃脑，不知道在开心什么。谷子轻轻碰了一下他的手，打断他："我们很需要你的帮助，你告诉我们这首诗是什么时候写的，好不好？"

老广想了想，用手比了一个四。

"四天前，对吗？"老呱着急得终于忍不住了。

老广点了点头。

谷子尽量保持平静的情绪，接着问："请你告诉我们，你是不是看到一个男人从桥上掉下去了？"

老广摇摇头。

"你看到什么了，和我们说一说好吗？"谷子也有点着急了，但还是尽量控制情绪，耐心地问。

"不是，不是桥上，是、是桥下。"老广磕磕巴巴地说。

"那你能不能告诉我，除了那个人，还有谁？"

老广抬头想了半天，比画起来，摸摸下巴，又表演梳头的动作。

工作人员看懂了，说："他说一个男人，有胡子，还有一个女人。"

"成了！成了！太好了，老广，你帮大忙了，帮大忙了！"老呱开心得捏紧笔记本，又望向谷子。

谷子也很高兴，可算是问出来一点线索了。

现在就能确定，陈东确实死于他杀，杀害他的是一男一女：男的有胡子，女的扎着头发。

虽然老广说得不清楚，但也足够圈定排查范围了。陈东的体型和长相很常见，但是胡子男和长发女的组合不是那么多见。

老呱让谷子休息，自己叫上小李子连夜查监控，把腾龙桥周围一公里的监控都调过来看，一定要把那一男一女揪出来。小李子一看老大像是有线索了，觉也顾不上睡，急急忙忙查起来。

　　第二天，谷子和老呱四处走访，看有没有人在那晚七点到九点见过符合胡子男和长发女形象的人到过腾龙桥下面。

　　附近几条街问了一圈，也没有问到什么线索，反倒是在离腾龙桥几百米远的一个麻将馆，有个老头说看到一个胡子男经过。他之所以有印象，是因为对方穿得太多了，裹得跟个粽子似的。

　　"我当时，嘿嘿，警察同志，我说了你可别抓我啊，我提供线索应该算戴罪立功的哦！"

　　"你先说，"谷子打开录音笔，"说完再看能不能功过相抵。"

　　老头接着说："是是是，那天晚上七点多吧，我的茶室，不不不，棋牌室，来了几桌客人。那天生意特别好，坐不下，我寻思着去隔壁借张桌子……嘿嘿，一下楼就看到那个老头，把我吓一跳。你说说，谁把那么多衣服堆身上啊？哎哟，那臭的哟！我一着急，差点撞到他……"

　　"你说说那人长啥样。"

　　"就普通个头，和我差不多，170多厘米，长头发，长胡子……就是那个，前几年特别火的犀利哥，你知道吧？跟那人差不多，就是年纪可能更大点……"

　　"你是说流浪人员？"

　　"是是是，看着像，特别像！"

　　"那有一个女的跟着他吗？"

　　"女的？没有，没看到。倒是看到一个男的跟着他，一个小伙子，高高大大的。"

　　"是这个吗？"谷子翻出陈东的照片。

"有点像，我不确定……"

"还看见什么了？"

"没什么了，就是正好看到了。谁能一直盯着看，对吧？"

"行，姓名、电话号码、身份证，自己写。"谷子递过去一个笔记本。老头一边写一边谄媚地笑着："警察同志，我这算立功吧？"

"我们回去查查再说。我告诉你，你可要合法经营啊，黄赌毒沾一样，我立马来抓你！"

"那不敢，就是、就是收点茶水钱……"

老呱全程只是听着，他心里有了一个画面：凶手独自一人往这边走，陈东在后面跟着他……那那个女的呢？老广应该不会骗人，那女的是什么时候出现的呢？三个人之间到底发生了什么？金鱼到底是和男的有关，还是和女的有关？还是就和陈东有关？又或者说，他们搞错了，麻将馆老板目击到的流浪人员，只是一个巧合，和陈东的死并没有关系？

这时，小李子从队里打来电话："呱，快回来，有结果了！"

他和谷子匆匆赶回队里。小李子找到一段监控，监控显示：在城东，陈东跟着一个穿得很多的流浪汉走进麻将馆附近的巷子里，而陈东后面跟着一个长发女子！

虽然不是很清楚，但是结合麻将馆老板的证词，可以断定：视频里的三个人，就是那一男一女和陈东。

12 家人

化名邹莉莉以后，金福真变得愈发沉默了，不太和店里的人说话，只是勤快地做事情。

后厨和水槽在店子后半部，后门连接着一条脏乱的小巷，就和她第一次逃跑时从泔水车上跳下来的那条小巷差不多。

有时候，店里几个大姐会在人少时围坐在一边扯些家长里短，她一个人默默地刷碗、擦碗，没有怨言。

这一天，她正在倒残渣，看到老酉站在街对面向她招手。他很少白天来找她，小春也没有跟在身边。

她略带疑惑地走过去。几个大姐看到了，探出头去，这个话少的同事第一次有人找，看清楚对方是一个流浪汉以后，她们撇撇嘴，又走回工作台扯些有的没的。

"你身上有钱吗？"老酉开门见山。

金福真翻翻衣服口袋，零零散散，一共有200多块，她一并递给老酉。

"你不问我要钱干啥？"

金福真突然笑了："我问了，你就会说吗？"

"那倒不会。"老酉留下一句话，转身走了。

她跟没事人似的，平静地走回店里，继续干活。

"哎，妹妹，那个是你的相好哇？"年纪最大的同事凑过来问。

"不是。"

"那是你亲戚啊？"

"不是的。"

"那你给他钱干吗？是你家里人啊？"

她点点头。

"遭孽，遭孽。我和你们说哈，家人是最没得选的，朋友、工作都可以选吧，老公可以选吧，家人，啧啧，没得选，安排到谁就是谁。有些家人简直就是上辈子的债，你跑得再远，唉，他都有办法找到你，逼你，吃你，喝你的血。"

几个姐妹纷纷应和。

大姐接着说："我懂你，真的，莉莉。又遭孽，又甩不脱，唉，真是遭孽。"

她不搭话，只是低下头默默做事。

她当老西是家人吗？当然不是。她想跑吗？似乎又不太想。

她已经四十九岁了。四十九岁了还能干什么？这辈子不就这样了吗？越折腾越累，越折腾意外越多。当初如果自己不折腾，可能事情还好一点。现在，小夏死了，邹莉莉死了，东子死了。再折腾，还能怎样呢？就这样活着，对自己来说已经是最好的结果了吧？

晚上八点四十分，把店里收拾干净，她就可以下班了。

今天她没有在店里吃饭，没有什么胃口，想着回去的路上买两个鸡汁包吃。快走到鸡汁包的店子时，才突然想起来钱都给老西了。她苦笑一声，准备回家随便吃一碗水煮挂面。

入冬了，江阳可比江门冷得多，湿冷，冷意就像从地底下传来的，透过鞋底一丝一丝钻上来，占领整具肉体，穿再多感觉都是冷的。

她把衣服裹紧，快速往城中村走去。临近村口，一辆吸粪车正在作业，一股馊臭、令人作呕的气味从围挡里散发出来，她想走快点，逃离这阵恶臭。突然，2009年那个平安夜的一些记忆又像电影画面似的，从她脑海里闪过。那么几个瞬间过后，她的后脑勺一阵发麻，呼吸困难，天旋地转，砰的一声，倒在了围挡上，压倒了围挡，露出了里面正在工作的唐爱军。

唐爱军正在恶臭中，使劲压紧吸粪车的方向旋转臂，控制住吸粪管。这边的下水道堵得厉害，老城区就是这样，明明前几天才来搞了一次，今天又通知溢出了。这是得全线整改的问题，不是经常来抽一抽就可以解决的。

他正想着，就听到一声响声，一个女人压倒了他的围挡，晕倒在眼前。他顾不上吸粪了，关上阀门，过去抱着女人的头，手忙脚乱地拍她的脸，想了想又把手伸进自己的胳肢窝用力擦了一下，再轻轻拍女人的脸："喂，喂，醒醒，喂！"

女人没有反应，他急忙四处张望，想找人帮忙。哪里会有人呢，人家早就被粪臭味吓得绕道了。

唐爱军赶紧把她放平，告诉自己别紧张，回忆电视剧里的心肺复苏，解开她的围巾，准备按压胸口。

刚解开围巾，她的眼皮忽闪了几下，慢慢睁开了眼睛。

唐爱军吓死了，一屁股坐在地上，冷汗直流，大口喘气。他擦擦额头，又慢慢把她扶起来。

"没事吧？要去医院吗？哎呀，吓死我了。"

"没事，没事了，不用去医院。"金福真有气无力地回答。

唐爱军把她扶起来，让她背靠着轮胎坐着，又跳上驾驶室，拿下来一个巨大的水壶和一袋还剩一点点的面包。

"来，先喝点热水。"他把水放在嘴边吹了吹，又用手背试了一下温度，才递给她。

金福真喝了几口水，好多了，站起来准备走，但没站稳，眼看又要跌倒了，唐爱军急忙扶住。

"你是不是没吃饭啊？"

"没吃晚饭。"

"那中午啥时候吃的？"

"九、九点多？"

"那能叫中午吗？那是早上，真是！"唐爱军唠唠叨叨的，把面包袋子上拴着的橡皮筋解开，递给金福真，"先吃点吧。这么冷的天，只吃一顿怎么行？你们女的就是爱减肥，苗条有啥用，吃饭最顶用，知道吧？"

说着说着，感觉自己的话好像太多了，他停下唠叨，让她拿着水壶，继续干活去了。

他表面上在干活，心里早就打起鼓来了。他在心里骂自己："就你话多，人家又没求你给口吃的，看吧，一会儿不臭骂你一顿才怪。真是没事找事做……"

他用余光假装不经意地打量这个女人，中等个头，看起来四十岁出头。可能不止，或许有四十五岁了，又不太像。他自己就四十五岁了，看起来可比人家年纪大多了。

她白白的，耳朵有点大，脸倒是挺清秀的，穿得很普通，估计在这附近干活……

突然，女人站起身来，整理了一下衣服，把头发轻轻地别到耳朵后面，然后走上前去，略带害羞地说："谢谢你，我走了，改天还你饭钱。"

自从十年前出狱以来，唐爱军第一次这么近地和一个人，还是女人说话，他兴奋、紧张，又有点高兴。刚才怕她死了，太着急，扯了一大堆，现在倒是一句话也说不出来了。说不出话来也就算了，好歹站起来送送人家，结果他越紧张越不知道怎么办，竟然机械地把阀门打开，轰隆隆地抽起粪来。这该死的肌肉记忆！

给人家添了这么大麻烦，金福真心里过意不去，可对方不搭理自己，她尴尬极了，手都不知往哪儿放，最后整理了一下衣服，拿上布包，越过围挡出去了。她把围挡扶起来立好，赶紧走了。

看着对方把围挡立好、离开，唐爱军恨不得抽自己大嘴巴。这个嘴怎么就这么笨！好歹问问人家好点没，问问人家住哪儿，要不要送。自己倒好，竟然在别人道谢的时候，开始抽粪。

他固定好管子，懊恼地收拾水壶，坐回驾驶室，愣愣地吃起面包来。这时候他才注意到，那女人就吃了一小口，还是用手掰开的，水倒是喝了不少。

"就吃这么点东西能行吗？"他自言自语，再度想到自己刚才的表现，气得捶了一下大腿。

他开始心不在焉，她叫啥名字？是本地人吗？这条路应该是下班回家的路吧？不知道明天还会不会遇到她？……想着想着，他摇摇头，捶捶自己的脑袋，想啥呢？

手机铃声响起，是站长打来的："爱军，你那儿今天能弄完吗？"

他看看后视镜里正在运作的吸泵，又看了看旁边的水壶："明天再来一天吧，今天够呛。"

金福真回到家，老西和小春还没回来。今天真反常。

她站在门口洗漱了一下，又把仅有的几件衣服洗了。很奇怪，最近她已经完全不管衣服了，今天突然有了想把自己收拾得利索一点的想法。

衣服没洗完，老西回来了，脸上黑了一块，看不出是血迹还是

105

脏东西。小春跟在后面，脸红扑扑的，像是冻坏了，又像是发烧了。

她把手擦干净，拉住小春摸了摸额头，是有点发烧。

"拿几块钱给我，我去买点药。"她面无表情地对老西说。

"买什么药？"他抬头回答，又哼了一声，扶着自己的脸，轻轻揉了一下。"买什么药？"又问了一遍。

金福真看他的样子，确实是受伤了。"小春发烧了。"

"没发烧，她冬天是这样，体温会高一点。"他并没有掏钱的意思。

她又转回去摸小春。

"你摸摸看，这么烫，不是发烧是什么？"

"没有钱！都花完了。"老西自顾自坐下。

"钱呢？"

他抬头，饶有趣味地问："你不是不问吗？"

金福真着急了："钱呢？钱哪儿去了？你有钱不是吗？邹莉莉死的时候，那么多钱，哪儿去了？"

老西看她最近沉默了这么久，第一次情绪波动么大，反问道："你现在不就是邹莉莉？"

金福真看他一副皮笑肉不笑的样子，寒意再度袭来。她不再问他，拉着小春往外走。

"干啥去？"

她不说话，只是帮小春加衣服。小春今天也比往常沉默了很多，只是哼哼着，不再叫妈妈，也不喊星期天。

给小春加好衣服，她拉着小春的手往外走。快餐店对面有个诊所，赊点退烧药应该是没问题的。

路过那个晕倒的路口，她看了一眼，围挡拆了，吸粪车也走了。她脸有点红，回过神来，继续往诊所赶。

到了诊所，医生量了体温，40.8度。小春的脸红扑扑的，靠在

106

她身上不说话。

"体温有点高，要打退烧针哈，打屁股。"

小春听到要打针，非常抗拒，想要往外跑。金福真一边抱住小春一边问："医生，吃药行吗？这孩子……她精神状况不太好，可能没法安静下来打针。"

医生是个秃顶的中年男人，看着小春的样子，有点不耐烦："你哄着一点嘛，她一定听妈妈的，你就哄着点。肌肉注射见效快，知道吧？"

金福真不敢驳回医生的话，哄着小春："不疼，不疼，1、2、3，数三声，一下子就好了，好不好？"

小春还是挣扎。

"听我说，听妈妈说……"

听到妈妈，小春冷静了一些。金福真整个搂住小春，摸着她的辫子说："妈妈抱着你，给你数1、2、3，一下子就好了。妈妈抱着你，好不好？"

小春看着她的眼睛，小脸越发红了，眼神也有点迷离，痴痴地点点头。

医生坐下来，问："名字。"

"要、要名字干啥呀？"

医生更不耐烦了，转过身来说："你家孩子是没生过病呢，还是你没带她看过病？要名字干啥，开单子，开药单，明白吗？"

"哦哦哦，对不起对不起，叫……邹小春，邹小春。"

"年龄。"

"十八九岁吧。"

医生白了她一眼："有没有过敏的药？"

"过敏的药？"

"青霉素、头孢之类的。"

"我……我不知道……"

医生摇摇头，说："你这妈当的……行了，一共 45 块 7 毛，去那边交费。"

"先……先欠着，明天给您可以吗？"

"什么？"

"先……"

"46 块都没有啊？她爹呢？"

"死了。"

"你这个……46 块都没有？"

她摇摇头，医生无奈地看着她。

"我就在对面上班，味好恰，您、您来吃过饭，我见过您……"

医生探头看了看，味好恰快餐连锁店，现在已经关门了。

"真的，我明天就给您，明天一上班就送过来。"

医生短暂地思索了一秒，对着收费室喊："梅，等会儿我拿现金给你，单子我放这儿，一会儿给你。"说完，转身走进配药室。配了药出来，他让小春在椅子上坐好。

金福真连连道谢，帮着把小春的裤子掀开，却看到她腰上一大块青紫，一直蔓延到臀部。

"啧啧，摔的吗？"医生问。小春不说话，金福真却震惊了，为什么会有这么大一块青紫，今天他们在外面到底遇到什么事了？

医生捏了捏，找准位置扎进去，又把药包好，拿给金福真。

"一天三次，饭后吃。明天要拿钱来哈。你这个……孩子要看好嘛，这么大的淤青，要个把星期才能好。真的是……"他一边摇头一边走进病房，去看输液的病人。

金福真带着小春往回走，心里有一个非常不好的设想，她问小春："这里，怎么弄的？"

小春不说话。

"跌倒了？哎哟，这样，跌倒了？"她边比画边问。

小春还是不说话。

"谁打你了吗？噼啪，这样，用拳头打你吗？"

看着她比画打人的动作，小春哇的一声哭了。

一阵愤怒冲上头顶，她拉着小春往回赶。一到家，她一把拉起躺着的老西，怒问："你把她怎么了？你打她了？"

老西被她拽得歪坐着，说："不是我，别人打的。"

"你们不是一直在一起吗？别人打，你不会拦着吗？"她声音略带哭腔，还有一丝颤抖。

"她、她……我能把她带回来算好的了，你知不知道，她用砖头把人家的车砸了。钱哪儿去了，你还问钱哪儿去了，被她……"老西站起来，拎住小春的衣领，"被这个祖宗败完了！还问我钱哪儿去了！"说完甩开小春。

金福真过去抱住小春，抱在怀里安抚。她不再和老西说话，把小春哄睡着了，还是紧紧地抱着她。

第二天，金福真强硬地要把小春留下，留在自己身边，不让她出去。老西和她对峙了一会儿，突然嘿嘿地怪笑几声："行，我也不出去了，在家里看着她。来，小春，过来。"

小春稍微犹豫了一下，还是走到了他身边。"今天咱们修椅子，在家里玩好不好？"

小春拍拍手，像是很高兴。金福真思量了一下，收拾东西赶紧去上班。

走到昨天那个路口，吸粪车在，却没有工作，围挡也没有围起来。她打量了两眼，准备过马路。

"哎！哎！"

有人喊她，她回头，是粪车上那个师傅。她小跑过去，说："对不住哈，我今天没带现金。那个，你晚上八点还在这儿吗？或者，你给我一个联系方式，我回头给你送去！"

唐爱军挠挠头，一时不知道该搭什么话，金福真却着急上班。"我得去上班了，要迟到了。这样吧，我在前面味好恰连锁店，在后厨，叫邹莉莉，你有空过来找我拿好吗？"

没等他回话，她就急匆匆走了。

唐爱军看着匆匆跑开的背影，打了一下自己的嘴巴，自言自语："你是哑巴吗，一句话不会讲？"

晚上七点半，他来到味好恰连锁店门口，一个很年轻的女店员和他说："对不起啊，先生，我们没有菜了，快打烊了，您明天再来吧。"

他怯怯地问："那个，邹莉莉在吗？"

"邹莉莉吗？"

被反问了，他有点慌："是、是叫邹莉莉吗？"

女店员扑哧一声笑了，跑进后厨喊了几声。

他不知所措地等在原地，过了好一会儿，听到有人在身后问："是你找我吗？"

看到来人是他，金福真在围裙上擦擦手："哎哟，不好意思，不知道你会现在来，你等着啊，我给你拿钱去。"

唐爱军终于鼓起了勇气，说："不是，我不是来要钱的。你有空吗？我想……我想和你吃晚饭！"

那个女店员听到了，大概明白了是怎么回事："莉莉姐，去呗，去呗。"后厨几个大姐出来看热闹，也一起起哄："去呗，莉莉，你去呗，我们来收洗就行了。"

看着大家起哄，金福真有点心慌，把围裙放在座椅上，带上包和他一起走了。

唐爱军黝黑的脸有点发红，金福真的更是红得不行，两个人一前一后走在街上。她心里纳闷，这个人说要和自己吃晚饭，又不说去哪儿吃，就这么走着，要走到哪儿去啊？

她回头看了一眼，这人只是傻乎乎地跟在自己身后，她觉得又好气又好笑，心里有一点开心，又有一点担心。

"先去趟诊所行吗？"

"哎，哎！行，行！"

金福真看他傻愣愣的，干脆什么也不管了，直直往前走，去诊所还钱。

从诊所出来，男人还傻乎乎地等在门口，她终于忍不住了，问："你要和我吃饭，总要告诉我吃什么吧？"

唐爱军这才反应过来："是是是，我、我……你爱吃什么？"

"就这附近吧，随便什么都行。"

"那、那吃火锅吗？"

"太贵了。"她连连摆手。

"不贵，不贵，我请客。"他拘谨地搓着双手，生怕对方不答应。

金福真歪头看着他，笑了，点点头，同意了。

在火锅店，两人只是默默地吃饭，谁也想不到要聊什么。锅里翻滚，水汽蒸腾，熏着脸，金福真整个人处在一种飘飘然的状态中。

她又一次感觉到了某种自由和舒适，像之前的事情都没有发生过，她是一个自由的人，一个平常且自由的普通人。

她很珍惜这一刻的平静和平常，一个男人坐在对面，木讷地给自己捞锅里的食物，周围没有一个人认识她，她只是一个在平常的日子，和平常的男人约会的女人。这让她感到舒适。

然而，辛德瑞拉的华服会在午夜变为灰烬，晚饭过后，这一切就要结束了。唐爱军埋了单，两人默默无言地走出火锅店。

她终于忍不住先开口了："我要回家了，你呢？"

"我、我送你。"

"不用，就在前面，城中村里……我家挺破、挺小的，就不叫你去了。"

"我、我家在那边。"他指一指远处，"我、我……"

"什么？"

"我明天还能来找你吗？"

她笑了，笑起来两团肉挤在眼睛下面，看起来很喜庆。他也跟着傻笑起来。

"最好不要，我……我很忙。"

"哦哦哦，好的好的，我知道了。"

结果第三天、第四天、第五天……他每天都来，来了也不做什么，就是叫她一起吃晚饭，或者给她带晚饭或水果，有一次还带了一块小小的阿华田蛋糕。

他每一次来，几个大姐都要调侃她一番，一直到大家都习惯了，才只说"莉莉，他来啦"。

很奇怪，他话很少，不说什么，也不问什么，两个人在一起，时常就是默默地吃饭，默默地走路，默默站在树下看雪，默默地在路口告别。但是金福真的心，一天一天，一点一点，被包裹了起来。

她时常在夜里渴望，渴望这一切都是真的，渴望明天起来自己真的叫邹莉莉，渴望她是另一个人，渴望他永远不离开。

她没有思考关于爱情的事情，只是本能又单纯地渴望着一种人

112

和人之间安宁、稳定的关系。

她恋爱了，她在一个不能恋爱的时候恋爱了，她自己不知道。他也不知道。

很难说清楚，爱情是在什么时候产生的，好像是突然从空气中出现的；又好像是在看雪的时候出现的；或者是在肥牛掉进红汤里的那一瞬间，从锅里弹起来的；又或者是在走路的时候，从天空中飘落到肩膀上的。

它就这么来了，默不作声地、温柔地来了。

老西察觉到了她的变化，最近她看小春看得没有那么严了，晚上回来得也越来越晚。

"你找男人了？"老西在她洗衣服时直接问。

她头皮一紧，心里有些慌乱，慌乱中瞥到唐爱军给她的暖手宝，现在被小春抱在怀里，她心里生出一股莫名的勇气，转过身直视他的眼睛："是，我找男人了。"

她已经做好了他会阴阳怪气的准备，没想到他笑了，笑得很真诚，像他们初次在烂尾楼吃了一顿好饭的那天一样："这是好事。到哪一步了？"

她有些恍惚，他们之间什么时候能这样亲密地互问生活了？没有，没有这样的时候，从她杀死东子的那一天起，或者说从他们一起埋了邹莉莉的那一天起，他们就不再有什么情谊了。

她冷漠地转回身，不回答他的问题。

他继续说："本来你就是一个自由人，小春和我都没有要求你留下来做这些事。"他指一指衣服和收拾整齐的屋子，"你随时可以走，我也随时可以走。小春本来就是我的责任，你又何必往自己身上揽？没有人这样要求过你，不是吗？"

她觉得他说的都是屁话！小春喊她妈妈，他们一起埋了尸，杀了人，这是轻飘飘的自由人三个字就能概括的吗？

他防着她，她也防着他，可他们又不得不紧紧地拴在一起，这简直是天底下最讽刺的事情了。

没想到老西接着说："我叫你去工作，让你去找男人，你不愿意吗？你原来怕自己身份暴露，现在你叫邹莉莉，怕什么呢？我知道你对邹莉莉的死耿耿于怀，但我可以告诉你，邹莉莉不是我杀的，是她自己掉下去的。那天她准备偷我的钱——本来是给小春治病用的，前几天也没了……"

她不相信，手上的动作却停了下来。老西又说道："我们本来就是萍水相逢，我不会害你，你又何必一直防着我，你怕我害小春？"

她心头一紧，皱起眉头。

"我怎么可能会害小春？我要害她，早就害了，何必等到现在你这样盯着我？东子抢我之前，你就跟了我好几天，对吧？"

她有点心虚了，又开始洗衣服，企图掩饰慌乱。

"我都知道，就是懒得说，你也是好心，为小春好。可话说回来，你和她又有什么关系呢？她叫你妈妈，真就当你是妈妈？她以前也叫小夏妈妈，你觉得她知道妈妈是什么意思吗？"

"你……"金福真一时语塞。

"既然你找了男人，咱们好聚好散。只要你不说我们的事……你也不会说的，对吧？说了对你没什么好处。"老西的声音怪异起来，有一点威慑的意味，又像是一种警告。

她把衣服晾起来，不搭他的话，又把唐爱军送给她的保温杯里的水喝完，和小春一起躺下。

小春和老西不见了。

一觉醒来，发现屋里空空的，只剩她一个人的东西了。

114

一瞬间，她有解脱了的感觉，下一秒却又忍不住担心起来，他会带小春上哪儿去呢？

她急忙翻找家里的物品，企图找到一丝蛛丝马迹能指向他们的去处，却什么都没找到。

天气已经很冷了，小春会受冻吗？她一整天恍恍惚惚的，上班时还摔了盘子，被臭骂了一顿。

晚上唐爱军来，看出了她的恍惚，担心得不行，问她又不说，只好一路跟在她后面。

她一直心不在焉，竟不知不觉把唐爱军带到了家里。

看着这个简陋的家，他有点不敢相信，现在竟然还有人住在这样的环境里。观察了不到十秒，他一样一样麻利地捡起地上的东西，这是早晨她翻乱了没来得及收拾的。

看他忙活，她才终于反应过来——自己这是在干什么啊，赶紧上前制止，去抢他手里的东西。

她充满了愧疚和窘迫，不想让他看到这一面，不想让他走进自己真正的生活，他是一个美好的梦境，不能，也不应该走到这逼仄、肮脏、阴暗的现实里来。

慌乱间，两只手挨到了一起，唐爱军鼓起勇气，握住了她的手。

一瞬间，他的体温从指尖传来，她冰凉的手渐渐变得温热，暖意从手指蔓延到全身，唐爱军把她紧紧地抱在了怀里。

她委屈极了，窘迫极了，害怕极了，又渴望极了。她已经记不得上一次被人这样抱在怀里是什么时候了，十年前？二十年前？三十年前？

她对于拥抱唯一的记忆，竟然停留在几岁时妈妈抱着自己。

这一刻的陌生与熟悉，让她的眼泪夺眶而出。唐爱军不知道发生了什么，他明白不了这么纤细曲折的感受，不敢动也不敢松开，只是一直紧紧地抱着她。

哭了好一会儿，哭累了，她抬起双手，环抱在他腰上。

没有婚礼，没有亲朋，没有好友，在唐爱军不大的两居室里，他们一起做了一盆啤酒鸭，吃了晚饭，就算在一块儿过日子了。

唐爱军的家在一个很老的小区里，四楼，却比当初和程明的家要干净、温馨许多。唐爱军五大三粗，家务却整理得紧紧有条。他从来没有问过她的过去，她也没有问过他的，两个人就像达成了某种默契，安静地生活在一起。

唐爱军有点笨拙，但真的很会疼人。除了加班，他都会接她下班，两个人慢慢走回家，不再一前一后，而是紧紧地牵着手。

这是金福真一生中最温暖的一段时光。

逃亡开始以后，她曾几次感受到温暖，第一次是在山上的小屋里，用一个破桶泡热水脚；第二次是遇到小春，她环抱着自己喊妈妈；第三次就是现在。

她的脸上开始有了笑容，会和店里的老姐妹们聊天了，大多是说一些小时候的事情；她还会去菜市场精挑细选一些实惠的、新鲜的菜，回家做给唐爱军吃。

同样是做饭，心甘情愿去做，和不得不做，竟然有这么大的区别。她是快乐的，在厨房摘菜也好，在他刷马桶的时候在旁边和他聊天也好，和他一起看会儿电视也好，两个人在家附近散散步也好，她都是快乐的。

她的容颜再度发生了变化，冬天接近尾声时，她的脸盘儿充盈起来，又换了个精神的短发，每天都穿着干净、合身的衣服。

唐爱军的变化更是令人惊讶，他的眉头舒展了，背直直的，显得更挺拔了。洁城公司的同事们惊讶于他的变化，时常猜测他大概是有女人了。

他和同事关系一般般，大家对获罪入狱和提前释放的他还是充满了警惕和闲言碎语。

唐爱军坐牢的原因其实很简单。他原来当过兵，复员以后在高新区一家芯片厂做保卫科的科长。有一回，他吃烧烤时遇到几个混子骚扰邻桌的几个学生，他上前干预，谁知混子气急了，和他打了一架。双方都挂了彩，打完就各回各家了。但谁能想到，其中一个混子有凝血功能障碍，半夜死了。唐爱军莫名其妙地就过失杀人了，被判了十年，因为表现好，减刑三年。

可毕竟坐了七年牢啊，他的世界整整缺了七年。这七年里，手机逐渐取代座机，无线网络渐渐覆盖生活。老母亲死了，他什么也不会，也没有兄弟姐妹，只能独自面对这个陌生的社会，重新慢慢学。

好在原来的老战友在洁城公司当小领导，给他担保，让他以劳务派遣的方式找到现在的工作，开吸粪车，掏粪，一干就是两年多。

他现在很满意，也很幸福，他不知道幸福具体是什么意思，但是每天能去接邹莉莉，他就很快乐。这种快乐比任何事物都有意义，它像武侠小说里的真气，像志怪小说里的道行，像小说里所有让人感到舒适的部分，慢慢地滋养着他。

如果他和她是两只小鸟，蜷缩在一个小小的巢里，那他们是多么希望这个巢稳固一点，再稳固一点。

然而，老西出现了。

那天，雪后的阳光特别刺眼，金福真从家里慢慢往店里走，还没走到店里，就看到老西站在电线杆那里，双手揣在袖子里。他穿得比往常更多，一层叠着一层，一件套着一件。

老西也看到她了，她现在像一个真正的城里人，面庞清秀，羽

117

绒外套略显陈旧却干净，鞋子也是干净的。她像从来没有经历过前几年的流浪生活一样，体面地站在他面前。

某个瞬间，看着迎面走来的改头换面的金福真，老西心里产生了一种嫉妒。都是泥里长出来的垃圾，凭什么她就能靠一张偷来的身份证活得像个人样。

他看到她身后不远处一个拿着饭盒小跑过来的男人，嘴角露出怪异的微笑，故意高高举起手，对她招手，大声喊："喂，金福真！这边！"

她愣住了。

老西看热闹似的，依旧靠在电线杆上，看着金福真和跑到她身边的男人都站在了原地。

"莉莉，他、他是在叫你吗？"唐爱军充满了困惑。

她慌极了，问："你怎么来了？"

"你忘记拿饭了。"

"好，我现在拿到了，你快去上班吧。"

她给唐爱军整理围巾，尽量不去看老西。

唐爱军疑惑地看看她，又看看老西，满头问号地往回走。

看到他慢慢走远，她才着急上前去："你干什么！"带着一点质问，带着一点愤怒。

"哟，不好意思，我没看到你男人。"

"你想干什么？"带着一点狐疑、一点防备。

"你有钱吗？"

"要钱干什么？"

"有点事。"

"什么事？"

"小春……"

"你在骗我，对吗？小春什么事也没有，你就是想用小春要挟我，对吗？"

"就算是吧。你有钱吗？"老西的表情没有一丝丝变化，那么坦然，那么笃定，"要不我去和你男人借。"

金福真把身上的兜都翻了个遍，翻出来96块6毛，连着硬币一起塞给老西。

"不够。"

"什么？"

"我说不够，要8000块。"

"我哪儿来这么多钱？"

"你自己想办法。"

"你……"

"要么我去和你男人借。他在洁城公司上班，一个月最少也有4000块吧？"

"你闭嘴！"

"你回去凑一凑，过两天我再来。"老西扔下这句话，悠闲地去过马路。

她站在原地愣了一会儿，突然发疯一样地冲上去，拉住老西的衣服："小春呢？小春呢？"

老西被她拉扯得差点跌倒，却仍面不改色。

"我问你，小春呢？"

他干脆坐在地上，整理起衣服来："你先回去凑钱吧。"

"你把小春给我，我来照顾，我来养。我会凑钱给你，但你要把小春给我！"

"先凑钱再说吧。"老西站起来，又把手揣起来，淡定地说。

"你……"金福真正欲骂他，只见一个拳头以迅雷不及掩耳之势落在了老西脸上。

是唐爱军。

他还想继续打，金福真拼命抱住他："别管他，爱军，别管他了！"

老西站起来，吐了一口血水，对她笑了一下，走了。

13　邹莉莉

这一天，唐爱军心里充满了疑惑。金福真，哦不，邹莉莉心里
则充满了恐惧。

从她被叫邹莉莉的那一天开始，一种不安的感觉就一直伴随着
她。这种感觉像什么呢，像桌边的水杯被猫拨弄得悬空了一半，然
后猫走了。有时候会想千万不要掉下去，有时候又会想干脆掉下去
算了。

下班回家以后，他们没有像往常一样手拉手去小区外面的老旧
公园里散步，而是默契地坐在家里。

电视机播放着叽里呱啦的电视购物广告，两个人都心不在焉，
谁也没有换台。

"现在就打进电话订购吧！丁零丁零……"

广告里的电话铃声把两人都吓得一激灵，唐爱军手一抖，把边
柜上的水杯碰掉了，砸在瓷砖地面上摔得粉碎。

她赶忙蹲下检查他的脚踝有没有被玻璃碴子伤到，看到没大碍
后，又去洗手间取毛巾擦水，再把玻璃碴子小心翼翼地捡起来放在
袋子里包好，单独放在门背后。

这是她的习惯，她会把可能伤到人的玻璃呀锐器呀单独包在一
起，扔在显眼的位置。唐爱军问过她，为什么要这么做，她说："会

有人来翻垃圾的，我怕把人家的手划伤。"

此刻她依旧这么做，却多了几分心酸。

唐爱军默默看着她做完这一切，这是一个多么值得人欣赏且温柔的女人，可是他总有一种感觉，从他们住在一起的第一天就有这种感觉，只要他问，一切都会破碎。所以他任由自己，享受这种隐秘安静的甜蜜与幸福，阻止着自己，不要去问任何一件过去的事。

今天的情况，却是谁也不能再装傻了。

两人并排坐在沙发上，他眼睛盯着电视屏幕，手伸过来，握住她的手。又是一阵暖意轻柔地包裹着她冰凉的手指。眼泪突然流下来，她把头垂得低低的，一滴一滴落在他的手背上。

唐爱军慌了，他心中一阵刺痛，扔下遥控器转身紧紧地抱住她。"不哭，不哭，莉莉，咱们不哭。我不怕，真的，你和我说什么我都不怕。"

听了这句话，她哭得更厉害了，整个人都在发抖。他把头抵在她的头顶上，不断地安抚她。过了差不多一刻钟，她的情绪才终于平复下来，擦擦眼泪，从卧室里拿出身份证，递给他，说："我不是邹莉莉。"

他的手微微颤抖，拿着身份证端详。确实，这两个人长得并不是很像，只有轮廓有一点点相似。虽然早已有心理准备，他一时间还是不知道该说什么话才好。

眼前的爱人眼里噙满泪水，他的心一阵又一阵地痛。他实在是做不到厉声逼问她，把身份证还给她，说："我不在乎你是谁，名字只是一个代号，你可以叫邹莉莉，我也可以叫邹莉莉。重要的是，我们在一起的时候，你在乎我，我也在乎你，对吗？"

她没想到木讷的他会说出这样一段话来，没有接身份证，而是再度与他相拥。

这是他们表达情感最直接、最炙热的一次，她吻住了他的嘴唇，像掠夺，又像给予。她吻得那么认真，那么决绝，那么用力。他笃定地回应着，把她整个抱了起来，走进卧室……

在他怀里，她终于做好了准备，要把一切和盘托出。

"我真名叫金福真，"她闭上眼睛，深吸了一口气，"是在江门市下属区里一个叫响水村的地方出生的。"

他看得出她紧张，便紧紧握住她的手。

她突然有了勇气，竹筒倒豆子似的，把她的童年、青春和程明的婚姻，2009年平安夜，守三七，老西，小夏，小春，邹莉莉，甚至东子，全都讲了，一直讲到夜深人静，周遭偶尔有车过路的声音。

唐爱军惊呆了，他没有想到，自己心爱的人，竟然在前半生经历过这么多曲折、匪夷所思和困顿的日子；他更没有想到，她面临的问题，不是他们两个人就能彻底解决的。

他可以为她保守秘密，他心甘情愿，可是将来呢？就算只能活到七十五岁，也还有二十五年，他们还能厮守二十五年，难道要一直这样背负着秘密，沉重地活下去吗？

这不是她应得的，这不是她应该承受的人生。

"我去煮碗面。"他温柔地起身，给她披好被子，进厨房忙活去了。

她躺在床上，心里有从未有过的安宁。把这一切说出口，就像从腹中剜去一个毒瘤，是死是活，她都可以接受；就算现在唐爱军要送她去坐牢，她也认了。

说起来可笑，当初是为了女儿才决定逃亡的，现在却连女儿在哪儿都不知道，还越逃越离谱，越逃罪孽越深。她早就累了，她已经承受不了这么多、这么重的秘密了。听着唐爱军在厨房里叮叮当当地忙活着，她起身去门背后捡起一块玻璃碎片，坐在马桶上平静地划开手腕。血一刹那喷涌而出，她哭了。

唐爱军煮好了面，在外面叫她，她不知道如何应答。她多想，多想应答啊，多想像一个真正的妻子，应答心爱的丈夫。可是她不能再应答了，她的人生早已经是一摊烂泥，难道还要把他也拖进去溺死吗？她做不到。

没等她失去意识，唐爱军像是预感到了什么，一脚踢倒了老旧的木门，冲了进来。

"你怎么这么傻啊！"他急忙扯下洗脸巾，一圈一圈绕在她手腕上。

两个人抱在一起，放声大哭起来。

所幸金福真没有这方面的知识，不知道割哪里才能真正地自我了断。唐爱军检查了好一会儿，只是把皮肉割破了，没有伤到动脉。唐爱军带她到诊所处理伤口，回到家已经凌晨一点多了。

他们约好，明天唐爱军去公司请假一天，金福真回店里辞职结算工钱，然后一起去派出所自首。

他想得很清楚，她犯的罪——如果她没有骗人，他也相信她说的每一个字都是真的——只能算防卫过当和过失致人死亡，就算判十二年，他也会等她。

只要他会等，她就敢等。

第一次，在一种坦荡和踏实里，她平和地睡着了，比任何一次都睡得深沉、香甜，仿佛人生才刚刚开始，一切都有希望。

唐爱军死了。

小区里围满了消防员和警察，滚滚浓烟从四楼冒出来，在娇嫩脆弱的春天的第一天，像一个噩梦笼罩在上空。

小区里出了这么大一件事，周围挤了三圈人，叽叽喳喳热烈地讨论着。

"说是像自杀。"

"咦，莫大嫂你别吓人了。"

"真的。哎呀，我儿子，那儿，看到没，个子最高的那个。"莫大嫂脸上带着一丝神气，"我儿子和我说的，叫我不要靠近那边，说那家煤气开得大，让我不要吸进去了。"

"还是你儿子会疼人……"

"那当然，我儿子从小就乖。哎哟，生了这个儿子，这辈子都不愁了……"

她拨开人群，挤到前面，看到消防员用担架抬了一个人下来。他的脸上盖了一块毛巾，双手被炸得稀烂，身上的衣服像被撕碎的糖纸，一片一片地粘在肉上，分不清皮肤和衣服。但是她认出了他手上的手表，是她送他的一块很便宜的电子表。表盘很大，店员说是最时兴的款式。她不懂，别人说好，她就买了。

现在那块手表融了一半，死死地镶嵌在肉里。

她突然想到小夏，一阵反胃，挤出来背对着人群，在树下止不住地呕吐起来。

旁边，一名女警在询问这栋楼里的住户，住在对门的大娘说："我们也不知道，这房子是他老娘的。前几年他去坐牢，他老娘死了，还是我儿子闻到臭味才发现的。后来，他就一个人过吧……他不和我们说话，平时也很少见人。哦，对了，最近有个女的。"

"一个女的？"

"嗯，像是他老婆，我好几次看到他们一起进出，买菜什么的……"

"知道叫什么名字吗？"

"这我哪儿能知道。"

"长什么样子，知道吗？"

"短头发，和你差不多高，样子嘛……嗐，我是在猫眼里看到的，哪儿看得清啊……"

金福真本能地把帽子拉起来戴上，走出小区，走到街道上，混进人群中。

已经春天了，老呱和谷子还是没找到那对流浪男女。线索就像一个没讲完的故事，突然断在那里。整整一个冬天，他们几乎每天都和救助站联系，也没有找到相似的人。

局里的其他人被大量的新案子占据了精力，大家似乎快忘记陈东死亡案了，只有老呱和谷子依旧抽空寻找监控里出现的一男一女。

这一天，老呱正在审一个强奸案，电话突然响起来，是北边辖区的一个老相识，张大发。他们读警校的时候在一所学校，毕业又到了一个局里上班，只不过片区不同，但两人来往还是很密切。

"喂，老呱，我给你送礼来了！"

"别扯这些没用的。"

"真的，我提供这条线索，你可得请我喝酒。"

"有屁快放！"

"前一阵儿，你和缉毒大队抢的邹莉莉，还记得吗？"

"邹莉莉？怎么突然说起这个。"

"前几天我这儿发生了一起煤气爆炸案，现在还不能确定是自杀还是他杀，不过我们在死者住所的遗物里看到一张身份证，你猜是谁？"

"邹莉莉？"

"对头！"

"你确定？"

"爆炸的热量太高了，身份证被熔了一部分……"

"说重点！"

"不过结合身份证号码后几位和名字来看，应该是邹莉莉本人的。技侦还在恢复，看能不能把照片恢复出来……"

"好好好，你等着，我现在马上过去。所里是吗？"

"我现在要回现场，定位发你了，火速。给我带点吃的，从昨晚到现在都没顾上吃饭，饿死了。"

老呱放下手里的事，让谷子接着审，只身一人往张大发那边去了。

"死者叫唐爱军，本地人，十年前因为过失杀人，被判了十年。这人当过兵，也比较老实，坐牢纯属倒霉。三年前提前释放，后来一直在洁城公司开吸粪车。背景调查、人际关系、钱财往来，都挺正常的。"老张边吃牛肉饼边介绍。

"那邹莉莉是怎么回事？"

老张艰难地咽了一口饼，喝了一口水，接着说："据邻居和公司同事说，像是有个女人和他一起生活，有段时间了，但是一直到今天也没出现过。这身份证在茶几下面，应该是爆炸的时候被茶几挡了一下，没有完全烧毁。喏。"

老张从手机里调出照片，老呱仔细辨认，看不清照片，但是身份证号后几位确实是重叠的。

两个人在唐爱军家里来来回回走了几圈，没有发现什么新的东西。

"老张，这样，你一会儿把案宗传给我一份……"

"我们队长非踢死我不可，不行。"

"那我上你们队里看去。"

"你敢，看头儿怎么收拾你。"

"那你说怎么办？"

"这样，你今晚来，我偷摸给你看。"

"行，够义气，回头咱……"老呱做了一个喝酒的动作，张大发心领神会，给他抛了个媚眼。

张大发走后，老呱一个人在老小区里踱步，串联，设想。唐爱军如果是自杀，那会不会是因为邹莉莉？或者说，是不是邹莉莉杀了他，然后逃得无影无踪？可邹莉莉为什么要杀他？他发现了她的秘密？会不会是邹莉莉的同伙干的？邹莉莉消失的这一年多，到底去哪儿了？

他回忆起 2012 年夏天和缉毒大队争邹莉莉的事。那时候，他正在追踪一桩杀人案，一个叫周立的男人在自己家被杀了，种种嫌疑都指向他的女友邹莉莉。但这个周立，是缉毒大队一直在查的一个马仔[1]，两个案子撞上了。

邹莉莉成了两个案子共同的关键的线索，只有找到她，才能查明周立的死；而只有查清楚周立的事情，才能把他的上游揪出来。

老呱咬案子，那就跟老鳖咬人一样紧，除非把他的头剁了，否则绝不松口。缉毒大队那边当然也不会松口，据他们掌握的信息，周立和邹莉莉不仅自己吸食毒品，还涉嫌贩卖，但是他们的上游还没来得及查出来。

老呱查案子，说起来挺变态的，他把自己当成嫌疑人，去设想嫌疑人的处境，去学习嫌疑人的行事作风，去感受他的生活环境，甚至去吃嫌疑人吃过的饭馆儿。

"你得变成罪人，才能搞清楚罪犯。"他经常对谷子这样说，谷子只觉得他变态，很少搭理他。两个人，一个从正面下手，一个釜底抽薪，配合起来倒是挺默契的。

追查邹莉莉的那段时间，他发现，人如果犯了罪，又有毒瘾，

---

[1] 贩毒集团中不是非常重要但手底下也管着一两个人的跑腿、帮手。

最好的隐身场所就是街尾巷背。在那些地方，人们不会管你从哪儿来，叫什么，喜欢什么，讨厌什么，只要摸一把屁股，摸一把大腿，眼神对上就办事，办完人财两清，从此谁也不知道你是谁，谁也不在乎你是谁。这是一种最安全的关系。

那时候老呱频频出入声色场所，大到夜总会，小到小巷里的粉色理发店，他都沉浸式办案了好一段时间，还加了不少经理的微信。终于有一天，他在一个姑娘嘴里听到了莉莉这个名字。

叫莉莉的女人可太多了，不过又叫莉莉又"溜冰"的，就不是那么多了。

那一天的经历说起来也好笑，老呱照常扮作熟客去挑选姑娘——这是他惯用的手段了，能一个一个把人看清楚。如果没找到，就随便挑一个，说要带出去，加50块钱就行了。走到路口，说不想要了，把人打发了，就能去下一个地方查。风纪那边可要感谢这老变态，多亏了他，意外端了不少窝点。

谁知那天，那老妈妈有的是经验，拦着不让他带人走。"现在变态多着呢，要么就在我们这儿，要么就滚蛋。"老妈妈把烟吐他脸上，慢悠悠地说。

老呱心想，那就算了呗，反正也没看到邹莉莉，准备走人。谁知老妈妈一声口哨，三个彪形大汉手持家伙什儿拦在门口。得，这回是想要也得要，不想要也得要。

他灵机一动，说："姐姐，你这儿太贵了，房间也小，你就让我带出去嘛。"

"呸！带出去，你指不定要干什么呢！你们男的没一个好东西，自己不行，把我们姑娘打得鼻青脸肿，这种事儿太多了。别啰啰嗦嗦的，要么就在这儿，要么把钱交了滚蛋！"

"我啥也没干，为啥要交钱？"

"你当我养的姑娘都闲着没事儿干哪？叫我把人都带出来，一个一个地挑，以为多大款爷呢，怂货一个。"

"行行行，我交钱，我交钱好吧……"

好汉不吃眼前亏，没带家伙，又不能暴露身份，只能老实把钱交了，随便选一个。

进房间以后，姑娘正要动手，老呱却问她："你多大了，成年了吗？"

姑娘停下手，不可置信地看着老呱，然后哈哈笑起来。

"笑什么？"

"下一步，你是不是要问我：干这行多久啦，哪里人啊，为什么干这行呀，干点别的不好吗……哎，这样问一问，是不是能洗刷道德负罪感？"

姑娘一脸看不起的样子，倒是激发了老呱的兴趣，他又问："经常有人这样问你吗？"

"是啊。我真搞不懂男人，都来这儿了，还装菩萨，装君子。自古以来，劝女从良，又逼良为娼，不都是男人干的吗？"姑娘妖娆地爬到他面前，抓住他的裤裆，"你说，男人怎么就这么虚伪呢？"

老呱被抓得噢的叫了一声，姑娘乐坏了，咯咯咯笑个不停。

"但我还是想劝你，我……"

姑娘举起手指，做了一个嘘的手势，然后要继续。

老呱赶紧拉开她的手，按住。

姑娘惊到了，以为他要打人，正准备叫，被他捂住了嘴巴。

"嘘，别叫，别叫，我把你放开，你答应我别叫。我是警察。"他试着慢慢把她松开，又扣上她的衣服，用外套盖住她的大腿。

姑娘这次是真的相信他不想做了，便点了一根烟。

"你真是警察？"

"是。"

"警察不带枪？"

"不是随时都带。"

"你是来查虹姐的？"

"虹姐是你们经理？"

"是。你不知道？"

"我不是，我不是来干这个的，我来找人……"

姑娘没再听他说下去，把头发绑起来，扎成一个丸子，继续抽烟。"我叫萱萱，草字头，萱依草的萱。"老呱心想：那叫薰衣草吧。没等他说什么，萱萱抖了一下烟灰，看着房间里只有电脑大的窗子，继续说："谁会天生想干这个呢？谁不是走投无路，才做这种下贱的事情。"说着说着，有点哽咽。

老呱站起来把小窗子的帘子拉开，一点淡淡的纯净的月光照进来，打在五颜六色的房间里。

"做我们这行的女人，哪一个不是吃了穷苦，长了穷根；还有一大半的姐妹，是为了男人。"萱萱挪动位子，让月光照在自己脸上。她的脸小小的，有一点婴儿肥，显得稚气未脱，整张脸就像一朵纯洁的栀子花；而长长的红指甲，藏了烟灰的指缝，露出的半个胸脯，以及撕破的丝袜，让她又像一朵被酒腌烂了的红色玫瑰。

她的手指微微抖动着，冷冷看了老呱一眼："我曾经有一个很好的朋友，你知道吗，她和我们所有人都不一样，我们是从农村来的，身份证和借条都在经理手里，她呢，她原来有很好的人生，可是竟然为了追求爱情，沦落到这里，真的太可笑了，太可怜了……"

"你……"老呱刚张口，萱萱含着泪打断他："你别说话，你让我说完！我早就想说了，说了再把我抓走！"

老呱不敢再说什么，只是默默听着。

131

"莉莉姐，她有文化，有工作，有房子，有家……我想要的她都有，我真的不知道她为什么要为了一个男人到这儿来。你知道吗，我觉得女人最傻最傻了……"

这回老呱坐不住了，问："你说的莉莉，是不是叫邹莉莉？"

"你、你怎么知道……"

"你说的男人，是不是叫周立？"

"我、我不知道……"萱萱被他吓了一跳，眼泪也憋回去了。

"我找的就是邹莉莉！那个男人是不是这个？"

她辨认了半天："有点像，但是没有这么胖，我只见过一次。那时候莉莉姐刚来，就是他带来的。"

老呱激动极了，终于让他给找到了。"你知道邹莉莉现在在哪儿吗？"

"不知道，十几天前她就消失了，虹姐找了几天都没找到，大概是你说的那个周立带她去别处了吧。"

"十几天前走的……具体是哪一天，你还记得吗？"

"等等，我看看手机。我记得她走的前一天，还说要把眼影盘送我，后来就再也没来过了……找到了，是20号。"

老呱心里的线索开始串联起来，20号正是周立的推测死亡时间。

"后来她和你联系过吗？或者给过你什么东西吗？"

"东西？没有，也没有联系我。我们的手机都是专用的，下班要交给经理的……"

"你好好想一想，这很重要，她有可能去哪里？"

萱萱警觉起来："她、她犯事儿了吗？"

"没有。我们现在怀疑周立会伤害她，得尽快找到他们……"

这个谎让萱萱深信不疑，她翻箱倒柜，找到了一张照片。照片上是周立和邹莉莉，还有一位老奶奶，站在河边。

"莉莉姐说这个男的是为了给奶奶治病才急需要钱的,可能他们会去奶奶那里吧……"

老呱拿着照片,穿上外套,让萱萱扮扮样子,告诉她:"你放心,你的身份证和借条,过不了多久都会回来的。"

萱萱把头发抓乱,解开衣服,送他离开。

回到局里,老呱号召大家一起看照片里的地方是什么地方。小李子刚学了图像比对,一看要找地点,来了兴致,他先把照片做了分析,又把数据上传,分析植被。结合植被生长的地域和河流两个线索,很快锁定了位置,是金銮河支流上一个叫小仙村的地方。

第二天,老呱就带人把小仙村翻了个遍,找到了那个奶奶。奶奶竟然对照片上的两个人没什么印象,想了好久才想起来:"这个男的,给了我 200 块钱,让我说我是他奶奶……"

"这个女的,单独来过吗?"

"来过来过,什么也不说,给了我 2000 块钱就走了……"

"老人家,你知道她去哪儿了吗?"

"这就不知道了……"

"她来的时候带了什么东西吗?"

"好像没有,那么冷的天气,只穿了一件衬衣。遭孽,我把我老头子那件破棉袄给了她……"

"什么样的破棉袄?"

"就是最常见的,黑色,背上有个猴子图案。我侄子给他的……"

之后的几天,老呱、谷子和小李子看监控看得眼睛都花了,只知道邹莉莉离开小仙村后回到了江阳,在东边活动。那边有一大片烂尾楼、城中村,没有监控的地方太多了,最后一次查到邹莉莉,是她和一个女孩在包子铺门口打架,那之后就再也没有发现她的踪影了。

一个大活人就这么蒸发了，像是没出现过一样，直到今天。

在张大发他们办公楼的走廊里，老呱仔仔细细一页一页地看唐爱军的案宗，一个细节也没有放过。从案宗里的照片可以看出来，现场遗留的物品有男士的，也有女士的，可以确定邻居说的女人确实是存在的，但是女人的个人物品很少，只有一些衣服。他看到一张唐爱军挽着一个女人的照片，被烧得只剩下唐爱军的耳朵、肩膀，女人的头顶和比着耶的手。他发现女人小拇指的指根有一块硬币大小的胎记。

他的大脑飞速地搜索着这块似曾相识的印记，然后打电话给小李子："快，调出陈东案的监控，把女流浪人员的手放大，看看是不是也有这块胎记！"挂了电话，老呱把照片发给小李子。

等了快二十分钟，收到小李子的照片，是处理过的监控截图画面，那个疑似杀害陈东的女人手上有块一模一样的胎记。

14　再见，做人的权利

金福真走在江阳的大街上，摇摇晃晃，双目失神，她感觉不到时间，感觉不到寒冷，也不知道自己正在走向何方。

唐爱军死了，他就那样死了。

她的心又死了一遍。

可他是不可能自杀的啊，早上分别时，他明明还倚在小区大门上对自己挥手，明明约好在家里会合，然后去自首！不是都说好了，要一直等待对方的吗？为什么？为什么他要先死？

一阵又一阵的钻心之痛涌向她的心脏，她觉得喉咙里扎了一千根刺，却一滴眼泪也流不下来。

她失神地走着，一直走，一直走，离家越来越远，最后走到了金銮河边。河面有水鸟采食了。她抬起头望望天空，又看看四周，春天真的来了，虽然静悄悄的，但是树梢的嫩芽和河里的水鸟都预示着一个春天开始了。

春天真好啊，灰暗的大地又焕发生机，城市里无数不被留意的小生命，在静悄悄地舒展着身体，在畅快地呼吸着空气，在每一个一点一点变暖的夜晚，宣告自己的成长和美丽。

金福真在桥边蹲下，出神地望着一只小蜗牛在叶子上爬啊爬，叶子太小了，它差点掉下去。她把小蜗牛轻轻托起，放在一片更大的叶子上。

她缓缓抚摸着自己的手腕，纱布被扎成一个很好看的小小的蝴蝶结，是早晨出门前唐爱军给她换的新纱布。她抚摸着这个蝴蝶结，轻柔地，仔细地，一遍又一遍。

真相会是什么？是他觉得下半生无望，把自己骗出家门后自我了断吗？不可能，别人不知道，但她知道，唐爱军的心是热的，他对未来有很多计划，绝对不可能忍心先自己而去。

可如果不是自杀，会是谁杀了他呢？是因他而死的混子的家人吗？是他有什么秘密瞒着自己吗？还是他得罪了什么人？或者说，就只是一个意外？她没有答案，想不出来答案，也不知道该去哪里寻找答案。

她的爱没有了，成年以后的爱没有了，她再度回到了没有钱、没有爱、没有方向的从前。

如果一直没拥有过，或许就不会这么痛苦了；可是她拥有过了，又失去了，怎么能叫她不绝望？她慢慢站起来，盯着河面看了很久很久，然后扶住栏杆，跨过去，站在桥的外边。

桥洞里蹿上来的风吹着她的脖颈，那一刻，她突然明白了邹莉莉所有的感受。人穷尽一生，求的不过是自爱、自尊和被爱而已。当失去了这一切，死去就比苟活更幸福。她有自爱和自尊过吗？只不过是浑浑噩噩过了前半生，还害死了心爱的人。如果不是她，唐爱军就会去上班，他就不会在家里，就不会死了。她有被爱过吗？世界上唯一爱她的人已经死了。

她顿悟了，像那晚邹莉莉跳楼那样，闭上眼睛，身子往前倒。

一双有力的手拉住了她，耳边有人在叫妈妈。

"金福真，你有病是不是！"是老西和小春。老西一边骂她，一边试图把她拉回来；小春在一旁急得哇哇叫，含混不清地喊着妈妈。

这里虽然很偏，但也有人路过，很快就有几个人围观。有一个学生拿出手机拍，老西回头盯着他的眼睛大吼："关掉。"学生被吓了一跳，匆匆忙忙地走了。

"金福真，你不上来的话，小春和我也跑不了。"

她看着小春，于心不忍，从栏杆外侧爬了回来。三个人很快消失在街道里。

老西没有带她们往城里走，而是往城外走，一直走到快上高速的地方。老西把背包拿给小春背着，自己则在路边拦车。

拦到一辆空车出城的厢式小货车，老西和司机说了好一会儿，从包里抽出来几张百元大钞递给司机，然后招呼她们二人上车。

三个人安静地坐在车厢里，黑乎乎的，什么也看不见，只有随着颠簸偶尔透进来的一丝丝光。

小春一直在摸金福真的头发，像小大人一样安慰她。她应该不知道自我了断是什么意思，只是单纯地能感受到妈妈很伤心。

"她很想你。"老西开口说。

金福真不是很想和他搭话，她突然想到昨天，他故意让唐爱军看到他。在黑暗中，她冲向老西，一拳又一拳打在他脸上、身上。

小春一直在叫，在拉她，金福真却不松手，发疯般撕咬着，咒骂着。

"是你，对不对？你杀了他，你杀了他，你杀了他！"她终于放声大哭起来，哭着倒在了老西身上。

老西没有还手，也没有把她推开，只是任由自己的脸和耳朵流血，任由她扑在自己身上哭泣。过了一会儿，他试探性地抬起双手，紧紧抱住金福真。她拼命挣扎，拼命撕咬，不让他抱。但不论如何被撕咬，他都不松手，直到她再也没有力气，安静下来。

"小春真的很想你，"他的声音从未如此温和，"我们都很想你。其实你觉不觉得，我们才是真正的一家人，你、我，还有小春？"

金福真听着，默默地流泪，她累了，她太累了。

"我没有杀他。我为什么要杀他？昨天是我不对，我就是……一时之间，我也不知道怎么了……但是你相信我，我真的没有杀他。"

"你要钱干什么？"金福真有气无力地问。

"就是……就是……唉，我怕你被骗了，想着把你的钱要过来，是不是会好一点。你和他认识也没有多久，不是吗？你怎么就知道他是一个好人呢？"

"他是一个好人，他是最好最好的人。"

"是是是，是我想得不对。但是现在事情已经发生了，你也不能留在那里了，不是吗？"

她又哭了起来。小春摸过来，三个人抱在一起。

"你怎么会知道我在河边？"

"昨天发生了那件事，我心里很过意不去，想去店里找你道歉，也想说钱的事算了。我没看到你，她们说你辞职了。我想起来昨天他回去的方向，便试着去找你。看到你从小区里出来，我们就一直跟着你……"

金福真在黑暗里睁大双眼，再次诘问："邹莉莉真的不是你杀的吗？"

"真的不是。我告诉过你，对不对？那天，我醒来时看到她偷我的钱——那是给小春治病用的，小春没有身份证，你知道的，得买一张身份证才能住院。邹莉莉的死是个意外，她毒瘾犯了，你知道的啊，毒瘾发作时人是没有理智的，我和小春追着她上了五楼，她失足掉了下去。那是一个意外，东子的死也是意外不是吗？"

说到东子，她又想到他的尸体顺流而下，她痛苦地闭上眼睛。

"我们都不想的，我知道你也不想的。忘了这一切好吗？我们一起去江门，去你原来生活的地方，我们三个人一起，重新开始。"

车子摇晃了三小时，终于到了江门。离开了这么多年，江门的城市面貌变化了很多，新的高楼拔地而起，街道更宽了，还有了更多的天桥和地铁。金福真已经完全认不出来哪里是哪里了，直到他们摸索着走回市中心，她才大概认出来几条街道。她原来的家应该就在新商场不远处。

小春很兴奋，陌生的街道像一个万花筒，她一路蹦蹦跳跳，径直往前去。老西和金福真一前一后地跟着她，看着她快乐的背影。

江门市比江阳市暖和一些，街上的人穿得也没有那么厚，他们三个裹着厚厚的衣服，显得有些格格不入。

"我想回去看看。"她对老西说。

"行，我去叫小春。"

她记不太清具体的路线了，她以前很少到这段街道来，看到写着 CSSC 的高楼——那是她原来工作的商业区，就朝那边走去。

走过天桥，走过街道，又走过一片居民区，他们走到了 CSSC 大楼下面。她辨认出自己原来工作的皮具店，现在已经改头换面，变成了一家巨大的专卖店，占了整个拐角。

她带着老西和小春，继续朝前走。越走越近，越走越近，快走到原来的城中村了，她的心扑通扑通地跳起来。2009 年的那一晚，就是这条路，永远地改变了她的人生。她深吸一口气，大步转过街角。

已经没有城中村的影子了，取而代之的是一片片高楼，密密麻麻，看不清对面。她得绕过这片高楼，才能回到自己原来的家。

绕过高楼之后，景色却截然不同，是一片拆了一半的城中村，上面贴满了标语："黑心开发商，还我房子""无良开发商，欺骗老百姓"……

她走后不久，这里的拆迁工作就开始了。但拆迁工程只做了一半，大概是开发商出了什么问题，工程停滞了。看样子已经停了一段时间了，很多破败的居民楼钢筋裸露，有的楼体植物再度占领土地，宣示主权。

金福真在钢筋水泥的墓地里仔细辨认，一栋一栋地观察。啊！自己家那栋还没有拆，主体还是完好的，只是玻璃破了，楼梯上有各种各样的涂鸦、啤酒罐子和烟头。

她摸索着，小心地避开玻璃碎片，找到了自己的家。门已经坏了，像是被踢坏的，可能这里是附近小孩的游乐场吧。再往里走，是满地狼藉，厨具、餐具和桌椅，以及被划得稀巴烂的沙发。燃气当然是没有了，电也断了，她旋开水龙头，还能流出一股细细的水。

老西跟在后面，面无表情地看着这一切。小春像是饿了，老西说："正好，今晚就住在这里吧，明天再找别的地方。先去吃点东西。"

她愣愣地看着屋子，一动不动。

"那我们给你带回来，你就在这儿等着。"老西和小春出去了。

她走进卧室，是一番更杂乱的场景，床已经塌了，东西四处堆着。地上掉落的东西大部分是她的，她的衣服、围巾、冬天的膝盖保暖垫，她的记事本、病历本、诊疗卡，还有她唯一的一支口红，孤零零地躺在灰尘中。

她苦笑了一声，程明搬走的时候，一定很痛快，很心急，心急到一件她的东西都没带走，痛快到一件她的东西都不拿。

她又走到婆婆的房间里，病床不见了，剩下一地纸尿裤，用过的、没用过的，还有很多瓶瓶罐罐、膏药和一个破枕头。那些东西堆在一起，在屋子里发烂发臭，像阴沟里的呕吐物。

她走到窗前，看着近处的一片废墟和远处渐渐亮起的一两盏灯火，看了很久很久，直到灯光璀璨，直到小腿发酸。

已经晚上九点多了，空气慢慢变冷，她走进卧室把布满杂物和灰尘的被子抽出来，一张照片跟着掉了出来。她拿起来一看，是她和程明结婚时拍的唯一一张合照，本来是装在相框里，放在床头柜上的。

照片里的她瘦瘦的、白白的，发型和现在差不多，大大的眼睛里散发着光彩，稚气的脸庞像一朵纯白的小花。

突然，一股怒气冲上心头，她憋着一口气，用力把照片撕得稀碎，又把地上的东西乱踩一通，大叫着，撕扯着，直到力气用尽，才瘫软着坐下来，放声大哭。

二十几年，他们二十几年的婚姻就像一个笑话。她不是程明的妻子，也不是程健健的母亲，她在这个家里完全不重要。她只是一个能照顾病人、能带钱回来的工具人。她和保姆没有什么两样，唯一的不同在于，不用给她开工资，还可以随意打骂，甚至拿走她的钱。如果她死了，程明最多可惜的是免费保姆没有了，他绝对不会为她流一滴眼泪。

她不明白，为什么在那么长的时光里，自己从来没有想过这些，从来没有想过离开，从来没有，哪怕一次。

她又想到了唐爱军，恍惚中捡起地上的口红，打开盖子，已经快见底了，只剩下一点点膏体。她用手指抠出来一点，抹在嘴唇上，在黑夜中呆愣了许久，直到老西带着小春回来。

他们带回来一碗豇豆拌面，她一口也吃不下，裹着满是灰尘的破被子在沙发上睡着了。

老西把屋子简单收拾了一下，用破床架子封了窗子，又买了一

141

些蜡烛回来。晚上屋里点着蜡烛，一闪一闪的，甚至有种怪异的温馨。

他们都察觉到了金福真的异常，却说不清她是疯了还是伤心过度。第二天，她一直睡觉，没有起来。第三天也是，只吃了一点点东西。第四天……直到第六天，她走进卧室，翻出以前的衣服穿上，上街溜达了一圈。

除了这片小小的被抛弃的城中村，江门光鲜亮丽，似乎容不下她这样的人。

她漫无目的地走在街上，街上的人看到她就捂着鼻子绕道走。她看着他们，心里只觉得疲惫。她真的好疲惫啊，没有想唐爱军的力气，没有自首的想法，没有活下去的力气。她一直走，一直走，走到很远的城郊，累了就就地躺下，不管是商铺门口还是垃圾箱旁。

金福真变了，她不再工作，也不捡纸皮和塑料瓶，更不打理自己，她很快融入江门的流浪人员群体。

以前，第一次流浪的时候，她很不理解那些随意睡在大街上、衣冠不整、头发生虫的流浪人。她想即便条件再差，收拾自己还是能做到的。

现在她已经不需要理解了，她自己就变成了这样的人。每天去垃圾桶翻点东西吃，或者吃一些别人剩下的汤粉面条，有时候心善的老板会给她一些别的吃的，如若不然，她就一直饿着。

夜里，有时候别的流浪人会打她，因为她睡了人家常睡的地方。她也不还手，只是躺着，什么也不想，什么也不做，像一棵植物。

终于有一天，金福真的衣服比别人的还要厚、还要臭，她的面容衰老，眼神失去了光芒。

15　浮出水面

　　爆炸发生的原因还没有查清楚，但是唐爱军的尸检报告出来了：血液里有浓度10%的地西泮，呼吸道没有灼伤，有少量纤维吸入，与他家枕头的纤维结构一致。这表明在爆炸发生之前，他就已经窒息死亡了，初步怀疑是他杀。

　　老呱和谷子经过几天排查，终于查到邹莉莉之前在一家快餐店上班。在店里等了很久，老板才姗姗来迟，听闻有一个洗碗工涉嫌命案，他吓得不轻。

　　"她当时登记的身份证还在吗？"

　　"身、身、身份证，对对对，身份证，应该还在的，我找一找……"老板慌得不行，他根本没有留她们的证件，只是走个过场罢了。

　　"长官，应该、应该在家里……"

　　"第一，我不是长官；第二，我们跟你去家里找！"

　　老板吓得腿一软，差点滑跪："警察叔叔啊，你放了我吧，我再也不敢了……"

　　"扯什么乱七八糟的，我要的是身份证，邹莉莉的身份证复印件和银行卡信息！"

　　"我、我没有……"

　　"没有？怎么会没有，不是要交保险吗？"谷子疑惑地问。

老呱心里却明白了，这条路走不通。这老板八成是为了省保险，工资大概率是付现金。其实没有身份证，他也能确定这个邹莉莉就是他们要找的邹莉莉。只是现在证据链串不起来，有点恼火，他把气撒在这个老板头上，把他臭骂了一顿。

谷子看他又要发疯了，懒得理他，自己去和后厨的员工了解情况。

"莉莉话很少的，就知道一个劲儿干活。"

"什么时候来的，有印象吗？"

"来了有一年多，不对，差不多一年。每天干完活就回家，哪里也不去，老老实实的。"

"她家在哪儿？"

"我们都没去过，只听她说在那边，城中村里。后来认识了那个男的才搬走的吧……"

"是这个吗？"谷子拿出唐爱军的照片。

"是是是，这男的对莉莉可好了。哎哟，这么大把年纪了，两个人还甜甜蜜蜜的。那男的确实会疼人，莉莉话都变多了不少呢。"

"嗯？"

"小妹，不是不是，是警察同志，你看我嘴笨，一时不会说话了。我是说，莉莉和这个男的好了以后，跟变了个人似的，时常带着笑，还会和我们说她小时候的故事。"

"都说什么了？"

"就是说她妈妈带她去干农活、打野鸭子之类的……"

"还有别的吗？"

"别的……想不起来了。"

"大姐，你忘啦，那一天！"一个稍微胖一点的员工提醒大姐，她才突然想起来了。"对对对，莉莉辞职的前一天，她男人把另一个

144

男的给打了！"

"慢点说，怎么回事。"

"那男的，就是被打的男的，像个要饭的，又脏又臭，不知道莉莉怎么会和那种人扯在一起。之前说是亲戚，嘻，真是的，什么亲戚，有一次还带个女孩儿来跟莉莉要钱。要我说，活该被打！"

谷子找到老呱："邹莉莉辞职的前一天，也就是唐爱军死亡的前一天，唐爱军打了一个说是邹莉莉亲戚的流浪男子，那个人还带着一个十几岁的女孩。"

老呱来劲了："走，回去查监控。"

路上，老呱猜测："会不会是邹莉莉和流浪男子一起杀了唐爱军？"

"可为什么呢？"

"不是起冲突了吗，有没有说是为什么？"

"说大概还是因为钱的事。"

"邹莉莉的亲戚……回去查一下，邹莉莉的男性亲戚里有没有符合的。"

"知道了。对了，还有一件事。"

"啥？"

"店里的员工说，邹莉莉讲过小时候她妈妈带她去打野鸭子的故事。邹莉莉不是本地人吗，她小时候这儿能有野鸭子？"

"说不定是她瞎掰的呢。我告诉你谷子，永远不要相信有毒瘾的人说的话。"

"说到这个，我也觉得很奇怪，她们说邹莉莉很勤奋，很踏实，还说她漂亮……'溜冰'成瘾这么多年，还能漂亮？"

"万一人家天赋异禀呢？"老呱歪着头说。

"去你的。"谷子一拳打在他胸口上，"不管怎么说，杀害陈东的一男一女，和邹莉莉以及她那个亲戚算是对上了。找到邹莉莉就能找到那个男的，陈东死亡案和别墅杀人案，或许就都有着落了。"

"她们说还有个女孩，你说是谁呢？"

"兴许……兴许是他们俩谁的孩子？"

快餐店门口没有监控，对面的诊所有，老呱把唐爱军死亡前一天的监控找出来，一帧一帧仔仔细细地看。果然，和店员说的一样，唐爱军在路口把一个流浪男子揍了一顿；男子离开以后，邹莉莉和唐爱军说了一阵话，然后去上班了；唐爱军也离开了，看打卡记录应该也是回去上班了。

可惜监控太远了，没有捕捉到他们的正面。

老呱朝着流浪男子离开的方向走去。

"如果这一刻我在流浪，我去要钱，没有要到，还挨了揍，我会去哪里呢？"他看着一个三岔路口，一条街一条街地观察，一个一个地设想可能性。他闭上眼睛，把自己当成一个背着命案的缺钱的人，在街口徘徊。东边是大道，太明显了，可能性很小。中间是一条小吃街，人来人往，倒是有可能。西边是一条背街的巷子，通向城中村。睁开眼睛，他笃定地朝着西边的巷子走去。

沿路的两个网吧有监控，结果只是一个塑料壳子，做做样子；还有一个旅馆，破破烂烂的，估计没有装监控；旅馆下面有一个成人用品自动售卖店，售货机上有摄像头。

他走进去，对着摄像头看了好一会儿，又踮起脚来看角度，然后打机器上的服务电话。

"喂，找谁？"

"我在你这机器上买东西，卡住了，你来一下吧。"

没多大一会儿，一个女孩骑着电动车来了，她戴着眼镜，背着双肩包，脖子上挂着一把钥匙。

"是你吗？哪里卡住了？"只见这个小个子女孩熟练地拿出工具箱，取出一件三叉套筒外六角扳手。

老呱亮了亮证，说："把你这机器上的监控资料给我一份。"

女孩说："只能保存十天，它会自动覆盖的。"

看她成熟老练的样子，老呱问："你成年了吗？这是你开的还是大人开的？"

女孩没好气地白了他一眼："不要以貌取人好不好，我长得矮，不代表我什么都不懂。"说着，拿出身份证，"看到了没，二十二岁。走吧，监控在我家里。"

老呱跟着她到她家里，家里有一位老奶奶，还有一个小男孩。女孩的房间在阁楼上，她拿起笔记本，调出监控："给，看吧。"

老呱调出监控，果然拍到了！流浪男子确实去的是城中村方向，并且还拍到了另外一个男子，和他走在一起。

"这个监控能拷给我一份吗？"

女孩又熟练地操作了一番，拿了一个 U 盘拷贝，然后递给老呱："100 块。"

"什么 100 块？"

"U 盘的钱！"

老呱哭笑不得，从钱包里摸出 100 块递给女孩。

"老呱，江阳本地网有一个叫'流浪汉勇救跳河女'的视频，热搜第一。快看。"谷子打来电话。

"小孩，我再借一下你的电脑行吗？"

"20 块钱一小时。"

老呱无奈地看着她，又给了她 20 块。

打开江阳本地网，热搜第一是一个视频。视频里一个流浪男子紧紧拉着一个准备跳河的短发女子，旁边有个女孩在叫妈妈；男子对着镜头说："关掉！"视频就摇摇晃晃地结束了，全程不过二十几秒。

"谷子，我看了。你和我想的一样吗？"

"对！视频是一个学生上传的，我已经落实了学校和班级，准备过去取原视频。"

"好。我这里查到了男子的路线，一会儿队里会合。"

挂了电话，女孩凑过来问他："你们在查什么呀？"

他没好气地说："回答问题 50 块。"

"哼，不说就不说，警察有什么了不起。"

老人在楼下喊："阳阳，阳阳！"

女孩跑下楼，老呱也跟着下楼，才看到老人坐着轮椅。只见女孩熟练地给老人换尿袋，擦干净她眼睛的分泌物，又把小男孩推进屋里做作业。

老呱看了一会儿，没说什么，离开她家继续朝城中村走去。

没走多远，他感觉有人跟着，便故意右转再右转，躲在一栋屋子背后，趁那人不注意，跳出来，"跟着我干什么？"

跟着他的正是刚刚那个叫阳阳的女孩。她吓了一跳，但依旧壮着胆子说："我想知道你在查什么！"

老呱走过去拎着她的领子："不许再跟着我！"

女孩被他拎得双脚都快离地了，挥舞着双手大喊："我看了你的浏览记录，你在看那个热搜视频。如果我告诉你，我见过那个女孩呢！"

老呱将信将疑，把她放下，谁知道她竟然一溜烟跑了。

他现在没心思和这个小孩胡搅蛮缠，继续往城中村走去。

现在他手上有那三个人的正面照，找起来应该不难。果然，城中村小卖部的老板见过视频里那个女孩，说是住在这附近。老呱又问了几个人，最后找到一间砖瓦结构的民房。

房子十分破旧，周边植被丛生，还有不少垃圾。

房门上锁了，老呱找居民借了一把锤子，一锤子砸开锁，打开门。屋子里倒是挺干净的，看得出来有人住过，但是没剩什么有线索的东西。

"哪个王八蛋砸老子的门？"一个精瘦的男子骂骂咧咧地赶来。

"警察，出示你的身份证！"

"你是警察，我还是警察呢！"老头仍旧骂骂咧咧。老呱拿出证亮了一下，老头却不依不饶："这年头骗子多得很，你说你是警察，你就是警察吗？你等着。"

派出所的民警来了，一看到老呱，头都大了。这个老呱经常不走正常程序，派出所都怕了这个活阎王。好说歹说，才解决了问题。

"刘队，您、您好歹等一等，去拿个文书。您说您这……"

"对不住，着急了点，回头我亲自去跟你们高所长道歉……"

"那倒不用。房东说租房的是个男的，四十来岁，带着一个十几岁的女孩。当时没有要身份证信息，这破房子有人租就是烧香了，他哪里会管这个。他说那两个人前几天突然离开了，也没退押金。"

"行，我知道了。谢谢你啊，小王。对不住对不住。"

告别派出所小王和老头，老呱赶紧回队里。谷子已经把三个人的正面图像清晰化处理了，并打印出来。

"我觉得这个女的就是邹莉莉，但是跟以前卷宗里照片上的邹莉莉有点像，又不太像。至于这个男的，从衣着和行为可以确定，和陈东案里的男的是同一个人。至于这个女孩……"谷子摸着下巴，不太确定地说。

老呱突然想到，刚才那个叫阳阳的女孩说她见过照片里的女孩，也不知道是真是假。

不管了，他得先去找萱萱，让她看看照片。萱萱现在已经不干按摩了，在美食街开了一家小小的面馆，她是山西人，做面一绝。

她看到老呱来了，热情地招呼伙计："快，快给刘警官倒水！"小伙计勤快地倒上热水。

她手上忙活着，大声问："吃啥？老样子？"

"你看着弄吧！"老呱应了一声。

不多大一会儿，萱萱端上来一碗诱人的油泼辣子面，老呱狼吞虎咽。

萱萱温柔地看着他。等他吃得差不多了，她问："好久没来了，最近很忙吗？"

老呱从兜里掏出几张照片："看看，是邹莉莉吗？"

"这个肯定不是，这就是个孩子。这个嘛，轮廓有点像……我也不太确定，毕竟都好久了……"

他又翻出来两张照片，一张是唐爱军和女子的合照，一张是监控截图。"邹莉莉有这个胎记吗？"

萱萱拿起来看了半天，笃定地说："没有，莉莉姐手上没有这个胎记。"

"你确定？"

"我确定！那时候我经常给她画指甲，她的手细细长长的，又白又好看，绝对没有这样一块胎记。"

老呱把照片收起来揣在兜里，猛灌了一大口水，烫得龇牙咧嘴。

"哎呀，你慢点！"萱萱对他说。

他掏出 50 块钱放桌上："我得回去了，谢谢啊，面很好吃！"

萱萱捏着这 50 块钱，想追上去还他，但他已经跑远了。她看着手里的钱笑了，他每次来都这样，总是多给钱。她收起来，又去忙活了。

小伙计看着老板面露喜色，打趣道："萱姐，他是谁啊？我是不是要有男老板啦？"

萱萱丢一颗大蒜在他身上："别胡说！人家是警察，来问案子的。他，他是一个好人……"

"好人，好人才更得把他拿下！"

萱萱摇摇头，继续去做事了。她想到当年，老呱走了没多久，大概一个月吧，虹姐就被抓了，被判了好几年。

那以后，萱萱一度不知该去何处，一直在小餐馆里打工做服务员，后来老呱借了她一笔钱。说是借，其实不如说是给，这么多年了，一直没收过她还的钱。

其实，萱萱又聪明又勤快，她用那笔钱开了一个流动面摊，每天早上七点多在写字楼下卖小份的面给白领，只卖一会儿，九点就收摊。干净美味，分量又合适，还会搭配绿豆浆、红豆浆、薏仁豆浆，萱萱的面很受欢迎。做了一段时间就攒了一笔小钱，盘了这家小小的面馆，一直做到现在。

她对他，只有感激，没有别的。她从来没想过要和他有点什么，只想踏踏实实地做生意，养活自己，攒点钱。

回到队里，老呱和谷子百思不得其解。

这个女人不是邹莉莉，为什么会有邹莉莉的身份证？难道说邹莉莉已经死了？如果邹莉莉死了，会是他们杀的吗？

这个女人究竟是谁？指纹比对没有结果，说明她没有犯罪记录。她为什么想跳河自杀？她和流浪男子、女孩是什么关系？女孩叫她妈妈，难道他们是夫妻吗？成人用品店拍到的，和流浪男子走在一起的男人又是谁?

所有的问题像一团迷雾困住了老呱和谷子。他们想,跳河的女子和流浪男子会不会是夫妻,女孩是他们的女儿;谁知女子和唐爱军恋爱了,男子因妒生恨杀了唐爱军,女子才要跳河?

听起来逻辑上没有问题,可总觉得哪里不太对,具体又说不上来。

老呱决定,再去小巷一趟,找成人用品店的那个女孩。

到了她家,女孩不在,老人家和小男孩在。

老人家看到是白天来的警察,连连道歉:"对不住,警察同志,阳阳这孩子,太没礼貌了……"

看来老人家知道白天的事。"阳阳呢?"

"上夜校去了。您等等,大概半个多小时就会回来了。"

经老人家的口,老呱才知道,阳阳叫欧阳阳,母亲生完弟弟就病死了;父亲嗜赌如命,持刀抢劫伤了人,现在还没放出来。她白天打工,晚上上夜校,不仅要养活三个人,还得供弟弟上学。

难怪她文文静静的,却透着一股子江湖劲儿。

欧阳阳回来以后,看到老呱在教弟弟写作业,把书包扔在地上,快速跑上阁楼。

老呱跟上去,门是关着的。女孩大声喊:"我在换衣服,你别进来!"

老呱只能下楼,足足等了三十几分钟,她才慢悠悠地大摇大摆地下楼来。

"说吧,什么事?"

老人家拍了一下她的背:"好好说话!"

她不情愿地扭扭身子。

"你白天说你见过这个女孩，是真的吗？"老呱拿出照片。

"当然是真的！骗你干吗！"

"那这个男的呢？"

"也见过。"

"在哪儿？"

"我说了会不会有危险呀……"

老呱看她的样子，明白了，于是把钱包里的钱都拿出来，递给她。

女孩得意扬扬，只抽了一张一百块的，然后说："有一次，我看到有个男的在前面那个小旅馆门口打这个女孩，我准备去救她，结果看到了这个人。"她指一指流浪男子，"不知道他从哪里冒出来的，和这个打人的男的说着什么，说着说着，这个要饭的竟然从兜里掏出来一沓钱给他。哎，你说奇不奇怪，要饭的竟然有那么多钱！"

"后来呢？"

"后来这个要饭的就带着这个女孩一起走啦！"

"你知道这个男的为什么要打这个女孩吗？"

"谁知道啊。不过……"

"不过什么？"

"我看到这个女孩经常和不同的男人进那个小旅馆。我怀疑……我怀疑……"

"支支吾吾什么？直说！"

"我怀疑，我怀疑她做那个……"

16 杀手也有小学同学

老西找不到金福真了，自从那天出门以后，她就再也没有回来过。

如果是在江阳，他还有去处去找，江门市他只在年轻的时候来过几次，现在更不知道哪儿是哪儿了。

小春没有妈妈，闹得厉害。他们在金福真原来的家里等了几天，她都没有回来。老西收拾东西，带着小春走上了寻找金福真的路。

来江门以后，小春的状态明显好了许多。夏天快来了，但还是有一丝丝寒意，她固执地不穿外套，要穿最喜欢的裙子。老西手笨，梳不来辫子，干脆给她剪了一个齐肩的短发披着。

走在路上的小春，如果不开口，就像一个正常的十几岁的女孩一样活泼可爱，散发着无限的生命力和活力。老西在跟着她的时候，时常看到路边的年轻男孩偷看她。有时候他们想上前搭讪，老西就会冲上去，男孩们吓得不敢再靠近。

他们一路向北，沿路寻找金福真，夜里就在肯德基或者商场门口将就一下。路上遇到了不少流浪人员，都说没有见过金福真。

老西发现，江门的流浪人员政策，比江阳的要严苛许多，很多人都被救助站或者派出所带回去了。他得把样子变一变，才能和小春一起继续藏在人群中生活。

这天下午，他带小春去了一个老式的理发店。

"您是理发，还是刮面呀？"老人看到老酉的一身行头，丝毫没有嫌弃，热情地把他迎进店里。

"理发，胡子也刮一下。"

"想清楚啦？"老人像是洞察一切，举着水壶和剪刀，确认道。

老酉把衣服脱下，坐在椅子上："你就看着剪吧。"

他的头发太脏了，都打结了，老人不得不先拿出最大的剪刀把长发剪掉，然后洗剩下的短发，用了四次洗发水，才终于洗得露出本色。

老酉不小了，头发都有些花白了。老人全程非常冷静，没有一丝丝不快。一小时以后，老酉就像换了个人似的。

他打量着镜子里的自己，接近寸头，很精神；胡子刮掉以后，五官显得大了一些；整个头凉飕飕的，但是头脑很清醒。他已经不记得有多少年没见过自己的脸了，他看着镜子里的自己，甚至觉得有些陌生，而后露出了他独有的、捉摸不透的笑容。

"小春，好看吗？"

小春吃着老人给的棒棒糖，抬头一看，吓了一跳，哇哇大哭起来。

"哎哟哎哟，傻丫头，这是你爸爸！"老人连忙去扶小春，安慰她，"这是爸爸，看清楚没有？"又用手遮住老酉的下半张脸，只露出眼睛。

小春看啊看，看啊看，打量了很久，才确定这是老酉，拉着他的手就要走。

老酉从衣服内兜里拿出一些钱，看了一下价目表：理发 15 元，刮面 15 元。他想了想，给了老人 50 元，然后拉着小春走出门外。

老人接过钱，拿了一张 20 元追上去，递给小春。

小春看看钱，看看老人，又看看老酉，直到老酉说"拿着吧"，她才开开心心地揣进兜里。

如果说流浪人员会被集中收容，金福真会不会也被救助站带去收容所了？老酉又带着小春返回理发店。

老人看他们返回，以为是东西忘拿了，谁知他问："老人家，你知道收容所在哪里吗？"

"你们要去？"

"找人。"

"收容所我就知道一个，过了邮局还要往北走，在快出城的地方。喏，从这条街出去，第一个红绿灯右转，然后一直走，就到邮局了。很远的，走路的话，孩子恐怕受不了，你们叫个车吧。"

"行，谢谢你，老人家。"说完就朝老人指的方向走去。

看到两人像是准备步行前往，老人急忙追上去："哎呀，走路恐怕走到天黑都到不了，你想想孩子！"

"我们会在路上休息的。"

"这样吧，你骑我的车去，晚上再还我就是了。真是的，要不你把孩子放我这儿，你自己去！"

老人的神情严肃，不容拒绝。老酉想了想，接过老年人代步车的钥匙，载着小春朝收容所的方向去了。

到了收容所，老酉把衣服整理了一下，让小春在车上等待。

"你好，办什么事？"保安问他。

"是这样的，我家里人这儿有点不太好，"他指指脑子说，"前几天跑出去了，没有找到，派出所查监控也没找到，我就想会不会是让你们给救了。"

"等着。"保安说完，打开抽屉拿出一个本子，又翻到一支笔，"登记，身份证、姓名、住址、电话都要写。"

156

老西拿着笔，几乎没有思考，直接写下：赵德，138……，江门市文庙直街246号。是理发店的地址。

保安用对讲机喊了一声，出来一名工作人员。"您的家属叫什么，我先看看电脑有没有入库。"

"邹莉莉。"

"邹莉莉……我看看啊，邹莉莉……没有，没有这个人。"

"她精神不太稳定，有可能说不出自己的名字。"

"那我带你去看看吧。"

工作人员把他带到住宿区，把符合条件的几个女性都叫了出来，他一个一个仔细辨认，没有金福真。

"我说，你们要把人看紧一点嘛，你看看，这么多人，我们这儿都住不下了。不过你算有良心的了，还会到处找一找，那些，那些，都是没人管的，唉！"

老西只是安静地听她说，并不答话，之后冷漠地走出了收容所。

听工作人员说，南边还有一个收容所，但是太远了，得明天再去。他盘算着今晚带小春找个便宜旅馆住一晚，明天一早再出发。但回到三轮车那里，小春不见了。

老西急了，围着车找了几圈，都没看到人。他对着空旷的道路喊："小春，小春！"没有人回应。

他又急急忙忙地回收容所，问保安："看到跟我一起来的女孩了吗？"

"哪个女孩？"

"跟我一起来的，瘦瘦的，头发这么长，穿一条蓝裙子。"

"没有，没看到。你不是一个人来的吗？"

看他确实像不知道的样子，老西骑上三轮车，一路喊，一路找。收容所和城区之间差不多有九公里，都是绿化带和高速，小春要是自己走到高速上去，问题就大了。刚才应该直接把她绑在车上的。

骑了几公里，也没有看到小春的身影。他进去不过十来分钟，她不可能走这么远的。他想了想，又往回走。往回走的路上，距离收容所两公里左右的地方，有一条岔路，像是通往农田，车进不去。

老酉把车停在路边锁好，摸黑往前走，一边走一边喊。走了一二十分钟，看到一个像是空心砖搭的小屋，漏出点点灯光。

他没有再出声，从兜里拿出一把折叠匕首，悄悄靠近。小屋里很安静，不像有人。他绕到后面，站在柴堆上，从顶棚的缝隙往里看，只有一个精瘦的老头，眯着眼睛在烤火，火上架着一壶茶水。

他把匕首收起来，准备直接敲门去问有没有看到小春，突然，一丝光亮吸引了他的注意力。那是一条精巧的项链，项链的坠子上镶嵌着一颗不知道是真是假的钻石，变换角度，就能看到一点火光的反射。项链挂在门旁边的柱子上。

老酉再度拿出匕首，慢慢靠近大门，大喝一声，一脚把门踢开。老头看到一个男人拿着匕首闯进来，吓了一跳，但是马上反应过来，从火堆旁拿起砍刀。两人对峙着，谁也没有先动手，老酉用余光看到小春就躺在刚才偷看的那面墙下，手脚都被绑起来，衣衫不整。

老头很紧张，声音有点颤抖："你是来找这个女子的吧？"

"你把她怎么了？"

"没有怎么样，你把她带走，我们就当这事没有发生过，行吗？"他的语气有一丝商议，有一丝祈求，还有一丝警告。

老酉看看小春，又看看老头："没这么简单。"

"兄弟，没有必要，你是男人，我也是男人，男人有时候就是需要女人，你明白的。我也没把她怎么着，是她自己跑来这里的，不是我带过来的，这事儿你不能怪我。而且我、我、我都没进去，我老了……兄弟，真的，什么都没做成……"

看老头的样子，站都站不直，裤子也没系好，脸上的褶子多得像团成一团扔在垃圾桶里的纸。老西突然笑了笑，慢慢地收起匕首，说："你说得对，我们没有必要这样。这样，我们商量一个价格，你给钱，我把人带走，就当这事儿没发生过。"

老头没想到他会这样说，露出了狡黠的笑容，也把砍刀收了起来："我说嘛，男人最懂男人。"他转身拿出一个烂双肩包，翻啊翻，翻出来一个破旧的钱夹子，打开数了一下，一共有237元。

"这样，你都拿去，多的我也没有了，你也不亏。"

老西接过钱，没有给小春解绑，扛着离开了。老头看他这么粗暴地对待女子，心里松了一口气，把裤子系好，反锁上门，如释重负地抱着大茶缸喝了好几口。

老西把小春扛到三轮车上，把她脚上的绳索解开，然后穿过她的手，把她绑在车上。而后脱下自己的衣服，又脱下裤子，脱得浑身精光。

他在后视镜里照了一下，黑暗中只看得到一点点轮廓。他把鞋子也脱了，放在小春身边，然后又走回小屋。

老头听到他敲门，自然是不敢开。

老西说："还有项链，把项链还给我。"

"没、没看到什么项链。"

老头火速取下项链收进裤兜里："你、你快走吧，我已经报警了。"

老西笑了："真的？你敢报警？警察也会抓你，你不知道吗？"

"我没进去，没进去就不算强奸！警察不会抓我的！你快走！我真的已经报警了！"

老西不再答话，开始一脚一脚地踹门，踹了一会儿，有点松动，但是没有开。他绕到屋后面，抱起一截还没破开的树桩，一下一下地撞击门。房子虽然是空心砖搭的，但是门是铁门，很牢固，撞了好多下都没有撞开。

老酉又回到劈柴的地方，有一个燃尽的火堆。他蹲下来，把手伸进放柴堆的砖下面，一格一格地摸，摸到一个打火机。他把柴火抱到门口，点着后慢慢吹，先是一束很小很小的火苗，然后慢慢燃了起来，烟直往屋里灌。老酉拿着一根巨大且半干的木柴，在门口等着。

没多大一会儿，老头提着砍刀冲了出来，老酉就像一个武士，一击即中，打在老头的脑门上。

砍刀落在地上，老头应声倒下。

火光映出了老酉光着的身子，他走进屋里翻了翻，没找到项链，又回到老头身边，在他裤兜里找到了。

他把项链挂在那根打人的木柴上，把木柴放到一边，然后不慌不忙地回到老头身边，拿起砍刀，一刀砍下了他的头颅。

他举着头颅，返回屋内，把它放置在茶缸上。血滴滴答答，滴进茶缸里。

他又返回尸首旁，一下，两下，三下……把老头的裤裆砍了个稀巴烂。接着抱来更多柴火，丢在火堆上。

小屋很快被点燃了，火光冲破天际。老酉在着火的小屋旁边，拿起水管，打开阀门，冲洗自己的身体。

他不慌不忙，甚至吹起了口哨。洗干净以后，他拿下项链，把那根木柴和水管也一起扔进了火光中。

回到文庙直街，理发店已经关门了，其他店子也都拉上了卷帘门，有的店子是和住所连在一起的，漏出点点灯光。

老酉把车停在老人的理发店门口，锁好，又在坐垫下放了 50 块钱。小春的头还在流血，他把她裙子上的蝴蝶结扯下来，展开成一个布条，包裹好她的伤口。

老人听到动静，打开卷帘门，看到老酉扛着受伤的小春远去，顾不上披衣服，拿着电筒追上来。

"这孩子怎么了？"

"跌倒了，把头磕破了。"老酉应答着，脚下却不停步。

"你回来，你回来，你回来！"老人追了几步追不上，大声喊道。

老酉停下脚步，想了好一会儿，才往回走。

老人仔细检查小春的伤口，伤得不重，但是她一直没醒。"怕是把里面伤到了，要去医院。"

"我们没钱去医院。"

"必须去！"

老人拿出一件外套，打算给小春穿上，这时他看到小春手上有被绑过的痕迹，他不动声色，继续给小春穿衣服。

老酉看到了老人眼神的变化，开始回忆路上的监控。理发店门口没有监控，但是文庙后门那里有一个，应该能拍到这里。他也不动声色，帮着老人一起给小春穿衣服。

两个人合力把小春搬上车子，老人说："你不用去，我去。"老酉没有上车。

老人一路驱车赶到附近的医院，进了急诊。医生看到小春的情况，没有问什么，赶紧先带去做 CT。

陪护小春做完 CT 回来，医生在给小春缝伤口，老人才说："医生，麻烦你帮我报……"

报警二字还没说完，老人看到老酉站在医生办公室门口，手上拿着一个相框，是一个男孩和一个女孩的照片——是老人的两个孙

161

儿。老西给他看看，又翻过来仔细端详。

"抱什么？"医生疑惑地问。

"帮我、帮我把孩子抱起来，我给她整理一下衣服……"

CT结果还没出来，小春醒了。她看到老人，笑了一下，看到医生却像见了鬼一样，大叫着逃出办公室。

医生才是真的被吓到了，愣了好一会儿。老人捡起地上的相框藏在身后，对医生说："没事，没事，孩子爸爸赶来了。"

"片子出来了，这孩子先前像是这个位置——您看得清吗？这儿，长了一个东西，今天跌倒把它磕破了……"

老人惊魂未定，尽量控制着声音，问："那有生命危险吗？"

"目前看来，问题应该不大，没有出血，血管里也没有血栓。但是这个位置……不好说，可能会影响语言功能……你们家属要定期带她来复查。现在孩子看起来比较抵抗，你们可以等她外伤好了再来……"

老人完全没有听进去医生在说什么，而后默默地去补办急诊手续，交费。

他拿着CT单子，看着急诊门口的三轮车，心里五味杂陈。坐上车关上门以后，低声哭了起来。

老西追上小春以后，抱在怀里安慰了好一会儿，又在24小时便利店买了一些吃的。他很小心，戴着帽子不让监控拍到正脸。

小春吃着糖，情绪终于稳定下来。老西从衣服兜里拿出那条项链，重新给她戴上，又摸着她的脸蛋说："绝对，绝对不要离开我的视线。"

由于路线不熟，他们快到凌晨一点才找对地方，两人又回到金福真原来的家。刚进门，小春就睡着了。

老西却没有睡，他在卫生间站着，月光从窗外照进来，打在他脸上。镜子里他的脸，一半明亮，一半黑暗。

他不知道在想什么，只是出神地打量着镜子里自己的脸。他摸一摸自己的鼻子、眼睛、耳朵，又在屋子里走了一圈，观察遗留下来的物品。金福真的衣服都很大，能看出来她原来是个胖子。她的病历本上有很多受伤入院的记录：软组织挫伤、骨裂、骨折、刀伤……

这些伤是怎么造成的，他不知道，只是一页一页地翻看着，像在读一本小说。

还有她的笔记本，小小的、粉色的，上面记着账：牛肉，36元；圆白菜，2元；茄子，4元……有的地方画着不明所以的圆圈；有的地方写着突如其来的语句，比如：做一个幸福的人——幸福两个字被不同的笔圈了好几次；还有几页上记着电话号码和一些数字。

他像一个认真的阅读者，看她的笔迹、她的衣服甚至她的鞋子。

他走进厨房，也一样一样地观察里面的物件。在橱柜的夹缝里，他看到一个很小的老式的心形项链，打开来，里面是一张女人的照片。

有点像金福真，又不太像。

项链上布满了灰尘和油烟，像是被遗忘在这里的。他拿着项链，用地上的衣服一点一点地擦干净，而后站在客厅的窗边静静端详。看了好一会儿，他突然举起项链，亲吻了一下里面的女人，然后把手伸向下体，有节奏地律动起来……

17　四个父亲

　　越往下查，老呱的头就越大，强烈的办案直觉告诉他，他离真相只有一层窗户纸了。可是这层窗户纸要从哪里才能捅破？他就像被关在一个透明的房间里，明明什么都看得到，就是出不去。

　　根据欧阳阳的说法，那个女孩经常和不同的男人出入旅馆，但是旅馆里什么都查不到。

　　这是一个家庭小旅馆。说是旅馆，其实就是在自建房的二楼临时搭建了几个小屋，里面只有一张床、一把椅子，别的什么都没有。旅馆老板是个看起来老实巴交的精瘦男人，一问三不知，又都是现金交易，根本查无可查。

　　和流浪男子走在一起的男人，偏偏只被成人用品自动售货机拍到侧脸，没有什么明显特征。

　　还是只能从江阳本地网那个"流浪汉勇救跳河女"的热搜视频下手，从桥上的监控开始，一路查，总能查到点什么。

　　又是一阵大海捞针式的监控排查和实地问询，足足查了大半个月，看了无数 G 的监控资料，终于发现这三人最终消失在北边。他们会不会逃窜到北边的江门市去了？老呱心里有这样的疑问，谷子也赞成，于是两人朝着这个方向努力，根据监控显示的时间段，一辆车一辆车地查。

又过了大半个月，终于排查到一辆私家车，车载影像拍到了厢式货车载着三个人上了高速。第一次看到厢式货车拉人，这个私家车车主觉得很新奇，剪辑了视频上传到江阳本地网。本来没什么热度，直到"流浪汉勇救跳河女"的视频火了，人们才把这两件事联系起来。

警察找到这个厢式货车司机，他吓得面如菜色，一个劲地鞠躬道歉：

"我把他们放在江门汽车站外面就走了。警察同志，我是真的不知道他们是犯罪分子啊，我要知道他们是敌人，我绝对不会拉的。就是、就是空车回去太亏了……警察叔叔，我错了，真的，我财迷心窍，我无法无天，我不得好死，我天打雷劈……"

"行了行了，省省这套。"老呱让民警做好笔录，心烦意乱地从询问室出来。

谷子和他讨论接下来的排查方向，越想越觉得没处下手。

"那个男人看到自己的样子被拍下来了，说不定到江门就会改头换面。总是晚一步，可恶！"

谷子心里也不得劲，如果那个姑娘真如阳阳所说在从事违法活动，那她是自愿的，还是被迫？她看起来才十几岁啊！

"没事，跑不了的。我联系江门那边，咱们争取走协同办案的程序。别气馁，这才哪儿到哪儿啊。只要犯了法，一定跑不掉的。"老呱像是在鼓励谷子，又像在鼓励自己。

跳河的短发女子和流浪男子的肖像已经传了整个公安系统，他们都不知道自己已经被通缉了。

然而警方更不会知道，现在的两人都已不再是通缉照片里的样子了。

这是一个雨夜，大雨宣布占领了整座城市，街道和建筑被洗刷着。金福真从以往睡觉的地下停车场被赶了出来。

她的头发越来越长，像鸟巢一样搅在一起。一件酒红色的棉袄，胳膊破了两个洞，现在吸满了雨水，滴滴答答，分不清是从棉衣里滴下来的，还是从天上落下来的。她的脸上挂满水珠，手里拎着一个塑料袋，漫无目的地在街上游走。

夜深了，街上鲜少有人，只有几个醉酒的青年，把衣服顶在头上，七歪八扭地跑过马路。

能见度很低，车灯像黑色迷雾中恶魔的眼睛，隐隐约约闪着邪恶的光。她晃晃悠悠，走在人行道的树下，多少可以避一点雨。她注视着朦胧的车灯，像在做一个朦胧的美梦。

这时，一个小小的身影出现在车灯里，像个消防取水栓，又像……她的眼睛被那个小小的移动的物体吸引了，竟然是一个小孩！

几乎是一瞬间，她本能地冲到路中央，抱起孩子。车子在雨幕中擦身而过，她和孩子一起跌倒在路边。

孩子大概三岁，一直在大哭，走路还不稳当，小小的脸蛋和身体被雨水淋了个透。金福真抱起孩子，跑回路边，把袋子里的垃圾都翻出来，整理了一下塑料袋，罩在孩子头上。

"爸爸妈妈呢？"

她抱着孩子躲进路边商铺的屋檐下，孩子只知道哭，根本无法回答问题。

她没有办法，只能抱在怀里哄着，四处张望，看附近有没有派出所。

这么多天以来，不知不觉，她早已经游荡到不熟悉的城区了。没有办法，只能把孩子抱起来，尽量用衣服为她挡住雨水，去寻找派出所。

此刻，她已经忘记要惧怕警察了，甚至觉得这个孩子就是一个信号，是把她引领向正确道路的信号。宿命感在这一刻包围了她，认命吧，她想。

走啊走，走啊走，走了好久，雨都快停了，也没找到派出所。

她抱着孩子，坐在地上休息。孩子哭累了，冷得直发抖。她把衣服全部解开，露出松软的乳房和布满妊娠纹的肚皮，把孩子紧紧地贴在自己身上，用体温给孩子取暖。

不知道过了多久，一辆警车驶过来。是一辆交警车，车顶灯闪烁着，非常显眼。

她站起来，对着车使劲招手。

这时，一个三十来岁的女人突然出现，她拉下金福真正在摇摆的双手，说："大姐，大姐，我的孩子，我的！"

金福真停下挥手的动作，看面前的人，是个女人，背上背着一个小孩，大概一两岁。她打着一把破了几个洞的雨伞，手上拎着一个双肩包，穿着洞洞鞋。

"是我的孩子，不小心走丢了，谢谢你，谢谢大姐……"

金福真正疑惑，孩子却扑向了女人，哭着叫妈妈。女人把孩子抱起来，擦擦她的脸蛋，说："好了好了，没事了，下次不要再乱跑了。"

金福真很疑惑，为什么恰好会在这里遇到孩子的母亲？她们明明从孩子走丢的地方走了很远。

没等她充分思考，女人说："谢谢你啊，大姐，我们就先走了，真的谢谢你！"

看着女人带着孩子离开，她鬼使神差地跟了上去。走了半个多小时，她跟着女人来到一块自建房小区背后的菜地。菜地像是已经荒废了，没有种任何东西。一个蓝色钢板和条纹塑料布搭成的棚子，依靠着菜地围墙。

她想起了最初和老西一起生活的铁棚子，愣了一会儿，然后看到女人打开棚子的围挡，从里面走出来两个小孩，一男一女，女孩看起来有七八岁了，男孩估计五六岁的样子。

女人没有答应孩子们的叫喊，只是从双肩包里拿出来几块吃的，孩子们狼吞虎咽地吃起来。

女人把东西放下，拿了一个小板凳坐在铁棚门口，出神地望着黑夜。

雨已经停了，只剩屋檐水滴滴答答。

突然，她看到了黑暗中的金福真，她正躲在一根电线杆后面，观察着这一边。女人转身翻找，找到一个锅铲，握在手上，怒气冲冲地冲过去。

"你想干什么？"

金福真没有回答。

"我问你想干什么！"女人紧紧握着锅铲，神色紧张。

"你们住在这里吗？"她有点恍惚。

"是又怎么样，你管得着吗？离开这里，不要烦我们，快点走！"女人挥舞着锅铲，恐吓她。

她没有管女人，出神地往棚子里走。

大一点的女孩已经在给那个三岁女孩换衣服了，湿衣服粘在身上，很难脱下来。

女人拿着锅铲紧张地跟在后面，却看到金福真蹲下来，温柔地给孩子脱衣服，又换上了孩子们拿来的衣服。

女人不知道会是这样，一时不知如何是好，拿着锅铲愣在原地。

168

她看着金福真给孩子换衣服，又把孩子的双脚擦干。这个画面如此诡异，如此突兀，如此讽刺——一个流浪的疯女人，在照顾自己的孩子。女人突然怒火中烧，狠狠地把金福真搡倒在地。"你干什么？你管得着吗？滚！滚！"

金福真慢慢爬起来，两个年纪小的孩子被吓坏了，哇哇直哭。女人把三岁的女孩拉过去，抱在膝盖上打屁股："就知道哭，就知道哭，哭什么！别哭了，烦死了，烦死了！"

"别打，别打……"金福真踉跄着想要劝阻。

女人一把推开她："叫你滚，听到没有！"

金福真爬起来，温柔地看了看躲在蚊帐后面的两个大孩子，叹了一口气，慢慢走出了铁棚子。

她在自建房门口躺了一夜，天蒙蒙亮，就赶紧趁主人家没醒偷偷离开了。

她的棉衣一股子霉味，她也不在乎，就是吸了水，太重了，她脱下来拧干，晾在菜地旁的树枝上。

铁棚子里的女人醒了，看到她在晾衣服，气不打一处来："我不是叫你走吗？你怎么还在这里！"

"我晾一下衣服。"

"上别处晾去！"

正争执着，最小的孩子哭起来，女人望着天叹了一口气，回到屋里撩起衣服给孩子喂奶。孩子正是磨牙的时候，紧紧咬着乳头，她疼得紧皱眉头。有一下实在是疼得受不了了，她掐了一下孩子的大腿，孩子松开嘴，哇哇哭起来。

女人抱着哇哇大哭的孩子，看着三岁的孩子在地上抓土，抹得浑身都是。五岁的男孩躲在蚊帐后看着这一切，七岁的女孩麻利地收拾着屋里的东西，尽量不看她的母亲。

女人突然哭了，把脸埋在襁褓里，猛烈地哭起来。

七岁的女儿走过去，轻轻拍打妈妈的背，嘴里哼着一首歌："虫儿飞，虫儿飞……"女人渐渐平静下来，把婴儿背在背上，拿上双肩包，对儿子说："看好妹妹，听到没有？"

男孩点点头，始终没从蚊帐背后出来。

她带着大女儿走出来，准备把另外两个孩子锁在屋里。

"要不、要不我帮你看一天孩子？"金福真试探着问。

女人停下了锁门的动作，看着金福真："为什么？"

"我可以等衣服干了再走……"

女人还是迟疑地看着她。

"不会告诉警察……"

女人突然面露羞愧，窘迫地低下头，却还是把门锁了，径直往外走。

金福真不知道该怎么办，蹲下来，透过缝隙观察里面的两个孩子。他们紧紧地抱在一起，缩在一些物品随意搭成的床上，哥哥对妹妹讲着一个"星星变成兔子"的故事。

小小的两个人，此刻就像两只小羊，被关在乌黑的羊圈里。

她正看着，一把钥匙从旁边扔过来。女人没有看她，头也不回地走了。

她打开门，挤出一个微笑，对男孩说："今天妈妈让我陪你们。"

起先男孩很警惕，一起玩了一会儿以后，就完全放开了，三个人在这片荒废的菜园子里，玩过家家，玩丢石头，玩爬树。下午四点多，孩子累了，抓着她的手指，沉沉睡去。

看着两个睡着的孩子，金福真的心再度有了一种异样的感觉，她的心里涌上来一种说不清道不明的责任感，像一只母鸡想呵护鸡蛋。她自己都说不清这种感觉是如何降临的，她的心自唐爱军死后第一次有了感觉。

女人回来，看到金福真坐在地上，孩子们抓着她的手睡得正香。她有点生气，又有一种讲不清楚的如释重负感。最终还是用力把孩子摇醒，对金福真说"好了，你可以走了"，并递给她一个面包。

这是一个崭新的面包，还没有开封，她很久没吃新鲜的食物了，狼吞虎咽起来。

女人看着她的样子，一时之间竟然有些心软，赶人的话到了嘴边，却怎么也说不出来。

金福真就这样留了下来，白天，她带着几个孩子做家务，教两个大孩子基本的算数，认点字；晚上，她就睡在女人新铺的床上。有时候女人会带很多食物回来，有时候很少。

后来，大女儿负责在家里看三个弟弟妹妹，金福真和女人一起出去觅食。到了秋天，金福真慢慢恢复了一点神采。

女人和女人生活，有时候反而会激发一种默契。这两个人就像船锚和船，一个托着另一个不要被海水冲走，另一个则拉着对方不要沉入海底。

她们俩一起把铁棚子加固了一遍。女人不用带孩子，终于有空了，出去找了一份工作，工资不多，但是足够生活。金福真重新干起了捡废纸的活儿，换来的钱填饱肚子以后，还能给孩子们买点书和本子。

中秋节这一天，女人下班回来，带了一个很小的鸡蛋糕。是老式的重油鸡蛋糕，红色盒子的那一种。

她把蛋糕放在屋子中央的桌子上，几个孩子馋得直流口水。女人说："金姐，对不住，第一次见面的时候，我……"

"别说，别说这些。"金福真摆摆手说，"我本来，说了你别笑，

171

是要寻死的人，是这几个孩子和你把我留了下来。应该、应该是我谢谢你……"

"行了，不说这些，今天中秋节，咱们也算团圆了！"

大女儿听了妈妈的话，特别高兴，乖巧地拿来一把匕首，女人把蛋糕划开，一人一块，大家都吃美了。

皎洁的月光照在这个无人知晓的铁棚子上，四个孩子早已进入梦乡，只有两个心事各异的女人，抬头静静地看着月亮。

"金姐，你是、你是不想回家？还是没有家回？"

"那你呢？"

"我……唉……"

"我先说吧，我杀了人，在逃命，不能回家……也没有家回……"

女人似乎一点都不惊讶，甚至还有松了口气的感觉，她说："我也没有家回……并且我……对不起金姐，那天晚上，我确实是，确实是故意把三姐丢在马路上的。我真的，我真的太累了……"

话没说完，她痛苦地蹲下来，捂着脸哭了起来。她尽量用力压抑着哭声，不让孩子们听到。

金福真蹲下来，把她搂在怀里，她现在也会唱"虫儿飞"了，她像一个母亲，又像一个姐姐，把女人搂在怀里，轻轻地安抚。

她平静一点后，拉着金福真的手说："我是一个烂人，真的，我……我就是一个烂人……"

"别、别说，你把孩子们照顾得很好不是吗？"

"你知道吗，大丫二宝三姐，我都不知道他们的爹到底是谁……只知道小宝的，小宝的爹是一个五十多岁的客人……可是他不认，他不认……"女人的声音剧烈地颤抖着，像一只受惊的鸽子。

"我真的，我真的没有想过不要孩子，只是那一天，不知怎么的，鬼使神差……我真的太累了，太累了……"

"你去找过他吗？"

"找过……"

"报警呢，让警察帮帮你？"

"可我、可我连另外三个孩子是谁的都不知道，怎么找啊……别人只会嘲笑我，唾弃我，指责我……他们真的会帮我吗？我不相信……"

"你去找警察好不好？他们肯定会帮你的，一定会的……"

"我不想让别人帮我，我不想让别人来告诉我应该怎么做一个妈妈，我不需要别人来照顾我的孩子！"她突然激动起来。

金福真再度把她搂在怀中，她明白了她最初的敌意和排斥，想到自己的孩子如今不知道在管谁叫妈妈，她心里也是一阵痛楚。

人有时候太高傲了，总认为可以告诉别人"应该怎么做"，但是最终承担那些情绪、种种后果的，都是当事人自己。轻飘飘地说一句"警察会帮你的"，当然不费力气，可是把三个孩子送出去，真的就会幸福吗？

她不知道，她也不知道，她们只是依偎在一起，面对这狗屎一般的人生。

第二天一觉醒来，女人已经出门了，金福真把东西整理了一下，嘱咐大丫看好弟妹，准备出门捡废品。她察觉到屋里少了一些东西，可能是女人带出门了，她拿上塑料袋，往城市里走去。

晚上回家，孩子们都饿坏了，她拿出几个包子、馒头，没来得及热一下，几个孩子就跟饿鬼似的都吃了。

"妈妈呢？"

大丫摇摇头："没有回来过。"二宝也摇摇头。

小宝饿得咕咕直叫，金福真一时之间没了主意，思来想去，对

173

大丫说："我出去一下，一会儿就回来。"

她去了很远的地方，找到一个自动售货机，用仅剩的钱买了一盒牛奶，回来热了热，给小宝喝。小宝大约是饿坏了，起先吐了几口奶，后来就大口大口地喝了起来。

一直到夜里，女人都没有回来。

第二天，第三天，第四天……金福真明白了，女人走了，这艘船终于变成了没有锚的孤岛。

她看着她们一起加固的小屋，摩挲着女人送给她的毛衣，她终于发现这个屋里少了什么，少了存钱罐，少了女人唯一的一双好鞋，少了小宝身上的长命锁，还少了一把梳子。

她很平静，这种平静不是因为预知了结果，而是因为如释重负。两个人当中有一个人能自由，那也是好的。她很惊讶，自己会在此时此刻想到自由这个词语。

她幻想着，女人会忘记人生所有的包袱，从头开始再活一次；幻想着，她能够真正地堂堂正正地站在阳光下，走在人世间。只要想到会有那么一刻，女人能真正感到自由，金福真就止不住地感动。

她就像继承了她的某种意愿，为了这个意愿，哪怕自己会成为这四个孩子的垫脚石，她也心甘情愿。

谁能想到呢，金福真会有这样的想法。这是高尚，还是犯傻？是自我感动，还是另一种寄托人生意义的方式？恐怕连她自己都不得而知。

或许是陷在泥潭里太久了，她已经不知道该怎么求生了，就让自己这样陷着，一点一点下坠，直至死亡来临。

那天以后，金福真变成了妈妈。他们的生活也随之改变了，二宝照看弟妹，大丫和她负责谋生。

大丫话很少，从记事开始，她就一直在跟妈妈搬家，搬到不同的男人家里，更多的时候是住在那种家庭旅馆里，15块钱一晚上，房间里有两张床，卖给两个人：她和妈妈、弟弟挤在小床上，另一张床上有时候是男人，有时候是女人，有时候会打呼，有时候会发酒疯……夜里总是睡不好。

有一次，妈妈带了一个叔叔回来，没多久就有了三妞。可那个叔叔说三妞不是他的孩子，还打了妈妈。妈妈又找了一个新的叔叔……

几年来，她一直在做事，很多很多事，她以为只要自己足够乖，足够懂事，能帮妈妈照顾弟弟妹妹，妈妈就会好起来，妈妈就会快乐起来，她也就会快乐起来。

但是并没有。

小宝出生以后，妈妈更找不到活儿做了。就是小宝出生的那天夜里，大丫所有的期待都破灭了。她才七岁，但是她已经知道人生就这样了，不会更好了。

后来金妈妈来了，她又有了一些期待，金妈妈很好，她对自己很好，对弟弟妹妹也很好。金妈妈从来不打她们，还会教她们算数，她心里开心极了。有时候，在街上捡破烂看到那些穿着校服的孩子，她会产生一种渴望，只要妈妈和金妈妈把存钱罐填得满满的，她就能上学了吧？

可是，如今妈妈走了……

她明白这次妈妈是真的走了，金妈妈会让自己上学吗？她不知道，只是更乖巧地照顾着弟弟妹妹，和金妈妈一起喂饱弟弟妹妹。

她也好累啊，可她又无法明白人生为什么会这么累。做人到底只是小时候才这么累，还是一辈子都会这么累？每每想到这里，她就想现在就死也不是不可以。

金福真当然不知道大丫的想法，她只是尽量维持着孩子们的生存，可是孩子们越来越大，大丫都该上学了。愁云笼罩在她心头。

警察会管上学的事吗？直接带她去学校可以吗？她不了解。

如果孩子们曝光了，她是要去蹲大牢的。如果她蹲大牢，孩子们就能得到照顾，仔细想想，如今也能承受了。可是万一呢？万一即使她去蹲大牢，孩子们也没人照顾，他们是不是就会咫尺千里，从此不再相见？

送还是不送，这是一个问题。

这个问题一直困扰着金福真，直到冬天再度降临。

这是一个晚冬，一直到十二月才感觉到寒意。金福真从一个旧衣回收箱里偷了不少衣服，给每个孩子都换上了不合身但暖和的衣服。

考虑了一整个秋天，她终于想好了，要送孩子们去上学，之后自己去蹲大牢。

大丫也想好了，明天一早她就悄悄出门，去派出所，为自己争取一条出路。

七岁的孩子怎么会有这样的心智？不要小看孩子，发生了什么，会怎么样，他们全都知道。答案都藏在大人的对话里、表情里和肢体语言里。他们就像神明，能够看穿那些复杂的成年人的心。

又是一个平安夜，金福真很晚才回来。江门的冬天很少下雪，那天却飘起了细细的雪花。她穿过自建房小区，走进巷子里，看到棚屋外面有一辆警车、一辆黑色 SUV 和一辆轿车。几个警察、两个女人和三个男人簇拥在门口，其中一个男人在摄像。旁边还有一些居民，他们惊奇地看着这一切，围着棚屋，叽叽喳喳地议论着。

孩子们一个一个被抱出来，小宝和三妞被两个女人抱着坐进

SUV 里，大丫和二宝则被一个男警察牵着走向警车。大丫上车前，转过头对着黑暗挥了挥手。

金福真躲在黑暗里，看着大丫头也不回地坐进警车里。她手上的袋子紧紧地勒着她的手指，勒出青紫色。袋子里是她买的草莓，很贵的新鲜草莓。

大丫挥手时，她手一松，草莓滚落一地，有的太熟了，落在地上砸坏了，渗出丝丝汁水，混合在薄薄的雪里。

18 步步紧逼

"刘队，我们这里有一起案子，估计和你们在找的流浪人员有关。你们要不要过来一趟？"

打电话来的是江门市局的姜队长。按理来说，跨省、市协同办案不管是从程序上还是从人员配置上来讲都比较困难，但是老呱人缘不错，和江门市局的人关系还挺好的；两个城市在地域上又很接近，算是兄弟城市，所以两局之间经常互相走动。

到了江门市局，来不及吃晚饭，老呱和谷子先约了姜队在局里碰头。

看到老呱风尘仆仆，姜队从办公室迎了出来："老呱，好久不见了，想你得很哪！"

"姜总看起来有点发福嘛！"

"上了年纪不就这样，新陈代谢跟不上了，这肚子不就长起来了，你看看……"说着，很滑稽地拍了一下肚子。

老呱上手摸人家的肚皮："不错，再养养，三个月后可以出栏了！"

谷子被两人逗得直笑。

进了办公室，会议桌上铺满了照片、案卷、笔录等。"具体咋回事，说说。"老呱一边说，一边拿起其中一张照片看起来。

"几个月前，北城收容所报的警，说是晚上突然看到火光，以

178

为是野外火灾，报的消防。消防扑灭火以后，发现一具遗体。本来是当成普通的火情处理的，但是当晚出火情的消防队员上报的材料里显示，遗体的头颅和身子是分开的，他们队就联系了刑侦。这不，转到我队里来了。"

老呱一边听，一边看照片和视频。现场视频显示，被烧毁的应该是一间彩钢瓦和空心砖搭建的房子。火势看起来挺大的，现场被烧得一地狼藉。几张尸体的照片显示，头颅和身躯确实是分离的，尸体正面大部分已经炭化，背面完好。

姜队接着讲："这案子接过来，法医尸检以后，推测受害人是在生前被砍下头颅的，并且有一个地方特别奇怪，你们看这里……"姜队拿出一张照片和法医的尸检报告，"尸检证明，被害人死亡当时，或者死亡之后没过多久，凶手用砍柴刀，就是照片里的这一把，把受害人的裆部砍得一塌糊涂。你说说，这得有多大仇？"

谷子拿起照片研究了一会儿，说："感觉像是复仇，会不会是女性作案？"

"应该不会，死者头上的打击伤是他受的第一次伤，根据角度和骨裂程度分析，作案人力气应该比较大，并且比死者高很多。"

"考不考虑是比较高大的女性作案呢？砍裆部，看起来和性报复有很大关系……"

"不排除这样的选项。不过叫你们来最主要的原因是，我们后来查到一条线索……"

"什么线索？"

"凶手非常谨慎，现场没有留下痕迹。当然了，也不排除是在救火时被水冲毁了。着火的地方是一片田野，谁也没想到会有人住。总之，能判断这里就是第一凶案现场。现场没有找到什么痕迹的情况下，我们便对周边进行了排查。有两个点值得注意：第一，受害人常年受聘在这里看守作物，没有什么人际交往，结仇的可能性比较小；第二，据收容所反映，当天下午有个男的去找人，找的人叫邹莉莉。我就猜想，这个人找的邹莉莉，会不会就是之前你们发的协查通报里的那个邹莉莉。"

老呱的神经再度兴奋起来："男的？长什么样？"

"对方戴着帽子，监控没拍到正脸。保安和工作人员回忆：寸头，个子和我差不多，170厘米上下。"

"不是流浪汉装束？"

"不是，说是挺正常的、挺有礼貌的一个男的。"

"还有呢？"

"没找到，他就走了。"

"有其他人和他一起吗？"

"根据保安的说法，他一个人来的。他还纳闷呢，怎么会有人走路来这么远的地方？"

"走路？"

"不可能走路的，北城收容所距离市区有九公里呢。我知道你在想什么，我们把所有通向收容所的路口的监控都排查了一遍，你们来看看有没有可疑人物。"

老呱坐下来开始看监控。姜队看他这样子，估计是不打算去吃晚饭了，便对队里的小伙子说："去，去打几份饭来。"

老呱仔仔细细地看监控，一辆车也不放过，看到晚上八九点，什么可疑的人也没看到。

"别急，这些车主我们正一个一个地找，就是这辆老年代步车没有登记，不好找。"

老呱看了一下登记的车辆资料，又把监控倒回到老年代步车。

"这个画面还能再放大吗？"

"已经是最大了。"

老呱把脸凑到屏幕前仔细看，只看得出来开车的是个男的，后座可以确定有个女的，可再怎么看也看不出样子来。

"老姜，我得拜托你，着重查一下这辆老年代步车。"

"有感觉了？"

"有点感觉。"

"行！这案子查了一两个月了，就这么点眉目，你现在既然有感觉了，那我就查！"

因为还有别的案子，老呱和谷子要连夜赶回江阳。

路上，谷子边开车边和老呱讨论案情。

"你为什么怀疑老年代步车？"

"我也说不好，总觉得后面坐的女孩特别像那个女孩……"

"会不会是看岔了？"

"不好说……"

"你觉得砍头案和这个找邹莉莉的男人有关系？"

"总觉得有点关系。这样，我们下周再过来一趟。"

没想到，回江阳没几天，老姜又来电话了："老呱，这次你可得好好请我吃一顿。"

"怎么了？查到什么了？"

"老年代步车查到了！"

"行，我今天就过去！"

这次老姜早有准备，在办公室里准备了几盒拌面，大家边吃拌面边讨论案情。负责视频工作的小胖，从办公桌抽屉里拿出来一盒秃黄油，分给大家拌在面里。

"哟，小胖，挺大方的嘛！"老姜打趣道。

小胖很害羞，拘谨地说："我妈的手艺，大家尝尝，尝尝……"

有了秃黄油下面，大家都打起了精神。

"你让我留意这辆老年代步车，我又回了现场一趟——跟你学的。老呱，还记得我们原来一起联合办的那个绑架案吗？"

"记得，咱们俩可是熬了几个通宵，反复还原细节……"

"对，我就是从那次经历中学到了经验，我想象自己开了一辆老年代步车，我去找人，没找到。如果是你，你会怎么样？"

"原路返回？"

"对头！按理说，从收容所返回市区只有这一条路，原路返回的话，就算把拉屎、撒尿、看风景、野餐的时间都算进去，最多一两个小时就能从这里，就是这个路口进城。只要进城，就一定会被这个监控捕捉到。"

"然后呢？"

"结果我发现，这辆老年代步车足足隔了四个小时才回到城里。荒郊野岭的，他在路上干什么了呢？"

"你怀疑砍头案是他做的？"

"起先只是有这个疑惑，后来……你看这个……"

老姜拿出几张照片，接着说："我不信邪，又回去走了一遍老年代步车的路线。在这里，通向砍头案小屋的路边，看到了这个。"

他拿出的两组照片，一组是查案之初拍的，一组是前两天去拍的。两组照片拍的都是小路路口，一片野花野草蓬勃生长，不同的是，第一组照片上，看得出来有一些野花野草被压倒了，留下几条不明显的印子；第二组照片上，那些野花野草已经长好了，完全看不出被压过的痕迹。

"这些柔弱的植物是有记忆的，被压过会留下痕迹。如果是禾本类植物，那大概没几天就会重新长直，不过这一片是爬藤类和水生

182

类植物，根茎比较柔软，被压了需要个把月才能恢复。"

两组照片放在一起对比，非常明显，而第一组照片里倒下的植物的宽度，正好是那辆老年代步车车轮的宽度。

"老年代步车得在这里停很久，才能把植物压成这样子。但是，他没找到人不就应该回去了吗？把车停在这里干什么呢？我觉得这个找邹莉莉的男人，有很大可能就是砍头案的凶手。"

确定了这个方向，就要找老年代步车的去处。江门的监控系统覆盖面比江阳要大得多，排查了半个多月就找到了，它最后一次出现，是开进文庙直街。

老姜直接把老呱和谷子带到了文庙直街"老街坊理发店"。这家理发店，老姜来排查过。当时根据男人在收容所保安室登记的地址，他们就来过一次，并没有看到老年代步车。

接待他们的是一位七十岁左右的老人。他的说辞还是和上次一样：不知道，没见过，不晓得。

老呱把屋里的东西都看了一圈，看到老人擦得干干净净的桌上放着照片，是两个可爱的小朋友。

"这是您的孙儿吗？"老呱问。

老人很紧张，把照片抢过来，面朝下放在理发台上。

老呱捕捉到他的微表情，走过去，很不礼貌地拿起照片。"这俩孩子真可爱，"边说边高举起来端详，"他们一定是你的宝贝吧？"

老人突然生气了，对着老姜说："我犯法了吗？没有吧？请你们离开，立刻离开！"

老姜和谷子还想说什么，老人愤怒地把他们都推了出去，然后拉上卷帘门。

在门口，老呱拿出手机，对着手机说道："啊？好的好的，我知道了，行，行。"

谷子问："谁啊？"

老呱答："交警那边的兄弟，说代步车找到了，今晚就能去提指纹，还有这店门口的监控资料。哎哟，累了这么久，可算找到了，这案子可以结了！"

老人关上门以后，止不住回想满头鲜血的女孩，和男人用孙儿照片威胁自己的样子，双手微微颤抖。他听到外面的人都走了，才把店关了，颤颤巍巍地朝文庙直街的尽头走去。

文庙直街再往外走，就是一片没拆迁的老城区了，有的是保护民居，有的是文化馆，还有一些老居民楼。错综复杂的小巷纠结在一起，只有当地人才知道具体方向。

老人七拐八绕，到了一个小巷的尽头，是一个像家属大院的破旧老居民小区。他敲敲门。

应门的是另一个老头，他推开铁门，看到是老朋友，热情地迎了进去。

"车呢？"

"在这儿停着呢。你不是说罩起来好好保管嘛，你看我管得好吧？"

"我现在要开走。"

"怎么？找到地儿停了？"

"唉，说来话长。把钥匙给我吧，我回头和你慢慢说。"

老头疑惑地返回门卫室，把车钥匙拿给老人，又把铁门打开。

老人有些紧张，插了几次钥匙都没插进去，最后一次稳住心神才启动车子。他告别老友，驶出院子。

刚出院子，就看到三位警察站在院门口，正是之前来找他的两男一女。

"老人家，聊聊吧？"老呱走向前去，把车钥匙拔了下来。

老人这才反应过来，原来这是一出戏，他上钩了。他叹了一口气，走下车来，和他们一起走出小巷子，坐上了警车。

问询室里，老呱给老人倒了一杯水："老人家，为什么要说谎？"

老人喝了一口水，紧张地跺脚。

"是不是他威胁你了？"

老人抬起头惊恐地看着老呱，微张着嘴巴，一副不可置信的样子。

谷子趁机拿来一个坐垫，说："爷爷，您坐这个，这个暖和一点。"说着，示意老人把屁股抬起来，把坐垫铺好，又给他加了一点热水。

做完这一切，谷子说："爷爷，您放心，您的孙儿现在有我们民警看着呢，出不了事儿，您看——"说着，把手机递过去，上面是两个民警站在春天幼儿园门口的照片。

老人叹了一口气，终于开口了："他说要去找亲人，我看他可怜才把车借给他，结果、结果……"

"他的样子你能说说吗？"

"他来的时候就是一个要饭乞丐的样子，我给他剪了头发，刮了胡子。他倒挺实诚，付了钱，还多给了……谁知道晚上还车的时候，那个女孩满头是血，我说送医院，一着急忘了拿手机。在医院，我正准备叫医生报警，结果、结果他就拿着我两个孙儿的照片威胁我……"

老人痛苦地抱着头，像是不愿意再回忆这一切。

"女孩？是这个女孩吗？爷爷，您看看，是不是这两个人？"

老人看了照片，心中一惊："是，就是他们！"

"这个女的呢，你见过吗？"谷子指一指跳河短发女的照片。

老人摇摇头，说："没见过，就这个男的带着这个孩子。"

事不宜迟，几个人又去医院查了半天，最后只在监控里看到男子跟着女孩走出医院，他抬头看了一眼侧门的摄像头，然后拐弯走进小巷里。

追到这里，线索又断了。

"更新，更新照片，这男的的新照片，传到系统上。另外，他们有可能又回到了流浪群体，排查江门的流浪人员，和救助站、收容所多联系。"回到队里，老姜把任务布置下去。

谷子也没闲着，她把男子的新照片发回队里，让小李子做面部分析，看有没有前科人员或在逃人员与之重叠的。

小李子最近在学习一个新的面部识别系统，他自己又优化了程序，数据库更大，信息更准确。要说，他还真没白下功夫，这系统做人像比对很给力，没多大一会儿就比对出来一个人，是好多年前一个下毒案的嫌疑人。但是当时的照片非常模糊，他不敢确定。

此人名叫赵振德，是江阳市晋东区瓦窑村人。多年前，那里发生一起水源下毒案，他是在逃嫌疑人。两个人的面部特征比对，相似度达到了71%。

19　野种

2005年春节，江阳市晋东区一个叫瓦窑村的地方，发生了一起水源投毒案。村里的自来水水窖被人为投毒，三名村民不治身亡。

当时这起案子轰动了整个晋东区，还上了报纸。

晋东区是江阳市地图上最偏远的一个区，与其说是区级行政，不如说是县，只不过是沾了江阳副省级市的光罢了。全区人口不到30万，且大部分人口分散在各个行政村，除了个别村有能源产业和农副业，最主要的经济来源是农业。

瓦窑村是最偏远的地方，几乎与隔壁省接壤，他们的方言也更接近隔壁省的。

当年，水源投毒案发生以后，区政府非常重视，直接从区公安局成立专案组，进驻瓦窑村进行调查，同时抽调119消防救援车，为村民提供安全水源。

专案组下村半个多月，把村里人都排查了一遍，所有人排队提取指纹和DNA，与水源附近农药瓶子上提取到的指纹进行比对；与此同时，对全村的村民进行单独问话，交叉比对口供。

在这个过程中，专案组发现村民赵振德具有重大作案嫌疑，然而他们突袭赵振德的家时，发现他早已经逃匿。

说起这个赵振德，村里没人不摇头。"是个怪人。"大家都这样评价他。要说的话，应该说赵振德全家人都有一些奇怪。

　　赵振德，出生于1966年。父亲赵启双和长兄赵振友在他出生前几个月一前一后病死了。他和母亲王明霞一起生活。

　　他四岁时，母亲生下同母异父的弟弟赵振顺。母亲一直不说谁是弟弟的生父，也从来没有见过谁来家里找母亲说孩子的事。

　　多年以来，孤儿寡母生活在一起，受了村里人不少欺负。他母亲是个非常坚强的女人，一个人把重活累活全扛了下来。

　　有时候，村里人更像某种动物，他们没有共情能力，为了好处而发狂，占到便宜就欣喜。

　　他们并不格外照顾母子三人，反而时常叫两兄弟"野种"。为此，赵振顺经常和别的小孩打架。

　　赵振德倒是不太在意这些，他们叫就任他们叫，他该干吗还干吗。

　　他十六岁那一年，有一天三人在地里做活儿，村里的小孩又来了，他们站在更高一点的地方朝地里尿尿。

　　"野种！"不知道是谁带头喊了一句，别的小孩嘻嘻嘻地笑起来。母亲看了他们一眼，对两个孩子说："手里别停！快下雨了，栽完赶紧回家！"

　　上面的小孩看他们没反应，又喊了一句："野种！"

　　赵振顺怒了，拿着扁担就要冲上去。赵振德拉住他，摇摇头，脸上一点表情也没有，看起来一点也不生气。

　　弟弟很不理解哥哥的麻木，气得对他喊："我看你真的是野种！别人在骂你妈呢，你都不知道生气！白眼狼！"

　　赵振德看着暴怒的弟弟，歪着头打量他，像在观察一幅画。

　　这时候，身后又有小孩喊："野鸡野鸡，四处脱衣，生下野种，全家作揖……"

隔壁几块地里的大人听到了，没有一人制止自己家的小孩，有的还停下来，饶有兴致地看着这一幕。

母亲王明霞紧皱着眉头，并不扭头，只是继续干活。赵振顺已经出离愤怒了，他的头上青筋横暴，手紧紧地攥着扁担，眼看就要冲上去揍那几个小孩。

他还没来得及出手，就看到哥哥赵振德以迅雷不及掩耳之势，抓住一个小男孩，让他动弹不得。

"你还叫吗？"赵振德问他。

小孩当然不服输，在他的钳制下依然说着："你本来就是野种，你和你弟弟都是野种，你妈妈就是……"

话没说完，赵振德非常冷静地掐住他的脖子，把他拎起来，双脚渐渐离地……

孩子的父母不在现场，隔壁地里一个男子冲上来，想拉开赵振德的双手，但发现他力气奇大，根本拉不开。

"你还叫吗？"赵振德依旧冷静地问。

孩子被他吊得根本喘不上气，更别提说话了，脸憋得通红，双脚在空中乱蹬。

男村民见拉不开赵振德的双手，便一边托着孩子的脚一边大叫："王明霞，你儿子要杀人了！"

王明霞抬头一看，吓坏了，忙不迭地冲上坡，捶打赵振德的背："放开！放开他！快点放开！"

赵振德不论旁人如何，只是直勾勾地盯着孩子问："你还叫吗？"

孩子快窒息了，用尽全身力气，非常小幅度地摇了摇头。他这才把手一松，小孩掉在地上，咳个不停。

赵振德转身走了，就像什么都没发生过一样。

男村民大叫起来："王明霞！你儿子差点杀人！杀人！"

王明霞不知道该做出什么反应，机械地跟在儿子身后。

小男孩缓过劲来，指着赵振德母子一边哭一边喊："我叫我爸爸杀了你们，杀了你们。"

男村民赶紧捂住男孩的嘴巴，但是捂晚了，赵振德百米冲刺一般跑回来，高高跳起，一脚踩在小孩的胳膊上。尖利的惨叫声刺破天空，回荡在农田上方。孩子的手就像折断的玉米秆，弯曲成可怖的形状。

所有人都惊呆了，安静如鸡，直到赵振德母子三人返回田间，各种尖叫声、咒骂声和叫喊声才在田野上几重奏起来。

从那天开始，村里人愈发远离这一家三口。

他们就像这个村子里的孤岛，独自播种，独自收割，清苦却清净地活着。王明霞很喜欢唱歌，从他们家的小屋里时常传出她的歌声。

1984年，赵振德十八岁时，王明霞死了，像是病死的。据说，村里开始流传："赵家一定有传染病，不然怎么会接二连三地病死人。"

王明霞死的第二天，还没发丧，赵振德就到江阳市去打工了。弟弟赵振顺一个人替母发丧，一个人种家里的地，一年又一年重复着母亲原来的生活。

他也喜欢上了唱歌，田间地头，房前屋后，都能听到他的歌声。唱歌，好像给了这个男人某种陪伴和慰藉。不过，和他母亲不同的是，他总是坦坦荡荡地发出声音来，不像母亲那样憋着声音唱。他的歌声一响起，人们就知道他来了。

最初那几年，人们还是怕赵振顺，又过了七八年，大概是风平浪静久了，又大概是赵振顺从不招惹别人，一些村民会和他来往了。到了2002年，三十六岁的赵振德从江阳打工回来时，赵振顺已经和村民们打成一片了。

时间能够冲淡一切，人们似乎已经忘记了当年发生在田间的那可怕的一幕。对于赵振德回乡，大家反应平静，只是说："听说赵家老二回来了。"他进村时，甚至有几个老人热络地对他说："振德，回来啦！"

赵振德对这一切都感到十分陌生，陌生得像自己是一个远方来的贵客，仿佛童年的记忆是一个梦，一个遥远的虚妄的梦。

当天晚上，有两个老头拎着酒来找赵振顺喝酒。四个人在饭桌上说些有的没的，酒到酣处，两个老头缠着赵振德讲城里的见闻。

"十八年，你走了十八年。振德啊，十八年人会变很多的，叔看你也变了不少，高了，壮了，不错，是一条汉子的样子了……"

隔壁的大药叔紧紧拉着他的手，像是自己的孩子衣锦还乡一般，眼里甚至噙着泪水。

"嗐，大药，你扯这些没用的干啥？振德，城里有啥好玩的？他们说城里有那个，是不是真的？"

说这话的老头镶了一颗金牙，别人都叫他金牙。其实只是贴了面而已，也并不是真正的金子。

"哪个？"赵振顺问。

金牙一副"你懂的"的样子，看了三人一眼："就是那个……找女人的地方……"

"我哥怎么会知道?！"赵振顺喝了一口酒，没好气地说。

赵振德也喝了一口酒，默不作声。

"扯淡，十八年不找女人，怎么可能?！吹牛吧！我不信！"金牙唾沫横飞，张牙舞爪地比画着，情绪非常亢奋。

"哎，我们是来、是来给振德接风洗尘的，要和他学习，学习城里的新知识、新技术！你个大金牙，真的是阎王娘怀孕，一肚子鬼胎，你烂泥扶不上墙你……"

正骂着，金牙不乐意了，猛地站起来："你说谁烂泥，你说谁？你不想知道？放狗屁吧，装什么假正经……"

"有，你说的都有。"赵振德不慌不忙地说道，说完，歪着头好奇地打量着三个人的表情。

两个老头也不争了，坐下来眼睛直勾勾地盯着赵振德的嘴，像是他嘴里能掉出金子来。

"女人多吗？"金牙问。

赵振德微微一笑，似乎对金牙的反应感到很高兴："很多，什么样的都有。"

这下赵振顺也不喝酒了，也聚精会神地听着。

"城里好几条街全是，那些女人就站在门口喊人……"

"骚吗？骚吗？好看吗？是不是像片子里演的那样？"金牙一边说一边比画了一下胸口。

"奶大的奶小的都有，奶大的多。有十几岁的雏儿，也有三四十岁的婆娘。有穿短裤的，有穿紧身裙子的，都站在路边，穿短裤的最骚……"

大金牙听着，口水都要流出来了。大药也没好到哪里去，嘴巴微微张着，像掉进一杯蜜糖里的苍蝇……

那天晚上，赵振顺很早就醉了，睡下了，大药和金牙都很高兴，和赵振德一直聊到夜半三更才回去。

回去的路上，大金牙踩空了，掉进两米多深的排水沟里，死了。

大金牙死了，村里人都说他好酒贪杯，摔死是迟早的事，并没有因此改变对两兄弟的友好态度，至少明面上看不出来。

日子就这样过着，赵振德跟着赵振顺学做精细的农活，但是他学不会，只能做点翻地、采收之类的重活。农药配比啦，掐苗啦，授粉啦，这种精细活他都做不来。

不过，好在赵振顺什么都会，有哥哥帮忙，收成更好了。赵振德回来的第二年，两兄弟光是卖荷兰豆就卖了 3 万多块钱。

"哥，你别再出去了，咱们就这样挺好的，守着爸妈留下的这点地，不缺吃也不缺喝，说不定明年能挣更多，到时候去县城买套房子养老！"

看着弟弟开心的样子，赵振德再度像打量一幅画一样打量他。哥哥这副样子，赵振顺已经习惯了，只当他是高兴傻了，继续开心地数钱。

谁知道没过多久，2003 年 12 月，赵振顺也死了。他猛烈地咳嗽了三个多月，在刚入冬的夜晚，生生咳死在了床上。

三个月来，赵振德为弟弟端屎端尿，熬粥撕肉，照顾得无微不至。村里人都看在眼里，大药叔还常常端中药去看望，谁知赵振顺还是死了。

赵振德给弟弟发了丧，埋在母亲旁边，从此一个人生活。没想到的是，弟弟就像一个护身符，他死了以后，村里人对他又渐渐冷漠起来。当年踩断小孩手的事，又渐渐在人们记忆中重现，大人小孩都不再接近他的小屋了。

他不会做精细活，地里的收成越来越差。隔壁两家人，今天挪一点，明天挪半分，竟然不知不觉把他的地占了不少。他只是冷眼看着，并没有反抗。他沉默寡言地生活着，就像当年一样，再度成为一座孤岛。

2004 年冬天，地都养着，暗暗积蓄着养分，要在开春时用尽所能供养幼苗，争取新一年有好收成。

赵振德也想尽量把地养得肥一些。弟弟一般会在冬天把羊粪撒到地里，翻翻土，他依葫芦画瓢，十二月到来时，他差不多都快把地翻完了。

这一天他正在翻地，几个小孩叫喊着跑过，他们拎着炭火炉挥舞，展示自己可以让炭火不掉出来的绝技。

一个小孩停下来，看着赵振德，说了一句："是那个呆子。"其他小孩跑过来，问："什么呆子？"

"我爸爸说的，这个人是呆子，他家的人都有病，都死了！"

"你胡说！"

"我才没胡说！他家死得只剩他一个了，我爸爸还说他和他弟弟都是野种！"

"什么是野种？"

"就是……就是……"

"你根本不知道，你胡说，你胡说……"

他们叫喊着跑远了。

赵振德全程没有抬头，只是默默地干活。

2005年春节，发生了水源投毒案，有人指证看到过赵振德拿着五瓶敌敌畏出现在水窖那里。

结合村民讲的这段历史，当时的办案人员认为，赵振德极有可能因为长期的生活背景，对村民产生怨恨心理。

当时，指纹比对不像现在这样迅速，赵振德逃走以后比对结果才出来，敌敌畏瓶子上留下的指纹，确实和赵振德的指纹一致。从那天开始，他就成了在逃人员。

然而，令人感到不可思议的是，这几年刑侦技术越来越发达，警方却至今没有发现他的踪影。

"要我说，这人也太狠了，在水源里放毒，这是要药死全村人啊！

啧啧！"

回到江阳，听完晋东区公安分局同志的陈述，老呱心里描绘出一个男人的形象：他沉默寡言，性格孤僻，家庭再三发生变故，人际关系较差，缺乏一定的社交能力，力气大，做事不留余地……

这时，他突然想起来什么，问："哎，你刚才说他来江阳市打工，是在什么地方来着？"

"江阳西城，就是现在西北新城那个方向。做过汽修工、车间工、货运工……他回村的前几年，还在西北区人民医院做过一段时间劳务派遣，主要干些脏活、累活、体力活，偶尔也会帮着运遗体……"

"西北新城……西北新城……"老呱没再听下去，只是自顾自地念叨着，手指一下一下地敲打桌面，"谷子，你想到什么了吗？"

"你应该和我想到一块儿去了，如果流浪男子真的是赵振德，那别墅杀人案的金鱼印子……"

"对！时间也对得上，2002年8月发生别墅杀人案，同月赵振德突然辞职回村；西北区人民医院，离西山远景别墅小区有点远，但是都在西北区！

"还有，陈东被害之前，流浪男子在老杨的辖区内晃荡，之后便凭空消失；2014年3月，又出现在距离案发现场几十公里的河边救人；那之后，又逃窜到江门，到收容所找邹莉莉，砍头案就发生了……你不觉得所有的时间节点都太巧了吗？

"一次可能是巧合，两次、三次……那就是老天爷指路了！谷子，我现在有百分之八十的把握，觉得流浪男子就是赵振德，赵振德就是两起金鱼案的凶手！"

分局的同志听了，当场兴奋起来了。别墅杀人案是前些年系统里非常出名的悬案，这案子要是破了，那就真神了！

老呱和谷子却心事重重。

这个赵振德具有很强的反侦查能力，性情沉稳，不易犯错。而且现在情况很不明朗，他具有多年的流浪经验，对于躲避人群和排查，一定自有一套，根本无法确定他的位置，说不定他已经再度逃窜到外地了。即使没有，江门市连同周边乡镇，一共有 700 多万人口，这可怎么找啊！

"老呱，我想到一件事情。"

"说。"

"砍头案发生之前，赵振德在寻找邹莉莉——那个假的邹莉莉，那是不是说明他们已经走散了？据我们现在掌握的资料来看，他不是一个会轻易动手的人，他像一只秃鹫，盯准了目标才会出击。为什么这一次他会冲动作案，犯下砍头案呢？"

"找不到这个邹莉莉，对他来说不可忍受！"

"对了！虽然不能确定邹莉莉挑动的是他哪一种情绪，但是目前可以确定，只有邹莉莉能让他露出马脚。只要我们先他一步找到邹莉莉，就一定能抓住他！"

这次老呱和谷子是真的觉得有希望了，回到队里开了个简单的碰头会，分析了这个可能，全队的同志都亢奋了，尤其是小李子。他没想到一个面部特征比对竟然能牵扯出这么多线索，没等谷子安排，他就开始了短发女和女孩的比对工作。

20 母亲，妻子

小李子心里有一个想法，这系统要是早一年上线，说不定这会儿已经把人抓了。现在他只有一个念头，扩充数据库，录入更多资料，一定要把另外两个人也找出来。

另一边，江门市局接到一条线索，老姜一看，不敢耽搁，赶紧联系老呱，把情况说了一遍。

"辖区派出所发现的，一个小女孩自己来报案，说她妈妈把她们遗弃了。一开始民警以为是孩子的恶作剧，跟着孩子去她家一看，嘿，那哪儿是家啊，就是几块铁皮挂着几片塑料油布。除了这个报案的孩子，还有仨孩子在铁棚里冻着！你说说，哪有这样当妈的！"

"是是是，可您这也没说和我的案子有啥关系啊，老姜同志……"

"然后派出所做了详细笔录，你猜怎么着？"

"怎么着？"

"这孩子说她有两个妈！"

"所、所以呢？"

"哎呀，我怎么又说偏了。民警就寻思来队里借个人描个画像，谁知道，画出来以后，其中一个和你在找的那个流浪女特别像！"

"流浪的人不都长得差不多嘛！"

"协查通报不是有明显特征嘛，右手小拇指有黑色胎记，这不就

197

对上了?!"

"确定吗?"

"确定!孩子说非常确定!"

"多大的孩子?"

"她自己说七岁,但医生看过了,说八九岁。"

"行,我今晚就来!"

"不用不用,孩子就在我们这儿,我先查着。把监控啦,孩子的口供啦,先排查一遍,回头有什么及时和你通气!"

老呱虽然嘴上应着,还是让谷子过去了。

谷子到了江门,第一天没着急问话,而是和孩子聊聊天,看看动画,看看书,写写字,争取孩子的信任。

现在四个孩子都暂时安置在福利院,生活条件还不错,身体看起来都还好。

福利院的生活老师看谷子和孩子聊得好,送她出门时不禁感叹:"我看这孩子还挺喜欢你的。唉,真不知道怎么会有这么造孽的爹妈,生了孩子就好好养嘛。现在你看他们状态还行,那是我们照顾得好,刚送过来的时候,天哪,瘦得跟小猴子似的。老大还好,会和大人聊天,另外三个,一个太小,一个就知道哭,一个一句话也不说⋯⋯唉,这父母造的是什么孽啊!"

"孩子会和你们说父母的事吗?"

"很少说,偶尔提一句金妈妈,也不知道说的是谁。问她是不是妈妈姓金,她摇头,一下就跑开了⋯⋯"

"金妈妈?"

"是啊,后来和她熟了,有意无意问她,才知道她有两个妈妈。哪有这样的事啊,孩子可能是骗人的。"

"听说派出所画了画像？"

"是啊，有一天她突然就愿意配合警察了。嗐，妹妹，我和你说哈，这个年纪的孩子有时候分不清什么是现实，什么是想象。他们看世界的角度也和大人不同，有时候不是说她说谎，但就是，就是……怎么说呢，就是她说的东西未必是事实。"

谷子若有所思。

第四天，她带了几本故事书，讲给孩子听。讲着讲着，孩子拿出纸和笔开始写字。

谷子蹲下来，凑上去看，只见孩子写的是："虫儿飞，虫儿飞……"

"这是什么呀？"

"是妈妈最喜欢的歌。"

"大丫，你说的是哪个妈妈呀？"

"当然是我的妈妈了！"

"哦。是妈妈教你写这些字的吗？"

"是金妈妈！"

"金妈妈和妈妈是不是都很疼你们？谷子姐姐没有妈妈，不知道有两个妈妈是不是就有两份快乐……"

大丫抬头惊奇地看着她，说："我有两个妈妈，你一个都没有吗？"

"没有，我只有爸爸。"

"我没有爸爸……妈妈说不知道爸爸是谁……"

看到大丫停下笔来开始说话，谷子悄悄打开了录音笔。

"妈妈都带你们干什么呀？"

"你问的是哪个妈妈呀？你真笨，这样问，我怎么知道你问的是谁呀！"

"那就……那就手上有一块儿黑色胎记的金妈妈吧！"

"你怎么知道金妈妈的胎记？"

"你知道胎记的意思？"

"你真笨，谁不知道胎记的意思啊！金妈妈说，那是她妈妈给她盖的章，这样她妈妈就不会弄丢她啦！"

"金妈妈都带你们干什么呢？"

"金妈妈……金妈妈很好，她会唱歌，还会用草编小狗和蚂蚱……她从来不打人……金妈妈，金妈妈，嗯……金妈妈的肚子上有花纹！"

"什么花纹？"

"很丑，很难看，像虫子。妈妈的肚子上也有。金妈妈说，这是因为小孩子会从肚子里出来，出来的时候会打雷闪电，肚子上就会留下痕迹。"

"还有呢？"

"金妈妈……"

大丫低着头，突然不说话了。

"你多讲一点，多讲一点好不好，我也想妈妈，我也想知道有妈妈是什么感觉……"

"我妈妈说她是要饭的，我讨厌她这样说金妈妈。"

"那你觉得金妈妈是做什么的呢？"

大丫站起来，走到门口，咬着手指沉默了很久，突然转过身来，像什么也没发生过似的，蹦蹦跳跳地说："金妈妈的名字很好看，我会写哦。"

说着，重新坐下来，用铅笔一笔一画地写出三个字：金福真。

"你确定是这样写的吗？"

"那当然，是金妈妈教我写的！"

谷子用手机把名字拍下来，走到院子里压低声音给老呱打电话。

200

"有了，有名字了，那女人不叫邹莉莉，叫金福真。"

"金福真？"

"对，我现在怀疑她和赵振德在哪里搞到了邹莉莉的身份证，一起租了那个平房生活。后来金福真和唐爱军恋爱，两人应该是分道扬镳了。但是为什么这个金福真要跳河自杀，为什么她要化名邹莉莉，唐爱军的死和她有没有关系，她和赵振德又是什么关系……老呱，我真的毫无头绪。"

"会不会这个名字也是化名？"

"先查查看吧！你那边呢？"

"没什么进展，赵振德从医院离开以后，路线不明，没有别的新线索。"

"好，我们一定要把这个金福真——管她是不是真的叫金福真，一定要把这个女人揪出来，这样抓赵振德就容易了！"

谷子的信心在此刻到达了顶点，她让小李子在江阳范围内找金福真，她则在江门和老姜一起找。

江门市下面的区里有金家村、金家湾，当地的村民大多姓金，还有一些姓金的早年间搬去隔壁的富山县聚居了。经过排查，江门市叫金福真的人，一共有四十七个，符合三十六至五十岁这个年龄段的有三个，但是经过人像比对之后，都排除了。

而江阳市的只有五个，且年龄都不符合。

这个结果给谷子泼了一盆冷水，总不会她是从其他省份逃窜过来的吧，要是在全国范围内找，那就大海捞针了！

好不容易有了一个最切实际的线索，真相几乎就在眼前，但是现在……如今这个局面，是谷子不愿意看到的，她一个人站在天台上，点燃一支烟，静静地看着江门流光溢彩的夜景。

明天要再去一趟福利院，找大丫。

第二天，她到福利院，看到大丫正在和妹妹一起玩。一个小男孩躲在树后面，怯怯地看着她们，一句话也不说。看到谷子，他一溜烟跑回宿舍。

　　"那个是弟弟吗？"谷子问。

　　"谷子姐姐，你来啦！"大丫小大人似的站起来拍拍手，又对妹妹说，"三妞，进去！"

　　三妞摇摇晃晃，也跑回宿舍。

　　"谷子姐姐，你是来找我玩的吗？"

　　"我来想再问问你金妈妈的事！"她没有迂回，直截了当地说。

　　大丫有点不高兴，板着脸不说话。

　　"当然也是来找你玩的！"谷子忙说。

　　"你找金妈妈做什么？"

　　"我需要她的帮助……"

　　"什么帮助？"

　　"嗯……我需要她帮忙抓坏人。"

　　"什么坏人？"

　　"一个欺负小朋友的坏人。"

　　"如果我帮你找到金妈妈，你能答应我一件事吗？"

　　谷子只当她要什么玩具，说："你说，我一定能做到！"

　　"我要你和福利院的大人们说，我要你保证！"

　　"保证什么？"

　　"我知道我们过不了多久就会被领养……"

　　"你……"谷子没想到她这么小，却什么都知道。

　　"我们会被领养，而且来领养的人都不一样。我要你保证，我要被有钱的人领养，并且，并且……"

　　"并且什么？"

"只领养我一个，不要弟弟妹妹！"

谷子惊呆了，她不知道面前这个小人儿会有这样的打算，她说："我尽量争取……"

"不是尽量，是一定！"

大丫喊起来："我不想再带弟弟妹妹了！我不想再做家务了！我不要，我再也不要帮妈妈做事情了！"

谷子看她突然情绪失控，蹲下来抱住她，笨手笨脚地安抚她："我答应，我答应你，一定好好筛选家庭，一定不会再让你吃苦了……"

大丫趴在她背上，哇哇大哭着，但没有掉下眼泪。

过了半晌，她抹了抹眼睛，一副哭过的样子："金妈妈会去捡垃圾，我知道她在哪儿捡垃圾。"

"你能带我们去吗？"

大丫点点头。

告别大丫，她回江门市局，准备和老呱开视频会议，汇总一下线索。没想到一回去，老姜先给了她一个好消息！

局里又排查了一遍数据库，发现有三个金福真在第一次排查时没有被排查出来。这三个金福真都是死亡人口，所以第一次排查没有被算进去。

这三个死亡的金福真，一个八十七岁，一个四十七岁，一个十三岁。四十七岁的金福真，虽然看身份证照片和谷子在找的金福真非常不一样，一个很胖，一个很瘦，但是人像比对达到了78%的相似度。

一边要跟大丫去找金福真，一边要去核实这个已经死亡的金福真，谷子把老呱从江阳叫了过来，两人一人一边分头行动。

这一次线索够明朗了，老呱却依旧心事重重，他心里并没有把握，这个金福真是不是真的能把赵振德引出来。

他根据江门市局给的信息，找到了迎新小区。他拿着写着地址的纸条，一边念一边找："迎新小区 3 栋……3 栋在这边……我看看……1205……"

到了 1205 门口，他按了门铃，开门的是一个三十多岁的女子。

"你好，我找程明。"

"他不在。你是谁呀？"

老呱亮了一下证："我是江阳市局的刑警，找程明了解一下情况。请问你是……"

"我是他老婆。"

"他老婆？"

"是啊，怎么了？"

"请问你们是哪一年结的婚？"

"你好奇怪，我们哪一年结婚，关你什么事？"

"你知道程明原来结过一次婚吗？"

"胡说八道什么！没有。再见！"

砰的一下，门关上了。

老呱又继续按门铃，按了几次都没有再开。他在门口打量了半天，疑惑地走进电梯。

开门的女子在门背后紧张地站了好一会儿，才冲进卧室拿起手机。

"老公，刚才有警察来找你，怎么回事啊？"

"警察？什么警察？"

"说是公安局的……"

"哦哦哦，没事没事，别怕啊，我下班了马上回去……"

另一边，谷子和福利院的老师跟着大丫，以她们原来住的棚屋为起点，一路向市中心开去。

大丫扒着车窗，张望着周边环境。坐在车上看和走在路上看，感觉太不一样，她一时之间有点迷糊。车开了很远，她也没认出几个熟悉的地点。

谷子看她紧紧地扒着车窗，问："是不是坐在车上和走在地上看到的样子不一样呀？"

大丫一副"你怎么知道"的表情，重重地点了几下头。

谷子对开车的民警说："要不你们先回去，我和孩子走走。"

民警和福利院的老师很不放心，不敢答应。

"没事的，现在还早，出不了什么事。一会儿我打个车把她送回去。"

两人看她态度坚决，答应了，把她们放在离棚屋不远的菜市场门口。

两个人一直绕着菜市场走啊走，走了好几圈，快晚上九点了，还是没找到地方。

大丫说："不见了……"

"什么不见了？"

"我和金妈妈的秘密基地！"

"什么秘密基地？"

"金妈妈知道一个地方，那里晚上不锁门，钻进去就能进入一家砂锅米线店；从砂锅米线店后门出去，就能进到菜市场！"

"你们进菜市场干吗？"

"当然是找东西吃呀！"

"你说的秘密基地长什么样子？在哪里？还记得吗？"

"就是在，就是在……"大丫转来转去，一时不知道是左边还是右边，急得哭了起来。

"不哭不哭，我们慢慢找，你告诉姐姐，你们一般怎么走？"

"就是天黑以后，我们从家里出来，走过摇摇车，然后过马路，见到石狮子，再往右手边走一会儿就到了！我明明经过了摇摇车，也看到了石狮子，可是秘密基地找不到了，呜呜呜……"

看孩子哭得伤心，谷子连忙安抚。菜市场已经关门了，门口堆满了各种各样的垃圾，散发着阵阵酸臭味。她们所处的地方位于菜市场背后，是一条不通车的狭窄小道，接近铺面的后厨，馊味一阵一阵顶上来，令人作呕。想到孩子原来翻这些东西求生，她心里一阵酸楚。

她拉着孩子的手，回到石狮子那里，重新出发，每走到一个地方就停下来让她确认。

大丫对金福真似乎很亲，反倒很少提自己的妈妈。找入口的过程中，大丫说了很多关于金福真的事情，从她是怎么加入的，说到亲生母亲出走，又讲起金妈妈教她读书、写字、算数。"我妈妈从来不教我这些，只叫我看弟弟妹妹。"

"我们会找到你妈妈的，好不好？"

大丫摇摇头："不要，我不想和她好了。"

"但是她丢下你们是不对的，做不对的事就要承担后果……"

大丫沉默着，一家铺子一家铺子地慢慢看。她没有告诉谷子，她描述的亲妈妈的面貌特征是编造的。她不喜欢她，可也不想她被抓，更不想回到她身边。

经过了十几个铺面，孩子终于在一个卖鸭货的铺面前停下了。

"是这里。"

谷子看了一圈，只看到卷帘门前放着几个泔水桶，并没有找到能进去的地方。

大丫走上前去，对着墙敲敲打打，一边敲打一边说："原来砂锅米线变成鸭脖了，我还以为它不见了呢……"

敲了一会儿，她的小手放在一张广告画上用力抠，半天也没抠开。

"姐姐，姐姐快来！"

谷子听从她的指挥，把手放在她的手上，竟然摸到了一个门把手。她用力一抠，再一拉，门果然开了，直接通向鸭货店。

谷子打开手机的照明功能，打量着这条通道。估计是出租铺子的老板为了多挣钱，用木板简单地把一个铺子隔成两个，并留了一扇小门。估计鸭货店老板都不知道，后厨侧面还有一条通道。

沿着通道慢慢走，穿过鸭货店，就到菜市场里面了。

谷子把手机举起来，想尽量把菜市场里的情况照清楚一点，这一照把她吓得不轻——白天摆菜的台面上横着竖着躺满了人！

他们有的浑身裹得厚厚的，用个破包当枕头；有的有被子、枕头，甚至还撑了帐子，就像在露营；有的只有几张报纸垫着，却也睡得鼾声大作。

谷子用手机电筒这一照，吓醒了好几个，双方目光交汇了四五秒，都愣了一会儿，随后，几乎就是一瞬间，这些大活人就跟老鼠受惊了似的，迅速分散到四处，藏进黑暗里。

大丫急了，扯着嗓子喊："金妈妈，金妈妈！妈妈！"

菜市场里回荡着她的喊声。

谷子眼疾手快，抓了一个搭帐子的，是个男的，嘿嘿嘿地傻笑着。

"被你抓到了，嘿嘿，又要去救助站了……"

谷子紧紧地抓着他，他身上像挂了蜡一样，黏黏的，滑滑的。

"我不抓你，我找人，如果你告诉我，我就放了你。"谷子不松手，笃定地说。

男子只是嘿嘿嘿地笑着。

谷子拿出手机，准备给另外两人打电话，让他们过来接应。

刚打开通话记录，就被一个东西套住了头，眼前一黑。

"走，快跑，快跑！"是一个女人的声音。

然后是大丫的声音："放开我，放开我！"

等她把头上的东西扯开，那女人早已不见踪影。她循着大丫的声音，一直追到菜市场西门。大丫坐在地上哇哇大哭，旁边空无一人。

谷子吓坏了，上去抱起大丫："没事吧？没事吧？我看看有没有受伤。"

大丫只是哭着喊："金妈妈不见了，金妈妈不见了。"

谷子带着大丫原路返回，并联系另外两人，一起回到福利院。

好在大丫没有受伤，但是谷子郁闷极了，她太冲动了，非但没抓到金福真，还把大丫吓坏了。

如今打草惊蛇，金福真知道警察在找她了，恐怕很长一段时间都不会再现身了。

谷子消沉了几天，不好意思再去福利院找大丫，只能问老呱那边的进展。

老呱找了程明几次，他都不在家，也不在上班的地方。问他老婆，一问三不知。这种消极抵触不配合的态度，反而让老呱怀疑起来。

这一天，谷子和老呱一起上门，一个人守在单元门口，一个人呼叫门禁。果然，谷子上去没多久，程明就从另一部电梯里出来了，被等在单元门口的老呱逮了个正着。

回到家里，他不得不和两位警察面对面谈。

"可以让我妻子回避一下吗？"程明试探着问。谷子看了他妻子李静一眼，点点头。

李静一脸忧心，还是背着包出门了。

"金福真是你老婆吧？或者说前妻？"

程明点点头。

"身份证号是这个吗？"

谷子拿出写有系统显示已经死亡的金福真的身份证号的纸条，程明确认了一下，又点点头。

"你老婆是什么时候死的？"

"大概是……是……2012年？还是2011年春节？我、我记不太清了……"

"你老婆什么时候死的你都不知道？"

"不是，警察同志，她、她2009年12月离家出走，再也没联系过。"

"离家出走？"

"是啊，第二天她打工的店还问我她怎么没去上班，我就到处找，没找到……"

"那你报失踪了吗？"

"你们不了解她，她很任性！"程明说了一句，感觉自己的声音有点大，顿了顿又说，"当时我家很穷，当然现在也不是太好，我老母亲又瘫痪，大小便不能自理……她跟着我吃苦受罪二十几年……孩子大了，兴许就、就自己走了呢……"

"你就没再找找她？"

"找了啊，当然找了，我还回她老家找过呢！"

"老家？"

"就是她乡下老家。结果她家早就没人了，她爸早死了，弟弟也搬走了。我心想，她就是不想再跟着我受累了，想换种活法。那我也不能勉强人家不是……"

老呱打量他的表情和肢体动作，他看起来有点紧张，倒是不像

209

说谎，除非他是一个很好的演员。

谷子追问："那你怎么知道她死了呢？"

"有一年，警察突然来找我，让我去认尸体。说是车祸压死一个女的，有我老婆的身份证。我去认，哪还有尸体呀，都被压成泥了！"

他心虚地看了谷子一眼，又接着说："我、我没想到会这样……随身物品确实是她的东西，手机、钱包，里面还有我们女儿的照片——哦，对了，我们有个女儿，现在在外地上学。我就、我就确认了，把人领回来了……"

"就这样？"

"就这样。"

"没做 DNA 比对？"

"什么 DNA 比对？"

"警察没有来你家要你老婆的衣物、头发什么的，和尸体进行DNA 比对？"

"没、没有。"

"为什么？"

"我家、我家……咳咳——"他咳了几声，很尴尬地说，"我家没有她的东西……"

谷子简直无话可说："你家里没有你老婆的东西，你觉得这说得通吗？"

"不是，警察同志，她走了没多久，我们就搬家了，而且之前的家早就拆了，哪还有她的东西……"

谷子摇了摇头。老呱接着问："那你有没有她的照片？"

程明想了一下，摇了摇头。

"你老婆的照片你一张都没有？"

"没、没有，这不是和李静结婚了嘛……"

"你女儿呢？"

"也没有，她粗心大意，手机都不知道丢多少个了……"

谷子从包里拿出来几张照片，一张是跳河短发女，一张是陈东死亡案监控截图，一张是唐爱军家里残存的照片。

"你看看，她是不是你老婆？"

程明辨认了大半天，摇摇头。

"我老婆很胖，这个人这么瘦，一点也不像。就算是和她瘦的时候比，也不是很像……"

"这个胎记呢？"

"我老婆没有胎记，一个胎记都没有。"

老呱又问了一些别的问题，什么也没问出来。

谷子和老呱回到车上。

"你相信他的话吗？"

"你呢？"

"我不信。"谷子望着窗外，"妻子的东西怎么可能一样都没有，就算她真的离家出走，至少也会保留一两样吧！"

"你准备怎么做？"

"查一下他女儿的社交平台，看看有没有合照，别的……别的我还没想好，我再好好想一想。"

"行。福利院那边怎么样了？"

谷子低下头，手指玩着登塔游戏，心不在焉地回答："跟丢了。"

"确定跟到本人了吗？"

"不确定，孩子说抱走她的人不是金福真，是另一个女的，但是她们互相认识。这回打草惊蛇了，这女的肯定会告诉金福真，让她躲起来。"

老呱拍拍她的背，说："你知不知道农村有这么一个说法？"

"什么？"

"放牛的时候，如果迷路了，干脆让牛自己走，人跟在牛后面就能回家。"

"怎么突然说这个？"

"你现在就是迷路了，我也迷路了，但是不要紧，我们跟着牛走就行了，一定能走出去的。"

谷子若有所思地点点头，车子驶进夜色里，混入滚滚车流中。

21　死而复生

谷子盯程明已经快一个月了，她不相信程明不知道金福真还活着，她认为他是不想承认，不承认她还活着，就能继续过自己的安稳人生。

旧老婆死了，娶了新老婆，还生了儿子，他怎么可能会想要一个死去的老婆"死而复生"呢？

可是跟了他一个月，他每天都是上班、下班、接孩子，最多偷偷出去打一打麻将，还真没有别的行为。这也太不合理了，他摆明了是在撒谎，死掉的老婆随时都有可能出现，他难道就不采取一点措施？又或者，会不会是程明背着老婆偷偷藏起了金福真，他们之间甚至已经达成了某种协议？

不管是哪一种可能，谷子都不相信这个男人的任何说辞，他肯定会露马脚的！

又跟了一个多星期，一天晚上他走的不是打麻将的路线，应该有戏。跟了没多久，谷子却有了别的发现——有人在跟踪自己！

黑暗中，有一双眼睛在注视着她。

现在的情况，是继续跟程明还是返回去逮跟踪自己的人？她犯难了。思来想去，她决定还是跟着程明。

但是程明这一次的路线完全不同，他在主街拦了一辆车。谷子急忙拍下车牌，发给老姜，请他协助调查。与此同时，悄悄躲在黑暗中，等待后面的人跟上来。

后面的黑影越来越近，越来越近，谷子能听到自己的心跳渐渐加速，她握紧手中的装备，随时准备出击。

黑影走到跟前，影子映在路面上，却不动了。谷子不敢动，影子也没再动。僵持了一会儿，影子慢慢退去……

谷子从墙角跳出来，对着黑影大喊："不许动，警察！"

黑影受了一惊，慌忙逃窜，谷子追上去，两人一前一后。按理说，黑影跑得并不快，有那么一瞬间她伸手几乎就要够到了，可是这个人对这附近很熟悉的样子，七拐八绕，竟然在程明家小区附近甩掉了谷子！

谷子气极了，用力跺了几下脚。这黑影是男人还是女人呢？为何跟着自己？会不会是和大丫在菜市场遇到的流浪人员之一，一直跟着自己？可是没理由啊，这两个地方离得太远了，何况她中途回过酒店，回过江门市局，还去了别的地方，哪有这么神通广大的流浪汉，能一直跟着自己？

会不会是巧合？她想。

回到酒店，她无心休息，先打电话问老姜，程明打出租车去了哪里。

老姜回答："让街面上的人去盯了，说没去哪里，就是换了个地方打麻将。"

金福真又到底去哪儿了呢？她真的接到流浪伙伴的通知躲起来了吗？

所有人都想错了。

大丫报警那天夜里，四个孩子被警察带走以后，她回到棚屋里坐了很久，一整夜都没睡觉。

她突然好想回山里，好怀念那些守山的日子，好想狗狗馒头。原来她以为，人生最糟糕的不过就是在山里孤独终老，可没想到在山里的那一年多，竟然是她人生中最自洽的时光。真是讽刺。

如果她没有离开那块三七地，就不会发生这些事了吧？唐爱军就不会死了吧？这个念头反反复复地骚扰着她，让她寝食不安。

从某种程度上来说，四个孩子拯救了她，让她再度体会到了自我价值，以及唯有做人才有的些许意义。

如今，孩子们也走了。

第二天天没亮，她就收拾东西离开了。离开那个地方，她也不知道该去哪里，漫无目的地继续流浪。

没有了孩子，也不必对谁负责，她再度回到饥一顿饱一顿的流浪生活。很快，她又瘦了，皮肤不再紧贴着脸颊，眼角有些下垂。生理和心理的双重折磨，在每个夜晚和白天报复着她，像是报复她曾拥有那些她不配的快乐。

更糟糕的是，一种许久没有出现的、强烈的思念占据了她的内心，她好思念自己的女儿，好思念小春，好思念四个孩子。

这种思念像魔咒一样驱使着她，让她回到女儿原来上小学的地方。

这么多年过去了，学校都变样了。

她时常蹲在街对面的垃圾桶边，盯着从里面出来的孩子。她太脏了，太臭了，蹲在垃圾桶边上，乍一看就像一大包垃圾。这一大包垃圾的缝隙里，露出一对无神的眼睛，看着孩子们进进出出。

扫地的大爷起先一直赶她，后来看她只是蹲着，不做别的，也就随她去了，只是和她说："星期一的早上不能来。公司要检查，你在这里，我要被扣钱的！"

这包垃圾并没有反应，也不知道把他的话听进去没有。

星期一早晨，大爷来扫地，没看到她，叹了口气，看来她是听进去了。

其实她又何尝不知道，女儿现在怎么可能出现在这所小学里，算一算她都读大二了。

可是她不知道女儿在哪里，不知道他们搬去了哪里，不知道他们现在过得怎么样。

女儿长大变漂亮了吧？有没有如愿考上医学院？是不是交男朋友了？这些问题一直缠绕着她，像挂在脸上的蜘蛛网，怎么擦也擦不掉。

有时，她会想起女儿说的话："妈，你好土哦""妈，你太胖了，你减减肥嘛""你的头好臭，我不想和你坐一起""烦死了！是必胜客啦，不是这种"……

这么多年了，这些话还像冰锥一样插在她心底，她自己都不知道还一直留在记忆深处。

这一天，她照常蹲在垃圾桶旁边，远远地望着学校，一动不动。

下午放学的时候，孩子们像小鸟一样涌出来，她看得如痴如醉，仿佛这些孩子都向着她跑来。

霎时间，她看到一个身影，有点熟悉。她略微向前，仔细看。他虽然变了一点，更体面了，也老了一些，但是再怎么变她都认识。

没错，是程明！

程明和一个女人拉着一个男孩，从学校里走出来。也许这是最近他第一次接孩子放学，所以她才一直没看到他。

她失神地盯着程明，亦步亦趋越过街道，想跟上去。

保安看到她跑过来，惊了一下，用大叉子叉住她，大骂："干什

216

么！干什么！后退，退回去！"

引起了一阵小小的骚动，家长和孩子都朝这边看过来，程明一家也不例外。程明的眼神和她的对上了，他看了几眼，并没有在意，拉着老婆、孩子走了。

"宝宝，你听妈妈说哈，放学了，如果爸爸妈妈没有来接你，你只能在学校里等，不能出来；出来就有那种疯子，会抱走小孩，知道了吗？"李静拉着小男孩交代着。

程明一边走一边吐槽："还说江门现在是文明城市了，我看就是空有名头，骗政绩的。文明城市哪会有这种人，你看看，怪瘆人的！"

眼睁睁看着他们走远，金福真不挣扎了，任由保安推着她走，一直推到几百米开外。

程明出现了。老天开眼，老天眷顾，只要跟着程明，就一定能找到女儿！

她想要远远看看女儿，哪怕一眼也好！

现在保安盯上她了，她不敢再靠近学校门口，只在放学的时候出来一会儿。

第二天，第三天……过了一个周末，又到了周一，程明都没再来。她有些着急了。那天他出现得太突然了，她没记住他老婆和儿子的样子。

幸好星期二下午，程明又来接孩子了。金福真一直在街对面跟着他，但还是跟丢了。

他们走路接孩子，那应该住得不远。金福真一连跟了三次，才终于找对地方。

迎新小区，就在学校三个街区开外的地方，不算新，但也不旧。看来老房子拆迁以后，程明就搬到这里来了。他又娶了年轻的老婆，终于如愿生了男孩。

那女儿呢？

她打定主意，准备在迎新小区扎根，只要守株待兔，总有一天能看到女儿。

迎新小区有东西南北四个车库出入口，但是只有东门和北门有保安，西门、南门是电子自动抬杆。把整个小区观察了几天以后，金福真什么也没带，悄悄住进了西门下去的负二层车库。

白天，她在外面晃悠，找吃的；晚上，她潜进车库里，躺在最角落的车位的后面。除此之外，她每天都注意着小区各种各样的人、车、事件。有时候，她会蹲在绿化带里面，暗绿色的棉衣和植被融为一体，杂草一般的头发也不惹人注意。人们无论如何也想不到，这个世界上有一个大活人在眼皮子底下悄悄地观察着自己。

金福真差不多隔四五天才能看到程明一次。有一天晚上，已经九点多了，她看到程明急匆匆地从小区里出来，她默不作声地融进黑暗里跟了上去。

没跟多久，她发现前面有一个女的也跟着他！

螳螂捕蝉，黄雀在后。两个人就这样一个跟着一个，一直跟到学校周围的一片房子里，程明失去了踪影。

金福真跟了这两个人三回，才终于发现程明拐进另一个小区，女人也跟了进去。可她不能进去，她目标太大了，很容易被赶出来，只能一直在门口等着。一直等到十一点多，他们才一前一后出来，女人跟着程明，一路跟回小区里。看程明回家去了，女人在小区门口点燃一支烟，靠在墙上若有所思。

金福真看着这个女人，看她落寞的神情，心里很困惑。难道说程明不止一个女人？他都已经有新老婆了，还玩当初那一套吗？吃着碗里的看着锅里的，永远是别的女人最好，拥有的都不好是吗？

想到这里，金福真从心底厌恶程明，不想再看到他，哪怕一秒钟，她只想看看女儿。程明难道从来不和女儿见面吗？

这一切原本应该会有答案的，直到那个女人发现了自己。

在她追上来说"不许动，警察"的那一刻，她脑子里回荡着一个想法——离女儿已经很近了，至少现在不能被抓！

谷子心里烦死了，一个多月了，还没抓到程明任何把柄，现在跟踪自己的人也没抓到。两头都落空了，她丢开手机，趴在床上生闷气。

回忆着最近发生的一切，一种深深的无力感击中了她。从陈东死亡案到砍头案，再到现在，断断续续查了三四年。这期间，别的案子不知道破了多少，这个案子还跟拉肚子似的，拖拖拉拉，擦不干净。

他们似乎一直都被牵着走，从来没掌握主动权，这让她觉得很郁闷。当警察这么久了，这种时候并不少。各种各样的犯罪，曾让她对这个世界的构成产生了深深的怀疑。她和老呱破过的案子也不少，很多案子甚至能提前预判，避免更大的死伤。唯独这一次，挫败感一而再再而三地侵袭着她。这个赵振德，怎么就这么难抓！

她一拳打在床上，发泄心里的憋闷。

可是话说回来，谁能够未卜先知呢？只要能抢在赵振德之前找到金福真，他们就赢了。想到这一点，谷子翻过身盯着天花板，慢慢梳理这几天跟踪程明获得的信息。

想着想着，她突然发现了一个规律，程明总是在星期一、三、五出门打麻将。那其他时间呢，他就不出门了吗？就一直在家里？这也太规律了吧！

可是据她掌握的情况，程明以前不仅嗜赌，还嗜酒，这么多年的习惯能一下子改掉？她不相信。他一定是一个非常优秀的演员。

她给老呱打电话。

"你能不能来一趟，我这儿需要你干活。"

"行，我安排一下，明天就来。"

又一个星期五晚上，程明又出门了。谷子跟在后面，一路跟到了学校附近的小区。快到小区门口时，谷子被什么东西绊了一下，咣当一声。

程明回头一看，看到了谷子。

谷子赶紧闪进建筑物，她再探出头去看，程明已经不见了。

程明总有一种被人跟着的感觉，可是回头，什么也没发现。但有一次，他看到一个流浪汉在街边捡垃圾。这个城市的流浪汉怎么突然多起来了？

今晚，他确确实实地感觉到有人在跟踪自己，他躲进小区里，偷偷往外看。竟然是那个女警察！

她为什么一直跟着自己？难道他们怀疑金福真在我这里？

他太无奈了，因为怕惹上警察，最近什么都不敢做，就打打清水麻将，5块钱、10块钱的。这下亲眼看到警察在跟踪自己，麻将也没心情打了，急匆匆回了家。

之后的几天，程明都没有发现警察再跟踪他，他却一直提心吊胆，时不时掀开窗帘看看外面，又去门口看看猫眼。

过了两天，谷子正躺在江门市局的椅子上午休，突然听到老姜喊她和老呱。

"你们俩快点来，有了，有戏了，鱼咬钩了！"

只见技术员把耳机摘下来，点开外放，一个男人的声音出现在监听频道里。

"你怎么回事？前两天为什么不接电话？你不是说金福真当场就死了吗？现在警察找上门来了！他们在跟踪我，你知不知道?！"

22　一出喜剧

技术侦查措施，是指公安机关负责技术侦查的部门实施的记录监控、行踪监控、通信监控、场所监控等措施。技术侦查措施的适用对象是犯罪嫌疑人、被告人以及与犯罪活动有直接关联的人员。

程明如今是找出金福真的关键，虽然审批程序不容易，但案情重大，监听许可最终还是批下来了。谷子故意暴露，程明终于沉不住气了。

程明："你怎么回事？你不是说金福真当场就死了吗？现在警察找上门来了！他们在跟踪我，你知不知道！"

电话那头的人听完程明的质问，直接切断电话，然后关机。

"糟了！"老呱拍了一下桌子，怒吼了一句。

对面的人一定是察觉到了什么。通话时间太短，追踪不到位置。不过好在这个人的电话卡是实名登记的，名叫丁俊。

老姜立马分派任务："A组，去找这个丁俊，把江门市翻一遍也要把他找出来；B组，盯紧程明和他妻子李静，别让他们跑了。刘队、谷子，你们就机动安排。"

任务安排下去以后，大家就各自行动了。

成功逃匿的关键，其实有三点：一、忍得住情绪；二、耐得住寂窦；三、也是最重要的一点，不使用任何电子产品。

在老西的教导下，金福真一直践行着这三点。这几年，哪怕和唐爱军一起生活时，她都没有买过手机。

对老西来说，这些就更容易了。他不仅猫得住，他的思维似乎也和正常人的不太一样。

从医院离开以后，他带着小春又换了地方。换到哪儿了呢，谁也想不到——他们就生活在江门市公安局大楼后面的大卖场里，并且光明正大、堂堂正正。

大隐隐于市。老西支了一个擦鞋的摊子，就在人来人往的大卖场门口。在几个擦鞋匠中，他非常不起眼。小春又被他剪了头发，扮成男孩子。

他如今很少带小春一起出门了，小春一般在附近玩，等到菜市场关门，他们再一起回家。

选择这个大卖场，老西有自己的想法：第一，人非常多，万一真的被盯上了，便于逃跑；第二，他观察了很久，警车、警察都直接从公安局正门上大路右转，很少会绕到公安大楼背后来；第三，这附近有很多自建房改单间出租，很容易找到栖身之处。

现在他镇定自若地为一位女士擦着鞋子，手法纯熟，动作轻柔又不失劲头，鞋子被擦得闪闪发亮。女士左看看右看看，很满意。老西脸上贴着一块创可贴，有点发痒，他偶尔伸手抠一下，然后熟练地整理工具。

A 组和 B 组去追查程明和丁俊之后，老呱和谷子走出公安局。老呱觉得，赵振德的行为不是常人能够想到的，从他年少到现在，每一步都走得不合常理。如果按照这样想，他应该不会跑路，反而会待在一个意想不到的地方。

他带着谷子来到公安大楼背后，一人买了一个梅菜饼，边吃边说："如果是你，你会躲到哪里去？"

谷子想了想，说："或许还是会隐匿在流浪人群中吧。这个方法他用了这么多年，得心应手了。"

老呱摆摆手："那你还是不够变态。"

谷子白了他一眼。

老呱接着说："如果，我是说如果啊，赵振德单纯因为没有找到金福真，就迁怒被砍头的老头，但是在这种怒气之下，他依然能够保持绝对冷静，不留线索，你不觉得他像什么吗？"

"像什么？汉尼拔吗？"

"再想想，警校讲过的。"

"你是说，反社会人格？"

"一般来说，正常人发怒激情杀人，无论如何都会在实施犯罪的过程中发生物质交换。即便作案的时候不害怕，杀人以后，面对一个死人，意识到自己杀人了，任何人都会惊慌失措的。只有在一种情况下，人能够做到真正的沉着冷静。"

"当人对他来说，和其他物品没有区别！"

"对！"

"那也就是说，他根本不恐惧伏法，他只是在这一系列的事情中体验某种东西？"

"你懂我要说什么了。"

"他之所以这么执意寻找邹莉莉，也就是金福真，是因为金福真给了他这种体验。他根本不会逃跑，反而有可能会为了这种体验，一直冒险留在江门找金福真！"

老呱看着激动的谷子，点点头，接着说："我们在找金福真，他也在找金福真，但是金福真应该没有他那么冷静，所以我们要分析

224

金福真的行为，预测她可能会出现的地点。与此同时，赵振德也会预测金福真的行为，预测她可能会出现的地点。我们现在就是在和他赛跑，只要一直往找金福真的方向努力，就能遇到赵振德。"

"一个正常人杀了人，肯定是很害怕的，就算过去多年，她心里肯定也会有阴影。结合她人生几次变故，我还是觉得金福真会以流浪谋生。"

"但是在哪里流浪呢？"

"在哪里，这就不好说了。我还是准备多找找菜市场、停车场这类地方。另外，我怀疑她会回到原来生活的片区，人都喜欢待在熟悉的地方……"

两人一边走着一边聊着案情，丝毫没有留意到卖场出口那些与环境融为一体的擦鞋匠。

走了一段路，老呱像是突然想到了什么，回头看，一切正常。

老酉躲在烤鸭炉子后面，撕下脸上的创可贴。创可贴下是一个伤口，像是用挖耳勺挖去了一块肉，红彤彤的，很是吓人。

A组工作一开始进展很不顺利，丁俊有反侦查意识，通话时运营商基站定位的大概位置被民警翻了个遍，也没有找到人。

不过，好在丁俊是本地人，社会关系简单，没查多久就查到了他有尿毒症，已经发展到后期了。

尿毒症病人，一定要定期做透析。如果有医保，再加上其他补贴，透析一次只需缴纳百来块钱。但是没有医保又没钱的话，就只能自制透析装置，或者等死。丁俊没有医保，医院记录显示，他在医院只做过几次透析。而他家里又没有透析装置。

老呱觉得一定是漏了什么，继续查他的社会关系。再度筛查的时候，查到丁俊有一个病友，两个人关系还挺好。据医生反映，这个病友叫王涛，无父无母无兄妹，只有丁俊和他比较好。

王涛家庭条件非常不好，前几年自己做了一套简陋的透析装置，后来在医生的干预下才停止使用。但是在医院也没透析几次，前不久回访的时候，他已经死了。

老呱立刻带队突袭王涛的家，果然，丁俊黑灯瞎火地藏在这里！

他非常虚弱，像是时日无多了。被带到警局以后，他一直沉默，什么也不说。因为怕出意外，谷子请了医务人员在问询室外面等着。

丁俊一直沉默着，老呱也不着急，刷刷贴吧，看看搞笑视频，看得哈哈大笑。大笑之余，老呱用余光观察丁俊，他看起来有些焦躁，老呱又把脚放在桌子上，人斜躺着，调大视频声音，笑得更大声了。

这时，一名年轻的民警敲门进来，对老呱说："呱哥，程明和李静都招了。"

"啊？这么快？我这就来。"

他留下一名民警，收起手机往外走，全程没看丁俊。

丁俊的不安此刻达到了顶点，他虚弱地哀求民警："能、能不能请刚才那位警官回来？"

"不能，他去隔壁审讯室了。找他干什么？"

"我、我、我有话要说！"

隔壁审讯室里，程明坐在椅子上，一副镇定自若的样子，不管谷子问什么，他都说："我有权保持沉默。"

"你当演 TVB 哪？行，我配合你，你有权保持沉默，不过一旦说了什么，那就是呈堂证供。怎么样，满意吗？是不是还要下碗面给你吃？做人最重要的是开心？"

程明不看她，还是低着头回答："我有权保持沉默。"

谷子一巴掌拍在桌子上，怒喝道："你知不知道办案是讲证据的，没有证据我们不会把你叫来。"

谷子拿出来两张照片，是金福真二十几年前的样子。

"你看看，这人你认识吗？"

程明看了一眼，说："不认识。"

"不认识？那这个你总认识吧？"

照片上是一个漂亮的女孩，站在医学院门口。

"我有权保持沉默。"

"我告诉你程明，你沉默是吧，那我来说。这是你女儿，程健健——你不是说她没有金福真的照片吗？你可太不了解现在的年轻小孩了，看看这是什么？"

这是一张网页截图照片，显示程健健去年年初在网络上参加了一个叫"晒出年轻时的父母"的热门活动，她放了两张金福真年轻时的照片，并配文："这是我妈妈年轻时的样子。现在照片已经找不到了，不过我这几天竟然把丢失的QQ找回来了，看到了以前说说里妈妈的美照！"

"虽然这个账号已经注销了，但是网络是会留下痕迹的，你知道吗？看看这两张照片，看看这个胎记，你还敢说你不认识这个人！"谷子突然提高声音，把几张金福真的照片全部摆在他面前。

他脸色明显变了，却还是一直说："我有权保持沉默……"

看他的样子，谷子笑了一声，然后恢复到平静的语气："你不招也不要紧，我们已经把丁俊找到了。"

听到丁俊的名字，程明面如菜色："我、我有权……"

他还没说完，谷子就出去了。

在审讯室门口，老呱看到了这一切，心里已经有了把握。

谷子问："李静那边怎么样了？"

"正在想办法。"

"丁俊呢？"

"想松口了。我去审丁俊，你去会会这个李静。"

谷子点点头，向外走去。

老呱交代审讯室里的民警："程明，吃的喝的都给他，不要和他交谈，不要眼神接触。二十四小时内，一定让他全撂出来！"

"怎么？想通啦？"

丁俊点点头。

"说吧！"

"是程明指使我的！"

"别急呀，慢慢说。姓名、性别、年龄、住址……"

"不行啊，得抓紧，回头他全都推给我，我可就说不清了！"

老呱把笔一扔："行吧，那就先说说看。"接着使了个眼色给民警，民警开始打字记录。

"2009年11月，程明通过一个工友找到我，说、说有活儿让我做，还说钱管够。那时候我刚查出来肾有点问题，一听以为是、是什么难做的活儿，琢磨能挣钱，我就去了。没想到他叫我杀人！"

虽然之前监听程明的电话，早有预感，但老呱心里还是一沉："杀人？杀什么人？"

"说是他一个仇家，恨了多年……天地良心，当时我真的不知道他说的是他老婆。"

老呱惊讶于程明的残忍，更惊讶于丁俊的愚蠢。他办的案子千千万，愚蠢的犯人多了去了，可大多是激情犯罪，很少有理由这么简单的谋杀。这是杀人，又不是杀鸡，丁俊竟然答应了！

"程明让你杀人你就杀？"

丁俊突然伏在桌上哭起来。

"我也是走投无路了！"

根据丁俊的说法，程明给了他5万块钱，说是事成之后，再给5万，并且骗他说，金福真身上都会带很多钱，到时候她身上所有值钱的东西都让他自行处置。

10万，对当时的丁俊来说，诱惑非常大。他知道自己可能时日无多了，10万块钱至少能让他的老娘在他死后过得安生一点。要是自己挣，到死估计也挣不了这么多。

他准备杀了金福真之后自杀。谁知道金福真不仅没死，还打晕自己跑了。他吓得不敢去医院包扎，藏了好长一段时间，结果不仅没有人抓他，程明还让联系人把剩下的5万也给了他。那时候他才明白，或许那晚金福真最终还是在其他地方死了。

"都是命，都是命啊！"

老呱接着问："那2011年前后程明有再联系你吗？"

"有、有一次。"

"说了什么？"

"他、他说，警察说金福真死了，还问我当年到底是怎么回事，还说要把钱拿回去……"

"那你是怎么圆过去的？"

"我告诉他，当年我把金福真勒死以后，叫我工地上的亲弟兄把尸体浇灌进马厂中村的地基里了。至于身份证和随身物品，我特意拿到很远的地方去扔的，分散注意力。万一、万一被人发现，只要说她离家出走了，就不会有人怀疑……"

"你这编得漏洞百出，他能信？"

"一开始他也不信，后、后来去交警队认尸，就、就没再找过

229

我了。我也是那时候才确定，金福真应该是真的死了。可能是报应吧，金福真真的死了以后，我的肾就越来越不行了，不得不上医院透析……"

"如果我和你说金福真并没有死呢？"

丁俊虚弱的脸盘上，眼睛大大地睁着："她真的没死？她回来找程明了？哦哦哦，我知道了，我知道了，难怪前几天程明打电话给我……太好了，太好了，我没杀人，我没杀人，呜呜呜……"他哭了起来。

"你不知道金福真在哪儿？"

"不知道。你们在找她？我以为……"

"以为我们是来查她的死因？"

丁俊像是松了一大口气，向后仰倒在椅子上，大口大口地喘着粗气。

"对了，你和程明是怎么联系上的？"

"是一个杀猪的，叫……叫李进宝还是什么的，好像是他家的亲戚。"

老呱走出审讯室，把笔录发给谷子。

咖啡厅里，谷子正在和李静谈话，她看到笔录和李进宝的资料，心里有数了。

"程明和你是二婚吗？"

"是又怎么样，不许老百姓离婚吗？遇到错的人，肯定要及时止损啊！"

"及时止损？你指的是，叫你堂哥李进宝介绍丁俊去杀程明的前妻金福真？"

李静拿咖啡的手微微颤抖，却依然故作镇定："我不知道你在说

230

什么。"

谷子继续说:"那我说得再清楚一点,金福真没有死,她还活着。"

李静已经握不住咖啡杯了,她把手放在大腿上,沉默不语。

"李静,我知道你想维护孩子的爸爸,但是你觉得这样的人有必要维护吗?他今天能杀前妻,你敢保证他明天不会杀你吗?"

李静站起来:"我不知道你的话是什么意思,我听不懂。"说完就要走。

谷子站起来拉住她的手,她奋力甩开,提高音调:"警官,我犯法了吗?没有吧?我有离开的权利!"

谷子还想阻拦,李静突然大喊:"大家快看看,警察就是这样办案的!我问你,我被传唤了吗?没有吧?你有法院的文书吗?没有就给我滚!"

谷子无奈,只能让她离开。

谷子给老呱打电话:"我不明白,她明明知道自己丈夫是这种人,为什么还要包庇他!"

老呱沉思了一下,说:"你还小,不知道中年人的龌龊。有时候,夫妻之间的感情并不是靠爱维系的,而是罪恶。你知道我最丑陋的一面,我也知道你的,这样的关系反而最稳固。他们的利益绑在一起,程明毁了,等于李静也毁了,她当然要保证这艘船能够顺利航行。"

"可现在只有丁俊的口供,一点物证也没有……"

"别急,你从夫妻利益上想想办法。"

现在程明不开口,就问不出来金福真在哪儿,可传唤程明的期限最多只有二十四小时,她得争分夺秒,抓紧时间。

"夫妻利益……夫妻利益……"谷子自言自语,突然,她像是想到了什么，看看手表，立马飞快地向政府便民服务大厅跑去。

孤证不能定案，要在二十四小时之内让程明供出和金福真有关的一切，得抓紧找到真正的证据。谷子想到一个办法。

第二天，她在李静公司门口等着，等到十二点半，才看到她出来吃饭。还有不到四小时，再没有结果，就要放程明回去了。

"李静！"

"你怎么又来了？你们没有证据就不要骚扰我好不好？还有，我老公他什么也没做，为什么要一直关着他？我告诉你，我现在就去请律师。"

"现在才请律师吗？"谷子问。

李静一时语塞，不知怎么回应，干脆拔腿就走。

谷子在身后喊："房产证上根本就没有你的名字，是他的婚前财产，婚前个人财产。"

听到这句话，李静停下了脚步。

谷子走上前去："我去房管中心查过了，确实只有他一个人的名字。是他婚前全款买的房，和你没关系。"

"不可能！"

"你自己看。"

李静将信将疑地接过谷子手中的资料，上面显示：房产是程明"单独所有"，缴税时间是2010年3月5日。而他们结婚证上的日期是2012年。

"你们警察办案也太随便了，我告诉你，不要想着离间我们，我们感情好得很。我相信我老公，谁知道这个是不是你造假骗我的！"

"你能想到我造假，就想不到程明造假？而且警察伪造证据是犯法的，你可以去举报我。"

谷子从笔记本上撕下一页纸，写下警号、身份证号和名字递给她。

李静的眼神渐渐有了变化，对于房产证，她其实一直有疑惑。按理说，全款买房，没多久就会下证。她去打听过，同一个小区的早就下证了。程明却只给了她一张复印件。她问过几次，他都说，因为他们是拆迁款买房，房产证还在房管中心……

后来再问这件事，他就会很痛苦，有时还会流泪："静静，我们一起经历了这么多事，走到现在不容易，难道你不相信我吗？"每次都是一副被爱人怀疑、很痛苦的样子，她也就不好再追问了。

可是程明给她的复印件上，明明她有 50% 的份额啊！当年她还开心地和同事分享，说老公疼她，什么都分她一半。

当时程明还说，为了这个小家，买房花光了拆迁款。就连他老母亲的丧葬费都是李静掏的。

前些年，物业费、水电费也是她交。就连生孩子，也都是娘家出大头。直到儿子上学，程明才渐渐负担一部分支出。

一直掏钱，李静当然是不情愿的，她不是不会计算，但是想想当时快 200 万的房子人家痛痛快快地写了自己的名字，后来差不多涨了一倍。前期他经济困难，自己多负担一点，好像再怎么也是赚的。

直到今天看到警察拿出来的资料，她的背就像挨了一记重拳，胸口闷得喘不过气来。她踉跄了一下，坐在了花台上。

谷子接着说："我们还查到他的证券账户……你知道他有个证券账户吗？"

李静猛抬头："什么证券账户？"

"你自己看吧！"

程明的证券账户里有 100 多万！李静数了数上面的数字，一副难以置信的样子。

"你知道他还出资和朋友合伙开了一家烧腊店吗？"

这下李静真的崩溃了，她弓着身子，捂着脸，手肘抵在膝盖上，像一只煮熟的虾。

看得出来，她的身子在微微颤抖。谷子心里有点急，想让她尽快说实话，又怕逼急了，她反应过激，只能一直等着。

李静的脸上挂满了泪水，她不知道自己竟然当冤大头被耍了这么多年。当年金福真的事，程明口口声声说"是为了你"，如今呢？她甚至还记得，当年圣诞节晚上她发现，他找堂哥找的人并不是"吓吓金福真"，而是直接把她杀了。那一晚她质问程明，他跪下痛哭流涕，抱着她的脚说："是为了你，是为了和你在一起啊！是为了我们的孩子，我不能让你没名没分地生个孩子出来啊！"两个人抱在一起哭了一晚上。

李静一直觉得，程明和她就是命定的夫妻，那次波折就是要把他们这辈子都拴在一起，但没想到……

如今再想起那个夜晚，李静浑身起满了鸡皮疙瘩，冷汗顺着腋窝流下来。她哭着哭着就笑了，哈哈大笑，笑得跪在地上捶地。

谷子拉住她的肩膀："李静，你冷静一点！"

李静笑了很久，笑得周围的人纷纷侧目。

过了许久，她抬起头来："难怪他一直拖领证的时间，你知道吗，我们2012年才领结婚证。其实，我和他前妻又有什么区别呢？我太蠢了，太蠢了，太蠢了，太蠢了！"

看着又哭又笑的李静，谷子在心里暗想：人心到底是什么做的，才能让每个人这么不同？钱究竟有什么魔力，能让人为之疯狂，为之冒险？而女人究竟图什么，才会和一个男人捆绑在一起？到底是为了什么，连杀人都能隐瞒？又是为了什么，让她甘愿冒生命危险，去做生育这么艰难的事情。

谷子不明白这些，她没有过类似的经历，现在的她只是本能地感到可悲，为金福真可悲，为李静可悲。

她甚至开始同情起金福真来，脑海中频频闪过她的几张照片，年轻的，肥胖的，流浪的，跳河的……她的人生究竟是什么样的啊？

她深呼一口气，定定神，把李静慢慢地扶起来。

李静有气无力，小声说："我和你去，我愿意指证程明。而且，我还有一些证据。"

公安局里，程明吃了午饭，甚至要了一杯咖啡，慢悠悠地剔着牙，等待时间流逝。

他不怕他们找李静，李静和自己是拴在一根绳上的蚂蚱，他赌李静不会出卖自己。

他把咖啡喝完，老呱进来。

"警官，我什么时候才可以走？"

"时间没到呢，再等等。"老呱耍着斗地主，头也不抬地回答。

程明做出一个无奈的表情，继续剔牙。

老呱一边耍手机一边漫不经心地问："哎，你老婆的堂哥，是不是叫李进宝？"

程明坐直身子，又开始复读："我有权……"

老呱摆摆手："好好好，你沉默，沉默啊。等我们去你丈母娘家把李静保留的证据拿回来，你沉不沉默都可以。"

这下程明急了，脸色明显有了变化，变得焦躁不安起来。

"别急，别急啊，从那儿过来得好一会儿呢。哎哟，你老婆很爱你，真的，可惜……"

"可惜什么？"

"哟，您不是保持沉默吗？"

程明把头扭过去，又不说话了。

谷子推门进来，带了一沓照片，还有一支老式录音笔。

开门的一瞬间，程明看到李静戴着手铐在走廊上走，他的脸变得煞白，腿一软，尿了。

在证据面前，程明终于低头了，民警临时给他换了一条裤子，又换了一间审讯室，他才一五一十把事情全部都招了。

原来早在 2009 年 11 月，李静就怀上了他的孩子。当时他们还在一个公司上班，程明算是李静的组长。

李静很着急，给他两个选择，要么离婚，要么打掉孩子。

程明不仅面临着李静出的难题，还有另一件更重要的事困扰着他。拆迁补偿方案已经下来了，也谈过话了，然而他发现，虽然房产证上没有他老婆的名字，可是房子属于事实婚姻期间的共同财产，她差不多有 20% 的份额。拆迁补偿款一共 346 万，20% 就是 70 来万。离婚的话，要白白给 70 来万。他心里很不情愿，又没有信得过的人可以转移，愁得要死。

有一天他看小说，看到一个情节：两个主角为了不让警方查到，选择交换杀人。他突然有了灵感，只要找一个和自己完全不相关的人，伪装成意外劫杀，不就和自己没关系了吗？要是金福真她们店里买了保险，他还能多赚一笔保险赔款呢……

起初，他觉得自己这个想法太疯狂了，可是时间一天接着一天过去，这个想法越来越具体，越来越成熟，越来越困扰着他。

一想到不久之后，自己就是百万富翁了，还要和这个又胖又油的女人一起过下去，这个念头就会在夜里跳出来诱惑他，挑逗他，蛊惑他。

终于，他想到了一个绝佳的办法。他先和李静说，金福真不同意离婚，要找个人吓吓她，不离婚就杀她女儿。

"她能这么傻吗？"

"她没什么文化，又不懂法律，女儿是她最在乎的。吓一吓她，一定会同意的！"

起初，李静觉得有点残忍，没有答应。后来，孕吐让她越来越烦躁，心想：为什么不答应，自己都过得一团糟呢，还可怜别人？

她联系了堂哥李进宝。李进宝原来在工地认识一个叫丁俊的工友，很缺钱，最近一百、五十地找大家借，找他应该可行。

直到和程明见面，丁俊才知道计划是要伪装成劫杀。丁俊一开始有点害怕，不同意，建议程明给她下毒。再说，万一她家人追究起来，怎么办？

可是程明说，金福真的父亲和弟弟根本不在乎她，不会有人为她出头的。再看到程明拿出的 5 万现金，丁俊还是心动了。

他和老呱招认，说不知道要杀人，更不知道是杀他老婆。是真的吗？当然不是。他成了金钱的奴隶，走进了罪恶的深渊。只要鼓起勇气做一次，就有 10 万。整整 10 万啊，他一辈子都没有见过这么多钱。

一不做二不休，丁俊按照程明告诉他的路线，跟踪了金福真好几天，提前踩好点。并且和程明协商好，他动手那天，程明要把金福真的个人物品销毁一些，伪装成离家出走，最好当天找点什么理由和她吵一架。

一切都按计划进行，2009 年 12 月 24 日晚上，他动手了。

听着程明的口供，谷子意识到，人的卑劣真的是完全没有限度，没有人会想到，自己的枕边人竟然每天都在谋划如何杀了自己。按理说，警察是不应该和任何嫌疑人共情的，可是她总是忍不住去想，2009 年那个平安夜，当人们都在为新鲜的洋节狂欢、聚餐、互送包装华丽的苹果时，巷子里的金福真该有多害怕？她该用了多大力气才逃脱枕边人为她定下的死亡命运？

可是后来她跑哪里去了？为什么会和赵振德在一起？她和老呱怀疑，金福真当年以为自己杀了丁俊才逃跑的，或许她是在逃跑途中认识了赵振德。

可邹莉莉和陈东又是怎么回事？邹莉莉还活着吗？她是看到赵振德杀了陈东，还是和赵振德一起杀了陈东？

赵振德一直在找金福真，会不会是因为她目睹他杀了陈东，要杀她灭口？可如果要灭口，他又为什么一直和她保持来往，还在她跳河自杀时救她？

最关键的是，金福真现在究竟在哪儿？

谷子怒不可遏，质问道："后来呢，金福真联络过你吗？"

"没有，我也是你们找上门来才知道她没死。"

"程明，你想好了再说！"

招完之前的一切，他早就面如死灰了，这会儿有气无力地说："真的没有，真的。"

"你女儿呢，和她联系过吗？"

"也没有，真的，我们一直都当她死了，还把她埋在、埋在……"

"公墓？"

"她、她老家的山上……"

谷子被程明的可耻程度震撼了。自己的老婆，二十多年同床共枕，说杀就杀，说扔就扔。金福真还不如一件工具，工具坏了还知道修一修呢。

"程明！给我好好想，想好了再说！你到底有没有再见过金福真？"

"没有，是真的没有，我要是见过，我怎么可能……"

程明不说话了。

谷子琢磨了一下，明白过来他没说出口的下半句话是什么，立刻追问：

"你是不是已经把她杀了？真正地杀了？"

"没有没有，真的没有，真的没有……"

程明连连摆手，竟然崩溃得大哭起来。

23　MERS 病毒

看着号啕大哭的程明，谷子双手环抱，后退几步背靠着墙，静静地看他表演。

老呱则掏了掏耳朵，然后半握着拳用力敲桌子："哎！哎！号够了没有，还有话要问你呢！"

程明肩膀一耸一耸的，慢慢抬起头来。他是真的哭得很伤心，脸挤作一团，额头上青筋暴起，眼球布满血丝，鼻涕眼泪横流。他紧紧握着拳头，想要停止哭泣，但是很勉强，只是没有再哀号，眼泪依旧流个不停。

"我问你，关于金福真，你有什么线索可以告诉我们？你最好老实回答！"

"真的，真的没什么了。"

"最近你身边有什么可疑的或者不寻常的事情吗？"

"不寻常的……"

谷子打断他们的对话，手扶着桌子，把脸凑近程明，说："程明，我告诉你，要是金福真还活着，你还能好端端地吃几年牢饭。这不是你运气好，是她自己争取来的！如果当年她没有奋力抵抗，现在要挨枪子儿的就是你！你知不知道她这么多年过的是什么生活？捡垃圾！吃泔水！"

看到谷子情绪有点激动，老呱咳嗽了一声，又拍了她一下。

意识到自己失态，谷子直起身子，剜了一眼程明，对老呱说：
"你来问吧！"

老呱接着审："金福真回江门已经很久了，她没有找过你吗？没
来找过女儿？"

程明双手扶着头，微微摇晃了一下。

"仔细想想，不着急，慢慢想。"

程明沉默良久，过了一会儿，猛地抬头，说："你说她怎么生活
来着？"

这次谷子语气平静多了："流浪。你见过街上的流浪汉吗？就是
那样子的。"

"对了，我想起来了，就是发现你跟踪我的时候，那段时间有个
流浪汉也一直跟着我。当时我没注意，也看不出男女，现在想一想，
更像个女的！"

谷子想到了跟踪程明反被黑影跟踪的那一夜，问："是不是深色
棉袄，个子跟我差不多？"

"好、好像是……"

"你遇见过她几次？"

"好几次。我还以为家附近的流浪汉突然多了起来，现在想来可
能是同一个人，可能就是她……"

"在哪里遇到的？"

"就在家附近，有时候近一点，有时候远一点，具体位置我也不
好说……原本没注意这回事，今天才……"

说着说着，他竟然又哭了起来。

老呱一副"又来了"的表情，对做笔录的民警和谷子摆摆手，
三人一起退出了审讯室。

执勤民警把门关起来。几人站在审讯室外面，看着监控观察他。

民警嘟囔了一句："看来是后悔了。"

谷子冷笑一声："他是后悔了，是很伤心，不过可不是后悔自己做错了事……"

老呱接过话头："而是伤心怎么这么倒霉被抓了。金福真没死，白白折进去 10 万块钱，更别提自己还要坐牢，早知道会几头没落着好，当初还不如不折腾呢！"

年轻的民警惊讶得张着嘴，看看审讯室里的程明，又看看老呱和谷子，然后摇了摇头。

谷子又把黑影的事重新给老呱讲了一遍。他们研判，金福真应该是知道程明住在哪里，一直跟踪他，为的是找女儿。虽然不知道她是怎么知道程明住址的，但这个可能性很大。

接下来的重点工作是，布控迎新小区，包括周围的街区。

应该很快就能够找到金福真了！

2016 年 1 月，中东呼吸综合征，即 MERS 病毒，在韩国发生变异的事实，首次得到韩国官方确认。"此前在中东蔓延的 MERS 病毒，可能已经在韩国发生了遗传性变化。这可能会改变其感染能力和致死能力，预计影响范围将会扩大。"

这件事情只在新闻上短暂地出现过几天，很快就被人们忘记了。然而没过几个月，广东就有了病例，然后江门也有了。

好巧不巧，就在警方以迎新小区为中心布控，排查整个辖区寻找金福真时，迎新小区出现了一名高度疑似 MERS 病毒的感染者！

一时之间，人心惶惶，市疾控联合辖区派出所、街道办把迎新小区作为重点监察小区，足足隔离了 5 天才开放正常进出。MERS 病毒的平均潜伏期为 5.2 天，95% 的患者出现症状的时间约为 12 天。

隔离结束之后，又继续观察了一周。小区门口架起了临时搭建的工作棚，在观察的这一周之内，每个居民进出都要测体温。

钱多多下晚班后，又在诊区耽搁了一下，回到小区已经凌晨零点四十二分了。她按遥控钥匙锁好车后，边走边和丈夫打电话。

她是人民医院的护士，晚班都是零点才换班，虽然结婚好多年了，但每次晚班丈夫都会等她回家，一起睡觉。现在她和丈夫甜甜蜜蜜地打着电话，说一些有的没的，属于他们的亲密语言。

"我很快就刮完了，马上下去接你！"

她甩着车钥匙，撒娇道："马上就要进电梯了，还接什么嘛，倒是记得明天买猫粮……"

突然，她"啊"地尖叫了一声，手机"啪"的一声掉在了地上。

"怎么了？怎么了？多多？多多？"听到妻子的尖叫，丈夫在电话那头着急得不得了。

钱多多缓过神来，捡起手机回答时，丈夫已经跑到车库了。他鞋都没穿，胡子刮了一半，另一半还留在脸上。

他们两口子之间的地上，躺着一团黑乎乎的东西，钱多多把车库感应灯挥亮，仔细辨认，似乎是个人！

丈夫小心翼翼地绕过躺在地上的人，来到妻子身边，尽管自己也颤抖着，还是安抚她："不怕不怕，没事的。"

钱多多毕竟是医务人员，见惯了各种形态的人，刚才只是被吓到了，现在理智已经恢复了七八分。

只见她冷静地回车里拿来两个口罩和自己的备用拖鞋，先让丈夫戴好口罩，自己也戴好后，慢慢靠近地上的人。

那是一个瘦骨嶙峋的女人，浑身脏兮兮的，看不出样貌。她躺在地上，已经没有了自主意识。

钱多多熟练地进行了一系列观察生命体征的动作，翻眼皮，看瞳孔，摸动脉，探呼吸，听心肺……女人还有气息，只是体温很高，肺部呼吸有浑浊回音，像拉风箱的声音，哗啦呼啦的。

想到最近小区里的事情，她的心猛地一沉，莫非……

"宝宝，打110和疾控中心，我叫医院！"她一边指挥丈夫，一边一只手慢慢解开女子一层又一层的衣服，让她呼吸顺畅一些；另一只手拨医院的电话。

很快，疾控、派出所和120都来了，迎新小区一家接着一家亮起了灯。大家只听到一些嘈杂声，却不知道发生了什么，猜测着，恐惧着，好奇着。

女人被送到医院后，直接住进了隔离病房，钱多多和丈夫自然也要隔离。

上了退热的药物，补了生理盐水，凌晨两点多，女人慢慢睁开了眼睛。她想抬手，发现举不起来，又看看周边——自己在一个没有人的病房里，插着鼻氧管，挂着点滴。她尝试着坐起来，却发现一点力气都没有，只能再度躺下。

"醒了，隔离病房的人醒了。"一个护士通知在外等待的众人。

疾控中心的一位负责人正在打电话："还要多久？行，辛苦一下，这事儿紧急，尽量搞快一点……"

同时，一名民警和一名医生，做好防护走进病房。

医生翻开她的眼皮看了看，听了心肺，又看了一下监测数据，对民警点点头。

"听得到我说话吗？"

女人迷迷糊糊的，在呢喃着什么。

"听得到我说话吗？你叫什么名字，现在在哪里知道吗？"

女人还是不回答，民警求助似的看了医生一眼。

医生俯下身说："你现在在医院，很安全，我们的护士发现了你，并把你送了过来。这里很安全，我是你的主治医生周远，你听得到我们说话就点点头……"

女人点了点头。

医生和民警交换了一下眼神，接着问："现在你能不能告诉我，你的名字和年龄？"

女人微微张口，看起来仍旧不是很清醒。

医生摇摇头，两人正准备往外走，听到女人微弱地在说着什么，民警机敏地返回，把耳朵贴在她嘴边。

"邹莉莉，邹莉莉……"

"好，你不着急，慢慢说，多少岁了？"

"邹莉莉……邹莉莉……"

"好，我听到了，你慢慢说。好好想一想，多少岁了？身份证号记得吗？"

半天没有回应，一看已经睡过去了。

医生给她掖了掖被子——她现在穿着病号服，整个人干瘪得就像一片枯叶。

会议室里，各部门的工作人员正在开专项会议，研究这个疑似感染的病例。

"她现在各项指标都很差，应该是长期营养不良和饮食不洁导致的。大便检测感染菌群超标，肺功能也有点问题，但是究竟是普通的身体机能过弱引起的高热和昏迷，还是病毒感染症状，要等病毒检测结果出来以后才能确定。病人神智不是很清楚，精神也有些恍惚，认知能力还没有恢复。目前，我们给予肺部消炎治疗和生理盐水补液治疗，后期再决定是否使用抗生素……"

听完医生的介绍，疾控中心负责的女子面向民警问："身份能确定吗？"

"目前只知道叫 Zōu Lìlì，具体情况可能要等明天或者更晚她清醒了才能知道。不过，所里已经在比对了。"

众人又就自己的工作方向研讨了一番，最终制定的方案为：由医院进行隔离治疗，病毒检测结果出来以后，再决定是不是统一隔离。

半夜被拉起来加班的记者，打着哈欠，顶着黑眼圈，一边看摄像机检查音频，一边飞速地用笔记本记录着……

第二天，交班的护士做完基础工作，带了一份鸡肉粥去喂隔离病房里的病人，竟然发现她在拔针头！虽然留置针的针头很软，但是胶带贴得多，她用力一拔，喷出来一股血。

护士又惊又急："2 床！你干什么！躺下！躺下！"

病人并不听她的，继续用力扯身上的心电监护和血压监控。

护士急了，对着呼叫机喊了起来。

医生和其他护士赶来，看到年轻的护士死死地抱住病人不松手，病人则紧紧地抓着仪器车。

周远让护士开了一剂地西泮注射剂，一针打在她的胳膊上。没多大一会儿，病人软绵绵地躺下，众人这才把她重新归置好。

她再度醒来，已经是黄昏时分。她发现手脚都被束缚带绑着，挣扎了几下，病床被震得咔嗒作响。后来，护士来喂了一次饭。

夜深人静，她独自一人在病房里盯着天花板。

第三天一大早，护士取了早血，换了尿袋，医生查完房以后，民警又来了，还带了几个她没见过的人。

还是昨天那几个问题，她闭眼不回答。

医生温和地说："你的病毒检测报告出来了，你没有感染传染病，但是有严重的肺炎，需要在医院做抗感染治疗。不能乱跑，治好了才能走，知道吗？"

民政的工作人员给她带了鞋子、牙刷等物品，并劝她："我们知道你遇到了困难，但是你要说出来，我们才能帮你，对不对？你看看，这么多人担心你，救了你的那个护士和她老公，昨天家都没回，一直隔离到刚才……"

"不要害怕，有问题找政府，我们一定会帮你的。我是妇联的，你有什么尽管说，大胆地说……"

这时她才注意到，还有一个记者，跟着人群在拍什么。她痛苦地把脸扭到一边，不看镜头，也不看他们。

民警看她的样子，示意众人出去，要单独与她谈一谈。

等人都走了，民警才对她说："现在是敏感时期，即使你不说，以现在的技术我们也有办法查出来。你早点说，还能早点走。"

她想了一下，说："我说了就能走？"

"说了就能走。"

"我叫邹莉莉，身份证号是……"

民警飞快地记录着，同时把信息发回所里。他和病人聊完，一看手机，副所长发来信息：在逃。他警觉起来，匆匆离开病房，找到了医生。

"是在逃人员！所里已经增派警力过来了！"

周远没想到会是这样的情况，深吸了一口气，立刻向院里汇报……

老呱和谷子急匆匆地赶到医院，看到病床上的人，身高160多厘米，却只有70多斤，皮肤紧紧贴着骨头，膝盖和手腕的骨节凸起，脸颊和眼窝深深地凹陷下去。她的脸已经被洗干净了，皮肤呈蜡黄色。小拇指上的黑色胎记，可能是因为瘦了，显得更深了。

谷子看着躺在床上像条鱼干的金福真，心里有一种说不清道不明的滋味，她深呼吸几口，开始审问程序。

"我们已经知道你的真名叫金福真了，现在问你问题，你要如实回答。你和邹莉莉是什么关系？"

金福真紧紧闭着眼睛，不说话。

"你可以保持沉默，但是我们已经掌握了大量事实。看看，认识这个人吗？"谷子拿出两张赵振德的照片。

金福真还是紧闭着双眼。

她又拿出另一张照片："这个女孩呢？"

金福真睁开眼睛，看着照片，嘴唇微微发抖。

谷子趁机追问："她是你女儿吗？是你早些年和别人生的孩子吗？"

金福真虽然表情已经大变，嘴唇也一直在颤抖，但还是不说话，她偏过头，手紧紧地攥着被子。

谷子捏了一下她的手，说："不要紧张，针头会把血管戳破的，放松一点。"

金福真如此虚弱，谷子心想现在可能不太适合审问。

老呱看出了谷子的迟疑，直接走上前去："金福真，你不要耍花样，我们现在已经掌握了你和赵振德合谋杀害陈东，也就是东子的证据。如果你如实交代，或许还能少坐几年牢，活着见到程健健！"

金福真浑身开始颤抖。东子、程健健这两个名字戳中了她的防线。她颤抖着，眼睛盯着左边的墙面，眼泪从眼角径自流下来，打湿了枕头。

谷子恢复了一些理智，接着攻她的心理防线。

"另外，还有一件事情，我想应该让你知道：2009 年 12 月 24 日夜间，你在马厂中村的垃圾堆旁杀了一个男人，名叫丁俊……"

听到这句话，金福真绝望地闭上了眼睛。

"事实上，丁俊并没有死。"

金福真猛地转过头来："什么？"

"你杀的那个男人并没有死。"

"不可能，不可能，我、我探了他的鼻子，他已经不喘气了！"

"你确定吗？人在惊慌的情况下，是会失去判断力的……"

那晚的画面又一遍遍地在脑海中回放：她被勒住脖子，拼命挣扎，失去意识……她捡起酒瓶子，打在男人的太阳穴上，探他的呼吸，匆忙逃跑……

泔水桶、黑车、田野……七年的逃亡生活像电影一样飞快地在她脑海中闪过。不可能，他不可能没有死！他不能没有死！如果他没有死，自己逃了这么多年，究竟是在逃什么啊！

金福真的情绪越来越激动，下巴剧烈地颤抖着。谷子正准备提醒老呱控制节奏，不料他直接把重弹扔了出来，击打在金福真最后一道防线上。

"丁俊劫杀你是有预谋的，是你丈夫程明买凶杀人。他杀你，为的是不给你分拆迁款。就是因为这个，他要杀了你！我告诉你，丁俊没死，也没有告你，你逃了七年，白逃了。这七年，你人不人鬼不鬼地活着，像老鼠一样苟且偷生，错过了女儿的成长。这一切都是因为你丈夫要杀你！"

老呱边说边步步逼近，金福真喘得越来越厉害了，谷子眼看情势不妙，急忙按住老呱的手腕，几乎是一瞬间，金福真瞪大双眼，张大嘴巴，胸口剧烈地起伏着，心率监控和血压监控仪器一直嘀嘀嘀地响，她的身体开始不自主地抽搐，一阵一阵地，病床随着她的抽搐，咣当咣当，一声又一声……

医护人员冲进来，把谷子和老呱推到一边。

老呱黑着脸，沉默着低下了头。

24　无限递归

金福真突然发作，让老呱和谷子都有些慌乱。

医生观测了体征，掐了掐四肢，迅速下指令："拿袋子来，配氯化钾，给地西泮，快！"

只见两个护士一左一右，一个控制住她，不让她大幅度抽动；另一个迅速取了血样，又做心电图。

袋子取来了，就是最普通的医用塑料袋。医生把袋子罩在金福真脸上，然后安抚她："慢慢吸气，慢慢吐气，来，跟着我的节奏，吸——吐——对，就这样。很好，很好，继续……"

过了一会儿，神奇的事情发生了，金福真胸腔的起伏变得平缓了，手脚抽搐的频率也低了许多。

氯化钾溶液挂上后，她抽搐的频率减缓了许多。

护士又端来一杯口服的氯化钾，一口气给她灌了下去。

足足折腾了四十来分钟，金福真才安静下来，在地西泮的作用下睡着了。她的呼吸变得平稳，仿佛从来没有发作过。

直到看到金福真平静下来，谷子才松了一口气，她责怪老呱："我知道这事很急，可现在她已经在我们这儿了，又不会跑，你何苦逼得这么紧？"

老呱沉默着走出病房。其实，他一直不太相信金福真是无辜的，她没有杀丁俊，但不代表她没有杀陈东。只要杀了人，她就不无辜了。但看着金福真剧烈的反应，他有些动摇了，会不会她确实什么都没做？

谷子没再理他，去问医生金福真的情况。

"结合心电图和血检结果，应该是低血钾发作了，加上情绪比较激动，过度通气了，也就是常说的呼吸性碱中毒。"

"有生命危险吗？"

"目前没有，但是后面不好说。她的体征太差了，指标也不好。我觉得……"

"您直说。"

"我建议你们还是给她一点时间，不要太急了，不然下次什么时候发作，我也不敢说。"

见谷子抿了抿嘴巴，医生接着说："当然了，我不知道你们办案的程序是怎样的，我只是从医生的角度考虑，觉得可以缓几天，现在问也问不出来什么……"

谷子点点头，道了谢，回到病房里看着沉睡的金福真。

没想到，第二天金福真醒了以后自己要求见警察。

接到执勤民警的电话，谷子忙不迭地赶往医院。老呱也想去，被她阻拦了。

她在楼下买了一些牛奶、香蕉等慰问品。病房里，金福真正在闭目养神。谷子敲了敲门，走了进去。

"今天好点了吗？"她不像是来办案的，倒像是来看望朋友的。

金福真想挤出一个笑，但脸只是抽动了一下。

"有力气吗？来，吃根香蕉。医生说你现在要补充营养，多吃含钾元素的食物……"

金福真看着她，问："你叫什么名字？"

谷子没想到她会问这个问题，竟然有点紧张："我叫冯小谷，是江阳市公安局刑侦大队的刑警。"

"你多大了？"

"三十一岁。"

"三十一岁……真好啊，我三十一岁的时候，要是有你这么能干就好了……"

谷子不明白她为什么突然说这个，一时不知道怎么接话。

金福真接着说："是的，我确实是金福真，我的身份证号是430211＊＊＊＊＊＊＊＊＊＊＊。你有什么要问的就直接问吧。"

谷子有点迟疑："你确定现在就可以？"

"我确定。"

谷子忙把在病房外执勤的民警叫进来，一个做笔录，一个问话。

"你认识这个人吗？"她拿出老酉的照片。

"认识，他叫老酉。"

"真名呢？"

"我不知道。"

"那这个呢？"她拿出小春的照片。

"叫小春，和我们是一起的。"

"你们是怎么认识的？"

"2009年，我杀了人以后，拦了辆黑车坐到富山县，在一个叫刘家山的地方藏了一年。"

"具体一点。"

"在刘家山背后的三七地里守三七，守了一年……一年零几个月。"

"有人际交往吗？"

"有的，有一个老人，叫老斗。但是我不确定他是不是还活着，或者是不是还在那里。"

"好，你接着说。"

"后来，我又用同样的办法到了江阳市。"

"具体什么时候？"

"2011年春节，具体日期我记不清了。"

"到了江阳以后呢？"

"有一个独眼女孩抢了我的钱和包——我不知道她的真名。被她抢走所有的东西后，我身无分文，只好睡在街上，然后就遇到了老酉和小春，就一直……互相照应着，生活了很久。"

"后来发生了什么？"

金福真咬着嘴唇，顿了很久，才说："我又认识了邹莉莉。"

"怎么认识的？"

"她、她肚子饿，来偷我们的东西吃。"

"邹莉莉还活着吗？"

"死了……"

虽然有预感，谷子心中还是有点波动，她顿了顿，接着问："怎么死的？"

"有一年夏天，不对，快秋天了，那一年雨水特别多……"

她久久地望着天花板，像是陷入了长长的回忆。

"我们一起住在江阳东边的烂尾楼，有一天早晨起来，大家准备一起出门的时候，她突然毒瘾发作……"

说到这里，她把头拧向一边，痛苦地说："她下楼的时候突然毒瘾发作，掉下去摔死了。"

"摔死了？多高的楼？"

"五楼。"

"尸体呢？"

"埋在森林公园杜鹃谷旁边的一片杂木里。"

"谁埋的？"

"我和老酉。"

"陈东，也就是东子，是你们杀的吗？"谷子拿出陈东的照片。

金福真看了很久，斩钉截铁地说："不是。"

"不是？"

"不是。"

这倒出乎谷子的意料，她再度确认："你好好想一想，金福真，想好了再说。"

她沉默了一会儿，然后说："今天有点累了，明天再说行吗？"说完闭上了眼睛。

谷子在旁边坐了许久，金福真都没有再开口，她只能带着口供回局里。

回到局里，看到老呱跟个流氓似的，斜躺在休息椅上，拿着一本书在看。

现在他们之间的气氛有些微妙，不是尴尬，也不是互相生气，就是有种微妙的疏离感横亘在两人中间。

谷子看了他一眼，径直走向老姜。

老姜不知道两人之间到底发生了什么事，也不好问，站起身来迎："怎么样，都说了吗？"

"说是说了，但又像没说什么……"

"怎么会？"

"我总感觉她好像没说实话……"

"别急，我们把证据都梳理一下，明天我再去会会她。"

"我去吧！"老呱突然站起来说，"带着同情心审疑犯，是审不出什么结果的！"

谷子没有看他，独自走出了办公室。

她在天台上点燃了一支烟。她心里十分困惑，金福真好像挺信任自己的，但是她说的话总觉得真假各一半。难道她的柔弱和受害者形象真的只是一种伪装？

可被老呱这样说，她心里又有点不服气。她踢了一脚围墙，把烟头扔在地上踩灭，走了两步，又返回去把烟头捡起来。

她回到办公室，开始整理重点线索。目前看来，金福真或许对赵振德，也就是老西，是有感情的。现在别说不知道东子到底是不是他们杀的，就算是真的，金福真也未必会说实话。

按照她的说法，她在江阳落难以后，是老西、小春一直与她互相帮扶——谷子虽然没有经历过流浪，但也知道那是一种什么样的情意。

人往往可以同甘，但很少能共苦。她得想一个办法，让金福真明白，她认识的老西并不是真正的老西。

突然，她想到了一个人，赶紧打开电脑制作文件。谷子弄到后半夜，才回去睡下。

第二天，她走进病房，发现老呱竟然已经在审金福真了！她心里有点不舒服，却也只能配合。

"看完了吗？"

金福真点点头。

谷子这才知道，老呱给她看的是监控拍下的种种，包括东子的尸首。

看到东子被发现时的惨状，金福真阵阵反胃，心率升高，但没多大一会儿，又降了下来。她已经知道东子的事一定会有一个结果的，都到这一步了，还有什么可抵赖的呢。

"是我杀了东子。"

"怎么杀的？为什么杀？"

"那天，我跟着老酉——我已经跟了他好几天了，想知道他和小春到底去干什么了——发现东子也在跟老酉，我就跟在东子后面。跟到那座桥下面，看到他和老酉在吵什么，好像是钱的事情……"

"什么钱的事情？"

"我、我不是很清楚，东子想用刀逼老酉把钱拿出来。"

"后来呢？"

"我看到东子快要捅到老酉了，就、就用石头拍了东子的头……"

她的声音开始有点颤抖，想举起手来捂住脸，但被束缚带绑住了，结果只是徒劳地动了一下。

谷子走上前去，解开了一条束缚带。

她感激地看了谷子一眼，然后举起手来揉了揉深陷在眼窝里的眼睛。

老呱接着问："你拍了东子，拍在哪儿的？"

"这里。"她指一指后枕部，"然后我们把他扔到河里了……"

她把手指放在嘴唇上，两者都在微微颤动，说出这几句话，对她来说就像是一种难言的痛楚。

老呱沉默了片刻，说："金福真，东子的死因不是头上那一下，而是溺死。所以，到底是你把他扔进河里，还是你们一起把他扔进河里，或者是老酉单独把他扔进河里，三者区别很大，你知道吗？"

她微张着嘴巴，似乎不敢相信这样的结论。

谷子在一边补充道："致死原因是溺死，如果不是你把他扔进河

257

里，在具体量刑时，法官最终有可能认定为过失致人死亡，这和故意杀人是有很大区别的。"

金福真闭上眼睛，又回忆起那晚的情形，过了很久，她笃定地说："是我，是我把他扔进河里的。"

这当然不可能，东子那么高大，即便晕倒了，她一个人也不可能把他扔进河里。现在已经明确知道她的态度了，她这是打算把责任都揽在自己身上。

老呱明白了，在金福真心里，老西那天只是"帮助她"处理了东子的尸体，她对他有某种亏欠情绪。

但这样分析似乎也说不通。如果说她对他有亏欠情绪，想包庇他，那她从头到尾应该都会和他保持来往，为什么到了江门以后要离开他呢？

这期间，一定发生了别的事情。

老呱还在整理下一步审讯的思路，谷子拍拍他的肩膀，示意他让开。

这是自那天分歧以后，谷子第一次主动和他交流。他像一只犯了错的狗狗，乖乖地退到一边。谷子坐下，打开电脑，让金福真看。

金福真一看到电脑里的照片就剧烈地喘息起来。老呱不明白她让她看了什么，但看谷子严肃的样子，又不敢伸头去看。

他觉得谷子今天像完全换了一个人，身上充满了女王大人的气场，他有点害怕。

谷子还在翻照片，一张接着一张，直到最后一张看完才合上电脑。

他畏畏缩缩地拿过电脑，打开看了才明白，这是谷子连夜做的一个相册：起先几张是唐爱军的生活照和工作照——是谷子联系他公司的人要的——还有一张金福真和他残缺的合照；后面几张则是他的尸体、被炸得面目全非的屋子。

可以看出来，看完照片以后，金福真在非常努力地控制自己的情绪，她紧紧地抓着床沿，下巴微微颤抖，上牙深深地咬住下嘴唇，鼻孔一张一缩，蜡黄的脸上涨出一片潮红，心率和血压瞬时又升了上来。

老呱生怕她又要发作，对护士使了个眼色，护士收到他的信号，跑出去叫医生。

谷子却不着急，静静地看着她，或者说陪着她，她的手始终握着金福真仍然被绑着的那只手。

病房里寂静了足足十分钟，只有仪器的和窗外风吹树叶的声音，护士和执勤的民警面面相觑，都不敢正常呼吸。

金福真松开手，深深地吸了一口气，睁开眼睛，看向谷子："冯警官，你想问什么？"

"你认识他吗？他是谁？"

"认识，他、他是一个很重要的人……"

"请你说出他的名字，你们是什么关系？"

"他叫唐爱军，是、是我的爱人。"

"他死的那一天，你在哪里？"

"我当时化名邹莉莉，在离他家不远的一家叫味好恰的快餐店里打工。那天早上，我去店里辞职，回去就看到……就看到……"

说到这里，她终于忍不住了，泪水就像蓄积了一个雨季的洪水，终于夺眶而出。

谷子仍握着她的手，并保持提问节奏："唐爱军是你杀的吗？"

"当然不是！我怎么可能舍得伤害他！他是我、是我最爱的人啊……"金福真忍不住了，号啕大哭起来。

"你那天为什么要去辞职？"

"我们头一天说好，我去辞职，他向公司请假后在家里等我，然后我们一起去自首。"

"自首？"

"对，他知道了我和老西的事，我什么都和他说了，包括我杀了那个男人，也就是丁俊的事。"

"他鼓励你自首？"

"对。"

"你逃了几年，为什么那时候突然决定自首？"

"因为……因为……我不想再逃了，我想停下，我累了……"

她再一次闭上了眼睛。

"我想把该赎的罪都赎了，清清白白地和他在一起，哪怕只能过几年，我也知足了。"

"你没想到他会死，对吗？"

她点点头。

"你觉不觉得他死得太蹊跷了？你要自首，他就死了，你不觉得奇怪吗？"

"他们说，他是自杀。我不敢确定。我觉得他不会自杀，他不会丢下我一个人面对这个世界。可是……可是……他会不会……会不会是对生活感到绝望了？我自首的话，他要等那么多年，太不公平了……"

"唐爱军死于他杀。"谷子平静地说。

"什么？"

"唐爱军死于他杀。"

"为什么？为什么？不可能的！"

"唐爱军死于窒息，他的呼吸道里有枕头套的纤维。也就是说，有人先用安眠药让他失去抵抗能力，然后用枕头闷死了他，最后制造爆炸的假象，掩盖凶杀的真相。"

金福真的心在瘦弱的胸腔里剧烈地跳动着，她的意识开始有些模糊了，她分不清自己身在何处，在做什么，在听什么，只觉得整个人像被扔进了快速转动的滚筒洗衣机里，晕晕乎乎的，身体变得轻飘飘的，飘了起来……

"金福真！"

一声呼喊把她拉回了现实。

"金福真，我真的很需要你把一切都告诉我，每一个细节，每一件事，统统都告诉我。唐爱军是枉死的，他本来不用死的！"

金福真的身体从空中落回地面，前所未有的强烈的痛苦，像巨人一脚一脚踏在她的身体上一样，她觉得自己要死了，真的要死了。

"金福真！"谷子提高了音量，"你要振作起来！我知道你可以，我相信你可以，你一定要振作，唐爱军只有你了！只有你才能为他讨回公道！"

金福真终于清醒了，将过往一一道来：她和唐爱军认识，老西被他打了一顿，唐爱军死了，她准备自杀，老西带她逃回江门，她和老西分开……

她把这么多年经历的一桩桩一件件事情都说了出来，一个细节都没有落下，包括唐爱军死的那天，一个非常重要的细节。

"你说凶手可能是爱军认识的人，为什么？"

"因为没有任何破门破窗的痕迹。凶手要么有钥匙，要么是唐爱军认识的人，并且是他主动开门让凶手进去的。"

"爱军很少和别人走动的，尤其是他看我不用手机，也不和别人来往，应该猜到七八分了。我们俩一起生活以后，他再也没有约人来过家里，他不可能突然叫人去家里坐的，除非……"

"除非什么？"

"老西来找我要钱的那一天，唐爱军和他打了一架，应该说是唐爱军把他打了一顿。晚上我们发现他的钥匙丢了，应该是打架的时候弄丢的，我们没注意。会不会……会不会……"

说着说着，她捂住了自己的嘴巴，过了一会儿又说："不会的，不会的，老西不会那样做的……"

她的瞳孔放大，频频摇头。

谷子站起来，俯下身握住她的两只手："你听我说，听我说，看着我的眼睛，看着我。"

金福真停下动作，看着她的眼睛。

谷子的眼神坚定且有力量，她说："现在每个细节都很重要，你一定要把每个细节都回忆起来，坚持住！"

金福真快速地呼吸着，说："老西有可能跟踪过我或爱军，知道我们住在哪里。并且，他有安眠药！"

说完，她绷直的身子终于软了下来，痛苦地把脸埋在枕头里。

很多事情在谷子和老呱心里串联起来，也在金福真心里串联起来。

老西对她说过的话、做过的事，那些关于"一家人"的说辞，关于"是意外"的安慰，还有货车上紧紧的拥抱……她一直记着那个拥抱，那是她感觉自己离老西的真心最近的一次，可现在想来，那一切都有可能是假的。

她不知道对老西来说，她究竟算什么。如梦初醒，才发现她从来没有明白过老西，从来没有读懂过他的心，从来不知道他要什么，不要什么，在乎什么，害怕什么。

老西就像一个梦，在她的人生里反复不断地出现，又从来没有真正向她敞开过心扉。

谷子和老呱终于同时明白了一件事情——老西和金福真，与其说他们之间有友谊，不如说老西在精神上控制了金福真，让她误以为自己的人生已经溃烂，除了和他捆绑在一起，生活在阴暗里，别无他法。

只是老西没有算到，金福真的丈夫如此冷漠，她的东西他一件都没带走；他也没算到，这件事对金福真的刺激这么大，让她出走；他更没有算到，金福真会遇到大丫一家，又找到了程明；他更不会想到，金福真现在已经被警方控制住了。

他如今急着找金福真，应该是已经感觉到金福真逃脱了他的精神控制，从一个极端走向了另一个极端。

但是老西为什么不干脆杀了她呢？这是一个巨大的谜题。

25 时间逆流

金福真交代了，调查赵振德的工作终于第一次开始顺利推进了。

江阳市的民警在杜鹃谷附近搜寻到了邹莉莉的遗骸。法医检验以后称，确实是有高坠引发的颈椎伤痕和贯穿伤，符合金福真说的钢筋刺穿了她的头。但是钢筋并没有刺穿头颅，而是从颈部刺穿下颌骨，再从口中伸出。初步看来，这伤并不足以当场致命。

验尸报告还显示，邹莉莉的头部骨骼也有大面积受损，还不能直接确定高坠就是死因。要找出她真正的死因，还需要一点时间模拟验证，也要结合案情综合判断。

另外，根据金福真的口供，老西有一个老相识，在江阳市东区经营废品回收站。找到人以后，谷子和老呱立即回到了江阳。

此前，他们对赵振德的了解仅限于同村人、工友，现在多了金福真和废品站的老板，他们绝对可以算是真正离他的真实生活最近的人。

废品站的老板姓黄，叫黄正力，已经六十七岁了。老城拆迁之后，他就一直在经营这家废品站，如今已经快三十个年头了。

老黄的妻子早年死了，两个孩子都在外地，孩子和他关系不怎么样，也不常聚。据老黄自己说，他年轻时对妻子动过手，孩子们一直耿耿于怀。

在老黄口中，赵振德是一个完全不同的人。

"我认识老西是在……我想想啊，好像是 2006 年吧。那天挺冷的，我早上开门，看到一个男子躺在门口，半死不活的。我把他拖进来一看，哪还有什么人样，瘦得跟块废铁似的。那脸黢黑的，我一看，不就是个讨饭的嘛。就算是讨饭的，咱也不能叫人生生死在眼前，对不对？我这条腿不行，没力气带他上医院，就去前面——现在拆了，那时候有个诊所，叫诊所老板来看看。老板给他打了两瓶什么溶液，哎呀，我不懂那些，后来他就醒了。"

"他有没有说他从哪儿来的？"

"没说，醒了以后我又养了他一段时间。这老西倒挺知恩图报的，给我干了好多活儿。别看他瘦，力气大得不得了，干活很麻利，就是不爱说话。干了差不多个把月吧，我这儿别的没有，至少饭是管饱的，他人胖了不少。我准备让他长做下去呢，谁知道他走了。"

"走了？"

"是啊，招呼也没打，把院子里的活儿都干了，悄没声儿地就走了。"

"那你们后来又怎么……"

"哦哦，我正准备说呢。后来，好像是 2008 年年初吧，还没过年，有一天大半夜他突然来了，咣咣咣敲门。我当是谁呢，正准备出去骂，哪知道是他，提着一瓶酒、两斤肉。那肉都凉了，怎么吃啊，我又把炉子点起来，就一块儿喝酒，喝到后半夜。第二天，你猜怎么着，他又走了！留了 800 多块钱，零零整整的。你说说，这人是不是一根筋？哪儿有这样的事呀？"

"没留联系方式？"

"没有没有，"老黄边摇头边摆手，"什么时候走的都不知道。我

265

就烦这个，你要来就来，要走就走，当我这儿是啥？旅馆哪？我当时吧，还挺生气的，这小子不干人事嘛……"

"你们聊天都聊啥？"

"嗐，光我说，就瞎吹牛呗，讲讲年轻时候的事，讲讲女人——男人嘛，肯定绕不开女人，我就发现这小子对女人没啥兴趣。我问他找过女人没有，他竟然说没和女人睡过一张床。肯定吹牛的，哪有男人不想和女人睡觉的？不可能嘛！但他坚持说，他对这个没兴趣。我就问他，那对啥感兴趣，总要有个追求嘛。他说什么你们知道吗？"

"不知道。"

"他说他对人感兴趣！这不说的是废话嘛！"

"然后呢？"

"后来我、我、我……"

"说！"老呱喝了一声。

"我带他去了……就是那个，你懂的。"

"我不懂，你来说。"

"哎呀，就是洗脚嘛！洗洗脚呀，捏一捏呀，给点小费，可以捏捏别的地方……那天晚上，一开始他挺自然的，洗脚捶肩，都挺放松的，后来我给了两个小妹一人 100 块钱，叫她们到处捏捏……谁知道那个小妹捏到他……就是那里的时候，他跑了——突然一下子弹起来，然后跑了。这小子可能真的没碰过女人。我也只能回去了。"

"后来呢？"

"那天走了以后，再也没出现过，直到 2010 年。那次是热天，具体几月份我记不得了，他带着一个孩子来的。"

"是这个吗？"谷子拿出女孩的照片让他辨认。

"不是，是个独眼的，只有一只眼睛。你说的这个叫小春，是先来的，那个小夏是后面才来的。"

266

"仔细说一说。"

"那个独眼女孩可怜啊，跟在他身后，像只仔鸡似的。那个眼睛挺瘆人的。"

"是叫小夏吗？"谷子看了一眼老呱，转头问老黄。

"对对对，一个小春，一个小夏，都是老西给取的名字。"

"那他带那个女孩，就是小夏，来干什么？"

"那天的事说起来可就太复杂了，他们来的时候，我这儿正好有点事情……不怕您笑话，我前几年吧，就好打牌，人老了不知道该干啥，不知不觉就……那会儿我欠人家一点钱，那天正好要债的上门来了，就是几个老头，一开始忽悠我下象棋，慢慢地就变成花牌了。总之，几个老头正在我这儿闹呢，老西带着小夏来了。他看到带头的老头揪着我的衣领，不问青红皂白，上来就把老头整个抱起来扔在地上！可把我们都吓得够呛。"

老黄说到这里，热切地看着两位刑警，像是期待他们露出惊讶的表情，看到两人一脸淡定，便有点尴尬，咳了两声，接着说：

"得亏我这儿铺了纸壳呀塑料布呀，老头没怎么摔着。真是怪吓人的，你说他力气怎么就那么大，一下子能把一个人举起来。这还没算完，后来有个年轻点的，四十岁左右吧，一看这架势，肯定急了呀，拿起一根废铁往老西身上来了一下，小夏吓得直叫唤。那废铁不是规整匀实的，有毛边的呀，霎时就流血了，可老西就跟不知道疼似的，转身抓住那男子的脖子，就跟……就跟掐鸡崽儿似的掐他的脖子！"老黄一边说一边比画。

"我一看这可不得了，要出人命，赶紧去拉，但根本拉不动！他把那男的掐得直翻白眼，我哪能让他在这儿杀人呢！一时着急，用个黑塑料袋子——喏，就那个装塑料瓶的袋子，一下子把他的头给套了，他才跟那斗鸡似的安静下来。哎呀，我的老娘哎，那天他那

267

样子，你们是没看到，是真的吓人。"

"那你觉得他是一个凶狠冷血的人吗？"

"凶狠？不能说凶狠吧，也就那一次，他还是为了帮我不是。吓人嘛，倒是有一点。咱不能因为这个就说他凶狠，对吧？后来他就经常来，他自己搭了一个棚子，就住在离这儿不远的地方。他不冷血，他对那俩小孩蛮好的，好吃的好喝的都紧着孩子。那个年纪小的，小春，这儿有点问题，"老黄指一指脑袋，"不会说囫囵话，只会叫'星期天星期天'，也不知道叫的啥玩意儿。老西挺疼那孩子的，孩子穿得根本不像咱捡饬废品的，就跟正常小孩差不多……"

"他有没有说过这俩小孩哪儿来的？"

"大的，小夏，说是以前在工地上做工，把眼睛弄瞎了。有天下大雨，她发高烧，在街上晕倒了，后来就跟着老西和小春生活了。"

"小春呢？"

"这他倒没说过，只问我：'小春招人喜欢，为什么？'你说他这人，真是六根清净，那肯定是因为漂亮呗，还能为什么。"老黄一副理解不了的表情。

"你没问过？"

"问啥呀，打听那么多有啥用？你到我这个年纪就明白了，人啊，各有各的命，知道过去，预测未来，都没用，瞎扯淡。现在活着就吃现在的饭，以后再说以后的事。说不定明天就死了呢，对吧？不问，他不问我，我也不问他，就一起喝酒、吃肉、吹吹牛。他呢，会把捡到的废品拿到我这儿卖，我也不亏他，该怎么给钱就怎么给，就是这么个关系。"

"可我看他像是挺信任你的。"

"那倒是，除了我黄正力，没听说他有别的朋友，除了一个叫什么东子的，来找过他。"

"东子？是叫陈东吗？是这个人吗？"

"这个照片……我记不太清了，就是一个小伙子，年纪轻轻的，个头有点高，差不多跟这位一样高，"他指了一下老呱，"说找老西有事。我还纳闷呢，他怎么还有这么年轻的朋友？"

"他说什么事了吗？"

"说找他混口吃的。你说他，又不像我们，老东西了，残废了，那么顺条的小伙子，干点啥不好？"

"然后呢，你告诉他了吗？"

"我也不知道老西具体搬哪儿去了，只是他有习惯，天气热了就会换地方。那些毛头小子混得很，停车场那边根本没法住。他具体没和我说，只说换到东边去了。"

"具体在哪儿你知道吗？"

"应该是城东那些烂尾楼吧。哦，对了，他搬家之前，说小夏死了，带了另外一个女的来。"

"这个吗？"谷子拿出金福真跳河那天的照片。

"不是不是，四十来岁，没这么清秀。"

"这个？"谷子换了一张监控截图。

"像是了。我还以为老西突然对女人感兴趣了，结果他说，就是帮他做工、照顾小春的。"

"东子说是他朋友？"

"是啊，说以前和老西在南边还是北边混，记不清了。哎呀，那天我正忙着，没空和他胡扯，就和他说去烂尾楼碰碰运气。"

老呱和谷子问完话，觉得很奇怪，按照老黄的说法，赵振德像是挺好相处的，知恩图报、勤奋、能干活，这和他们最初侧写出来的人物形象出入有点大。

"警官，老西是犯什么事了吗？"

"现在还不知道。别的案子和他有点关联，我们各方面调查一下。你如果见到他，记得联系我们，别让他白受了冤枉。"

老黄一听，连连点头。

与此同时，去东部烂尾楼落实邹莉莉死亡现场的民警回来了。根据他们的调查，城东很偏的地方确实有烂尾楼，而且非常多，住过人的痕迹也多。想不到这个年代了，在这样高速发展的城市里，有那么多人过着无所依的生活。

这些人可能永远不会成为人们关注的焦点，也没有真正可以改变生活的机会，社会的变迁好像对他们来说并没有什么具体的现实意义，他们这一生都会平凡地生活，再平凡地死去。

民警在这些烂尾楼找有人在住或者有人住过的地方，找了两天才找到大概和金福真描述相符的地方。金福真太虚弱了，还无法转回江阳进行实地辨认，不过她指认了照片里的地点。

但民警找到的他们生活的地方，不是五楼，而是二楼。也就是说，邹莉莉并不是早晨起来毒瘾发作，直接从住处落了下去，而是不知道为什么跑到了五楼，然后才坠楼。

金福真说谎了。关于邹莉莉的死，她一定没有说实话。

还有一个消息，跟他们到江阳支援的老姜，突破了一条新线索：欧阳阳的成人用品自动售货机拍到的那个男人，经过大量比对、排查监控，确认是一个叫胡林的个体户，在城中村附近卖黄焖鸡米饭。民警在城中村的"斗鸡¹"场找到了他。

---

1 一种赌博形式。

270

老呱很兴奋，和谷子分头行动，谷子重新审问金福真，老呱审胡林。

老呱马不停蹄地赶回局里，只见胡林坐在问询室里，一副老实模样，双手紧张得不知道往哪儿放，不停地抖腿，频频喝水。

"问过什么了吗？"

"没呢，就等你来。"老姜一边把老呱迎进门，一边在问询记录上签上时间和自己的名字。

看到两个警察走进来，胡林焦急地喊起来："警察大人，我、我、我可什么都没干啊！"

"没说你干什么了，坐下。叫你过来是问几个问题，没说你犯法，你配合工作就行了。哎呀，坐下！大男人抖成这样。坐下，不抓你！"老姜干脆走过去，双手放在他肩膀上把他按坐下。

"看看，这个人是你吗？"老呱拿出照片，让他辨认。

"有点像……又不是很像……"

"揉揉眼睛！认清楚！"老姜大喝一声，"你要是耍花花肠子，我掘地三尺也会把你查出来！"

"是是是，是我。"

"旁边这个人是谁？"

"老西。"

老呱看了老姜一眼，两人交换了一下眼神。

老呱接着问："这个老西和你是什么关系？"

"没、没什么关系，就是偶尔找他买点东西……"

"买什么？"

"买……就是……买点东西……"

老呱啪的一声拍在桌上，把胡林吓得弹了一下。

"胡林，你给我好好说！我们民警是在斗鸡场里找到你的，你现在好好配合，走问询程序，就是你今晚没有带钱，没参与斗鸡；如果你再这样推三阻四，明天就把你以前斗鸡的事情全部查出来。我有的是时间陪你耗，到时候你就不是在这里坐着喝水，而是在隔壁审讯室戴银镯子了！说！"

"我找他买'高兴药'……"

"什么高兴药？是'聪明药'吗？"老呱问。老姜从手机里调出一张照片，是一张铝箔包装的药物的照片，给胡林看。

胡林看了一眼，摇摇头："不是这个，是、是、是火狐狸！"

火狐狸，是一种色胺类新精神活性物质，简单来说就是一种兴奋剂，也被叫作"零号胶囊"，一般塞入肛门使用。它具有较强的致幻作用，频繁使用或者体质较弱者使用，会引发心动过速、身体抽搐和意识丧失；过量甚至会引起急性心衰、肾衰，乃至死亡。

火狐狸是我国明令禁用的药物，但是仍有地下团伙非法制作、包装成粗劣的进口药，兜售给特殊群体。

"他从哪儿弄来的火狐狸？你们是怎么交易的？"

"有一次他来我店里吃饭，那时候我正和朋友打电话，他可能听到了电话内容吧。晚上我关店门的时候，他就在店门口等，问我要不要火狐狸。我以前没用过，他说先送给我一颗试试看……我不知道他是从哪儿弄的。我买得不多，一次也就一两颗，就是偶尔试试……"

"你们后来怎么联系？"

"他来吃饭，把火狐狸包在用过的餐巾纸里面，放在桌子上，我在收碗筷的时候把钱给他。"

"你没有主动联系过他？"

"没有。"

"最近有联系吗？"

"没有，真的。我就知道他叫老酉，别的啥也不知道了。"

"最近一次见面是什么时候？"

"就是、就是这一次……"胡林指一指监控截图照片，"我后来再也没买过了，真的，就买了几次，还有没用完的……"

"这一次见面你们干什么去了？"

"他说他遇到一点麻烦，叫我去帮帮忙。"

"帮什么忙？"

"后来也没帮上，他自己解决了。好像是和一个女的有关系。"

"女的？"

"他没说，我也不知道。那一次他给了我五颗，免费的。我后来又单身了，就一直没用过。我可以提供给你们，求求警察大人，我将功折罪，别把我抓起来，我上有八十岁老母呢……"

看着痛哭流涕的胡林，老呱和老姜走出问询室。

"你觉得呢？"老姜先问。

"看来他不仅极有可能杀了东子，还有可能和非法制药有关系。这个赵振德……"

"老呱，我有一个想法。"

"说说看。"

"这个赵振德，我们找了这么多人、这么久，和他最近的金福真也抓到了，但还是在他的外围打转。我们在明处，他在暗处，他的优势太大了。现在我觉得他不仅背了几桩命案，可能还有别的更复杂的犯罪活动，这样查下去，太慢了，不是个办法，我们得主动出击才行。"

"我和谷子也是这个想法，她正在和金福真谈判，应该很快就有结果。这个赵振德，硬抓是不可能的，诱捕的话可能性很大。"

"就是有点冒险。"

“确实，但是是目前最好的办法了。”

“行，我和局里汇报一下，你也回去再合计合计，我们尽量一起配合，做出一个完善的方案来。”

26　二桃杀三士

电器城里，一个巨大的电视屏幕，色泽艳丽，此刻正播放新闻："女子杀人，逃亡七年，竟是乌龙，江门警方智破雇凶杀妻案。"

这是江门电视台的新闻频道，金福真在病房里怯怯地看着镜头，画面下方两行字幕滚动播放，配着解说词。

她恢复了一些，但眼窝还是很深，肤色依旧蜡黄，头发被剪成贴耳的短发，戴着一顶有个小小笑脸的毛线帽。

她身边站满了人，她手足无措，只是机械地配合着记者，喝水，和警察说话。

镜头对准了她的眼睛，她看了一会儿，又扭过头去……

一个缺耳朵的男子站在电器卖场里，呆呆地看着这台电视机，他一直盯着电视屏幕，直到播放下一条新闻。

他发现平时放走秀的电视机，今天都在放新闻；他走到路上，建筑楼的大屏幕上也在放这条新闻；路过的学生，手里拿着手机，也在讨论这条新闻；就连大卖场里，卖砂锅粥的大排档里，人们也在讨论这条新闻……

他冷静地吃着砂锅粥。

有的说女子太可怜了，有的说男的太狠了，有的问电线真的能勒死人吗，有的说是她太蠢了，有的说她也是为了孩子，有的说她就是为自己逍遥法外找借口……

男子直勾勾地盯着这一桌疯狂讨论的客人看，其中一位女客人察觉到了，觉得有点奇怪，好奇地看了他几眼，又投入热烈的讨论中去了。

还有蠢男和同桌的女孩开玩笑："电线警告！"女孩们很生气，一个接一个地用绚烂缤纷的语言问候蠢男的各位亲戚。蠢男不知自己错在何处，红着脸辩解。

男子低头，继续慢慢地吃。

他身后就贴着通缉令，赵振德排在7号。

他吃完，站起来，盯着7号看了很久，歪嘴一笑，把手揣在兜里走了。

他现在和通缉令上的样子可差得太多了。

通缉令上的7号通缉犯赵振德，圆寸，和鼻子同水平的右侧面颊上，有一颗直径大约三毫米的黑色痦子。

现在的他，中长发，左耳缺失了半片，脸上没有痦子，右侧眉毛上方和左脸嘴角各有一颗痣，非常显眼。

他缺失了半片的左耳，就像被老鼠啃过的玉米饼，缺口不是整齐的，而是呈不规则锯齿状。另外，有一条红色纹路，从左耳蔓延到脸上，细细的，像揉皱了的纸，应该是火烧过的伤疤。

他光明正大地走在卖场里，和擦鞋的同行打招呼，熟练地把摊子摆上。

隔壁老赵问："孩子呢？"

他回答："玩儿去了！"脸上的微笑既和蔼又温柔，看起来是一位很疼孩子的慈父。

大家都熟悉这对父女了，怪可怜的。在一场火灾中，孩子的母亲烧死了，父亲毁容了，活泼可爱的孩子吓傻了。有时候，卖油条的女老板叫他女儿去吃油条，不用给钱。干货店的大叔，则经常给孩子拿瓜子。

这里的人都很有意思，会为一两块钱对客人耍手段，会在客人选东西时故意多抓一些压称，但是他们都舍得给陌生男人的孩子好吃的、好玩的。

像某种人性悖论。

但是那天以后，这父女俩再也没有出现过了。

江门市电视台大楼里，新闻中心的主任付明华正在接听电话："对，下午两点半还会重播一次，网站、社交平台、我们自己的APP都上传了……对……好的好的，我知道。"

挂断电话，他拨通了另一个号码："总编室陈老师在吗？好的……哎，陈老师，我小付，公安局那边问我们能不能加播一次……什么？……好的好的，行……台长那边同意了？……好，好，那麻烦你们上传的时候把少儿比赛撤了，我让制作现在再做一版字幕……哎，哎，好。"

"主任，是说撤'小歌唱家'，把金福真那条再播一遍吗？"副主任马晓在一边听到了他接、打电话的全程。

"台长点了头的，照做吧。宣传部那边对接过了吗？落实了吗？"

"对接了，说是和公安局一起定的方案，让我们配合就行了。主任，你说明天能不能追加一条报道，人物报道，正在热度上……"

"应该是可行的，我们配合他们，他们也该配合配合我们，没有我们单方面为他们服务的道理。我想一下，嗯……叫小章去，她写人物不错，上次王烈士那个系列她写得很好。重点挖掘人物经历，交代一声。"

"小章不行吧，她又要扯什么女性主义了……"

"这次随她去，主要是这个热度，她只要能进到病房里，给我取到素材，随便她写小猪主义、小狗主义，都不管她，把热度跟上就行。叫制作重新做一版 APP 二维码，放在显眼的地方。"

老呱和老姜都回到江门市公安局。胡林那条线交给了江阳市局别的同志，他们会合食药监局展开一个专项行动，两边有最新信息随时汇总。

一名女警急匆匆地跑上楼来，门都没敲直接冲了进去："姜队，记者去医院了！"

"昨天不是拍完了吗？"

"说要做人物专访，金福真的。"

"胡闹！"

"是章记者，就上回跟你们一块儿办绑架案的那个。"

"小章啊……那也不行。行了，我过去看看。冯警官呢？"

"就是她打来的，说先拦住了。"

"老呱，你在这儿对接一下交警大队那边的信息，我去医院看看。真是的，添乱！"

医院里，章记者正和谷子在病房外面聊天，她没有要硬闯的意思，只是和谷子聊金福真的事。谷子有纪律要求，只是简单地介绍了一下她的身体情况，别的什么也没说。

"哎哟，大记者，来也不说一声，吃饭了吗？要不先去吃饭？"

"惊动姜队啦，真是不好意思。饭先不吃了，我就想和您商量一下，给金福真做个专访行吗？"

"先吃饭先吃饭，不吃饭怎么干活？"老姜直接拿起她的摄像机。章记者则紧紧拽住："老姜，不要再来这套了，上回吃着吃着，你就把我的人转看守所了，这回不会再上当了。"

"哪儿的话，又不是不让你访，吃了饭想怎么访就怎么访。"老姜一边说一边对民警使了个眼色。

章记者捕捉到了这个眼色，紧紧地拽着摄像机："不带你这样玩的啊，又想忽悠我！"

"这次情况特殊，宣传部那边也和你们说了不是吗？"

"老姜，你好好想一想嘛，想要引起犯人的注意，那不是消息越多越好吗？"

"谁跟你说的？宣传部这样说的？"

"我跟你们大队的案子都跟了多久了，你自己也说我都是半个警察了，你觉得我需要别人跟我说吗？"

老姜似笑非笑地嘿嘿了两声，谷子在身后说："老姜，我觉得不是不可以。如果金福真对他有特殊意义，可能专访的效果比新闻好。"

谷子走上前来："只是章记者，你的稿子在播出之前，能让我们审一下吗？如果老姜答应。"说完看向老姜。

老姜无奈地看了两人一眼，叹了口气："行吧，尽量搞快一点。医院那边我去说。"

病房里，金福真正在看电视。电视上正播放着一个手机广告，她看得很认真，似乎在抓紧一切机会弥补这七年缺失的信息。

看到谷子带着一个女孩走进来，她勉强地微笑了一下，想坐起来。两人把她的床摇起来，让她靠着。

谷子开口问："她想单独采访你，问你愿不愿意？如果不愿意，可以拒绝。前几天的拍摄是计划内的，这次不是，你自己可以想一想再做决定。"

"要问我什么？"金福真有点防备，抬头看向记者。

章记者把摄像机放在离床很远的地方，只是人站了过去。她打开手机看了一眼，又特意在两人面前展示了一下屏幕，然后锁起来放在衣兜里。

"我想问问你的心路历程，以及你现在的想法。"

"我……我不知道怎么说……"

"我会问你一些问题，你怎么想的就怎么说，说得不好的、不满意的，或者你不想被别人知道的，都可以剪掉。"

"剪掉？"

"就是……把它删掉不要，只保留你想要的部分。还可以把你的脸遮挡住，后期甚至可以做变声处理。"

"不，不用遮挡，我可以面对相机的……"

"我们是录视频哦。"

"哦哦，视频能给我看看吗？"

"当然可以，你看！"

章记者拿起摄像机，对着谷子录了一段，拿给金福真看。

金福真像小孩第一次看到新奇的玩具，摸了一下镜头，留下一枚指纹，便快速地缩回了手。

章记者掏出一块眼镜布，擦了擦镜头，问："我们就随便聊，然后我带回去剪辑，剪好后会给这位警官看，她同意了才播，好吗？"

金福真答应了。

"还是章老师有办法，你怎么劝他们的？"实习生还没下班，主动在台里等着听同期声。

"就是把理由、计划和目的都说清楚。行了，你回去吧，今天我自己来就行。"

实习生看她把 SD 卡取出来，读入电脑，打开系统开始剪辑，磨蹭了一会儿，不情愿地走了。

第二天，"面对面——专访雇凶杀妻案流浪女"冲上了热搜第一条，金福真受访的视频传遍了人们手中的智能设备。

"我不觉得我很可怜，我只是……运气不好。"

"如果再来一次，你会怎么办？"

"我会……我可能……我不知道……"

"我是说，如果回到2009年平安夜，你会自首吗？"

金福真沉默了，沉默了很久很久，然后才说："我会一直在山里，不出来……至少后面的事就不会再发生了……"

说完，她平静地望向镜头。镜头拉进，整个取景框里，只有她消瘦的脸庞和泪水闪动的眼睛。

赵振德一边吃着牛肉饼，一边看着店里那台挂在收银台上方的电视机。屏幕里，那双熟悉的眼睛一直盯着他。他一口一口慢慢地吃着，吃完拉着小春离开了。

再走两个街区，就到金福真住院的医院了。他把小春放在一个巨大的精品店里。

"没看到我绝对不准出来，听到没有？"

小春点点头。

他一个人向着医院走去。

医院和平时没有什么不同，只是住院部一楼多了一个民警。他顺手帮一位推老人的女士把轮椅推进电梯，民警没有看他们。

金福真的病房很好找，哪间有民警就是哪一间。

很快，他看到一个民警拿着泡面盒子走出来。民警打了个喷嚏，把汤洒在了警服上，他把泡面放在一边，走到垃圾桶旁，用纸擦着污渍。

赵振德看到病房门口有空档，但是他并没有过去，而是站在很远的地方，双手插在衣兜里，静静地看着。

没多大一会儿，他站的地方就没了人影。

病房里，另一个民警站在床尾，如果是从病房门口往里看，并不能直接看到他。

这是一个年轻的民警，他焦急地搓着双手，像在等待一场随时会降临的战斗。然而等了一天，十二小时的值班顺利结束，也什么都没有发生。

晚上十点，终于轮班了，他精疲力竭地在电梯门口等着。门开了，一个推着濯洗车、护工模样的人站在里面，看到民警，他推着车吃力地走出电梯，民警还搭了一把手。

电梯门合上，民警突然察觉不太对劲，赶紧掏出手机给同事打电话，同时猛按开门键，最后从下两层的楼梯跑回病房。

并没有奇怪的人，同事就站在门口，金福真也好好地躺着，什么都没发生。

看着喘粗气的同事，刚换班的民警奇怪地问："你叫我注意谁来着？"

"一个推着蓝色车子的护工！"

"没看到这样的人啊，你别是看错了。"

"可能吧……今天太紧张了。"

"嘻，回去休息吧，没事的。周四又是你的班吧？"

他点点头。

"唉，这人也不知道什么时候才能逮到……在这儿干守着，还不如上街面呢……"

两人寒暄了几句，民警走回电梯。

太奇怪了，那个人出了电梯明明是往这边走的，怎么一下子就不见了呢？

金福真旁边的病房里，护工正在帮一个老太太换被罩。

"怎么这么晚来啊？"家属责怪道。

"老太太刚才说被罩有点脏，让换一下。"

"刚才？"

"你上厕所的时候。"

家属将信将疑地看着他："这老太太还挺知道讲究……"

民警越想越觉得不对劲，他执勤也不是第一次了，从来没有晚上来换床单、被罩的。他把车停在路边，给老姜打电话。

"姜队，我看到一个很可疑的人，我觉得他就是赵振德，但是我不敢确定……"

"看清楚了吗？"

"看是看清楚了，只是……"

"只是什么？"

"那个人没有痦子，还少了半边耳朵。"

"那你为什么觉得是他？"

"一种感觉……我、我……对不起姜队，可能是我弄错了……"

"小云，直觉有时候也是办案的依据之一，有疑虑就去查，查到清楚为止。等等，我马上联系医院，我们把监控……"

"姜队！他出来了！我看到他了！"

"小云，小云，不要单独行动，听到没有？不要单独行动！"

"我会随时报告位置的！"

"小云，小云？小云！操！"

老姜怒气冲冲地摔了电话，火急火燎地下楼开车。他老婆被他

283

的样子吓了一跳，追出来，他已经绝尘而去。

"金福真之前不是挺抗拒的吗？怎么现在愿意配合了？"

"我求助了我外婆。"谷子把玩着笔帽，心不在焉地说。

"你外婆？"

"朱虹，朱虹是我外婆。"

"犯罪心理学专家朱虹？"老呱可算明白局里人为什么说闲话了。

"嗯。她说，金福真经历了这样的人生，加上她自身的性格，最容易被责任感影响，尤其是人为赋予她的责任感。我和她说了别墅杀人案，又提了一次唐爱军，告诉她现在只有她能帮我们完成诱捕，她就同意了。"

"邹莉莉的事她是怎么解释的？"

"只说实在记不清了。唉，你说我这样说服她，是不是有点太残忍了？我们做事情的边界到底在哪里呢？"

"很多时候，我们为了做对一件事，可能会做错一件事。但如果做对的事比做错的事更有意义，那就值得了。"

"可是意义不是人为赋予的吗？怎么样才算真的有意义呢？"

老呱被问住了，沉吟了许久，说："或许这一生，只够完成人类社会赋予的意义吧，至于别的意义，可能要等成云成风的那天才知道。"

说完，两人又汇总了一下信息。

金福真听完别墅杀人案，向谷子提供了一条新线索：赵振德的钥匙链上有一条塑料细绳编织的橘黄色金鱼。局里按照她描述的样子，做了一个模型，经比对，和东子身上以及别墅杀人案受害者身上的金鱼印子是吻合的。

现在的问题是，这条金鱼并不能直接证明赵振德就是凶手。这种金鱼太常见了，几年前的小学生可谓人手一条。

明明他有最大的作案嫌疑，但是物证一样也没有，现在只有金福真的口供和胡林的口供，就算把违禁药这一条查清楚了，最多是非法售卖违禁药品罪。而东子一案，没有任何物证可以证实他的犯罪行为。

谷子看着金鱼模型，出神地抠着自己的手心。

老呱看她的样子，递给她一罐功能饮料，说："急也没用，现在饵撒下去了，就看他上不上钩了。只要他上钩，就不怕问不出来。谷子，你得这样想，非法售卖违禁药品罪至少能困他一段时间。只要他进了这扇门，你还怕审不出来吗？"

正说着，老姜来电话了："呱，搞快！病房监控，找一个左耳缺半边的男子，蓝色护工服装，推着蓝色推车！我队里的小云自己去追了，我得去找他。定位发你了，快通知值班的兄弟！"

老呱的心剧烈地跳动着，谷子立刻接收到他未说出口的信息，大喊一声"楼下等你！"，飞快地跑下楼发动车子，直接甩停在大楼门外。老呱安排好楼上的事，急匆匆地追下去，两人朝着老姜发的定位发疯似的冲去。

27　雌兽

　　小云的实时位置共享一直开着，老姜离他越来越近，却发现他已经很久没动过了。他心里有一种不好的预感，从副驾驶摸出警灯，一路呼啸着。

　　老呱和谷子也在车流中左右穿行，几乎和老姜同一时间到达定位位置。

　　小云的车就停在医院不远处的一个露天停车场，车上却不见人影。老呱、谷子、老姜三人看到小云的定位重新移动了，便慢慢逼近，直至医院背后的蒸汽房，却只看到小云一个人呆呆地站在那里。

　　三人松了一口气，把装备收好。

　　"小云！"老姜很生气，上前抓住他的肩膀，"我有没有和你说，不要单独行动！"

　　小云怔怔地说："太奇怪了，到这里就不见了。"

　　"这里吗？蒸汽房？"

　　"对，跟着他绕了几圈，最后发现他根本没离开医院，我就下车追，追到这里，突然就不见了。"

　　小云还没缓过神来，有点发蒙，又有点不甘心。

　　老呱拍拍他的背："赵振德以前在医院工作过很长时间，医院的结构和设备布置都差不多，如果你看到的真是他，把你甩掉也是意料之中。只是我搞不懂，他演这一出是要干吗？"

说着，他像是反应过来了，大喊一声"不好"，往住院部跑去。

小云给值班的同事打电话，打了几个都没有人接。老呱赶紧呼叫护士站，几个护士急匆匆地跑去金福真的病房。

到了病房一看，民警歪着头倒在椅子上，金福真瞪大了双眼，呼吸频率快得就像一只濒死的动物。护士确认金福真没事，便抬走了民警。

谷子冲进病房，喘得上气不接下气，看到金福真还好好地躺在床上，她才放下心来，整个人坐在地板上，手扶着床沿，频频喘气。

"人、人呢？"她喘着大气问金福真。

"走、走了，他、他杀了那个警察，他杀了那个警察……"金福真还没缓过来，眼里充满了恐惧。

"没有，没有杀，他还活着，只是晕过去了。"

老姜随后跟进来："是赵振德吗？"

"是、是他。"

"他干什么了？"

"他穿着医院的工作服，我一开始没认出来。他进来以后先和警察打了一声招呼，我还以为他们认识，谁知道下一秒，他把一个东西扎在警察脖子上……"金福真语无伦次地说着，身子还在发抖。

"然后呢？"老呱大声问。

"他和我说，什么都不要做，哪里都不要去，他会想办法。我不知道，我不知道他在说什么。"

"就这样？"

"就这样。我问他小春在哪里，让他自首，不要再拖累小春了。他什么也没说就走了，然后护士来了。整个过程，也就一分钟？"

"A组A组，嫌疑人可能还在医院，继续搜查；B组，守住出入口，一个可疑的人也别放过。"

老姜对着对讲机喊，然后又对老呱说："我过去看一下情况。"

被袭击的民警还躺在病床上不省人事，医生签完字从病房里走出来："没有大碍，但是需要观察一段时间。"

"是什么药？"

"推测是唑吡坦或者佐匹克隆，检验结果还没出来。"

"溶液？"

"应该是自制的。"

"行，辛苦了，拜托您多照应。"

老姜还在医院外围的几个路口放了眼睛。凭他目前对赵振德的了解，对方行动不会偷偷摸摸，反而会光明正大。几双眼睛在车库出入口、医院通向各条大道的路口严阵以待。

这件事情他连谷子和老呱都没说，更不可能和小云说。

医院里闹得越大，赵振德走得越快，只要他不打算一直藏匿在医院，就一定会现身；只要他一现身，C组就能跟上。

果然，C组的一位成员发回了信号："4。"

4就是跟上了。老姜松了一口气，这才回病房找老呱和谷子。

"老呱呢？"

"上天台去了。"

"怎么着，他觉得他会往天台跑？"

"他说不无可能。"

"叫他下来吧，我C组的兄弟已经跟上他了。"

"C组？"

"先上车，回头和你们慢慢说。"

"等一下，等一下，姜警官……"

288

老姜点点头，看了金福真几眼，说："你表现得不错，他一定会相信的。"

"你们到底在说什么？"

直到老呱回来，老姜才把自己的小动作简单解释了一下。

"我们最初制定的引诱方案是不错，但是我们都忽略了一个问题，万一赵振德改变了容貌呢？引诱方案的前提是，所有民警都能辨认出赵振德，在他现身时实施抓捕，但是如果他改变了容貌，他的出现不就神不知鬼不觉了吗？所以我想，既然要引诱，就干脆一步到位，直接畅通无阻地把他引到病房里来。今晚，我撤了两个病房外的警力，放到了 C 组——现在已经跟上去了。谁知小云竟然察觉了，还好他没事……"

说完，又对金福真点点头。金福真从衣服里取出一根长长的线和一个黑色小方块。

"可惜他没说出我想要的话，但是你已经做得很好了，你形容的相貌我已经通告全组队员了。好好休息吧，现在换我们去抓他了。"

走出病房，老呱和谷子一副恍然大悟的样子，难怪老姜看到小云后就不着急了，原来他根本没打算今晚就逮住赵振德。

"我明白了，老姜，你想抓他现行！"

"对！即使在医院诱捕到他，也没多大用，没有物证，逮了也白逮。给他几天时间，让他急中出错，连物证一起带回来！"

"他能急中出错吗？我感觉有点悬。"

"你们听完录音就知道了。"

回到队里，老姜把金福真身上的录音放给大家听。

"晚上好。"

"晚上好。你是？"

"啊，医生叫我来换一下枕头……"

枕头的头字还没说完就听到闷声倒地的声音。

"啊！"金福真尖叫起来。

"别叫，是我，是我！"

"你、你怎么来了？"

"他们为什么绑着你？"

"怕我跑了。"

"为什么？"

"我说东子和邹莉莉都是我杀的，和你没关系。"

"为什么？"

"什么为什么，他们没有证据的。你快走吧，你快走，警察很快就要来了……快走啊，快点！"

"什么都不要做，哪里都不要去，我会想办法。"

"快走，快点走！"

随后是护士们急匆匆跑进来的动静和呼喊……

"'什么都不要做，哪里都不要去，我会想办法'，到底是什么意思？"老呱琢磨。

"我觉得他可能把金福真当成受害者了，想救她出去。"谷子推测。

"不无可能。你认为金福真说实话了吗？"

"不好说。可怜的人未必无辜，你讲过的，现在我也开始有这种感觉了。"

"你觉得他会想什么办法？"老呱问老姜。

"我推测，他会走极端，可能会制造更大的案件，把警力都吸引过去。他现在想把金福真和小春都带走，需要钱，他一定会在这方面露出马脚。"

"C组确定盯得住吗？"

"这次一定行。"

老姜坚定的眼神，给在场的所有人都打了一剂强心针，他们第一次感觉离终点不远了，这次一定能跑在赵振德的前面！

C组跟了赵振德两天，他一直都没有发现自己被盯上了，看来他是真的急了，又或许盯梢的同志都是经验丰富的鬣狗，都拿出了必胜的决心。

他离开医院以后，回到在大卖场旁边租的单间。民警这才发现，找了这么久，赵振德竟然就在公安局附近，一方面觉得他过于自负，另一方面又不得不感叹他的老练。即便人人都知道大隐隐于市、越危险的地方越安全的道理，但不是所有人都能做到火烧自己改变容貌，并且一边计算着下一步行动，一边从容生活。

不过他现在一定很缺钱，缺钱就一定会冒险，至于冒什么险，就看赵振德有什么办法了。

C组盯到第三天，头一次看到赵振德离开这个辖区，往城市边缘走去。他乘坐公交车，从大卖场坐到很远的一个站，又步行了一段距离，来到了一片烂尾楼。

这里是马厂下村没拆完的房子，荒了几年了，说是开发商资金断了，一直在和政府耍赖扯皮。

他走了好一会儿，走到一栋楼下。民警不敢跟上去，怕打草惊蛇，只在对面远远地看着。

他和一个流浪汉接上头，两人说了好一会儿话后，赵振德又坐公交车回去了。

他前脚刚走，民警后脚就把流浪汉逮了。带回去一审，发现这人也是在逃人员，叫王飞飞。几年前在老家伤了人，一直在逃。

王飞飞坐在审讯室里，怎么也想不到自己就这样被逮了，直到被问到老酉，他才恍然大悟。原来以为能跟着老酉混口饭吃，没想到竟然栽在他手上。一看跑不掉了，供出来还能将功补过，王飞飞一口气全交代了。

　　据他所说，他自外逃以来，一直在各地流窜，前几年还能打打黑工，最近几年干什么都要身份证，他没办法，只能加入流浪队伍。流浪期间，他偷蒙拐骗，倒是没怎么饿着。尤其是在弥勒寺附近，只要一遇到老人，就立刻躺下。老人一般都会给点钱，给点吃的。

　　2015年年初，他发现了这片没拆完的自建房，找了一间屋子，准备当容身之所。谁知道后半夜来了一男一女，男的拿刀横在他脖子上，他吓醒了，一激灵，脖子被刺破了。

　　好在那男的搞清楚他的来路以后，就把他放了，后来带着女孩搬走了。

　　"那女孩真的很漂亮，也很乖巧，起先我以为是他女儿，结果有一天，我看到一个男的把女孩带到后面那个，就是……哎呀，就是那个。我当他不知道呢，结果他就站在一边，冷冷地看着。"

　　谷子不可置信地瞪大了眼睛："你说什么？"

　　"起初我也不敢相信，可是我亲眼看到的。完事以后，女孩跟没事人似的，拿着棒棒糖去玩了。"

　　"后来呢？"

　　"那天他看到我看到他们了，对我笑了一下。我、我心里有点害怕，就说把住处还给他们，我、我就想赶紧走。你们不知道，他，就是老酉，真的很吓人。为啥吓人吧，又说不上来，就感觉他脑子不太正常，我怕哪天他把我给那啥了。"

　　"那他今天找你干什么？"

　　"他、他、他叫我给他介绍几个男人……"

"什么男人？"

"还能是什么男人，不就是那个女孩……"

谷子怎么也没想到会是这样的走向。

"为什么让你介绍？"

"我撞破他们那一次，他告诉我，如果我能带人给他，他就给我钱。一开始我觉得这事挺遭雷劈的，可是一看那女孩根本不知道发生了什么，每天开开心心的样子；而且老酉和我说，那女孩是自愿的，那人家都自愿了，我还操啥心。我不是经常到庙附近混嘛，就发现有些男的前脚烧完香，后脚就那什么了，时间长了，也就认识那么几个……"

"禽兽不如！"

"是是是，我也知道这样昧良心会折寿的，所以后来我就不干了，不带人给他了，我还去庙里烧香了，求佛祖饶恕我……我说不干了，他也没勉强我，只是叫我把嘴巴闭好。我都一年多没见过他们了，真的，没想到他又回来了。"

审完王飞飞，谷子沉默了好一会儿，老呱也懵了，当初欧阳阳说女孩似乎在从事非法活动，他一直将信将疑，而从废品站老黄的证词看，赵振德似乎对小春非常好。

到底是有多分裂的人，才能同时做这两件事？或者说，他究竟明不明白，这样的事情到底意味着什么？

此刻的金福真，还不知道警察查到了什么，她心里只是充满了恨意。奇怪的是，她以为她只会恨程明、恨老酉，也只应该恨程明、恨老酉，可她心里竟然隐隐约约地憎恨着警察。

她恨，她恨这一切结果。她每天睡醒睁开双眼，想到缺失的七年人生，想到唐爱军，想到小春，她就怨恨不已。

293

她最恨的还是自己。为什么，为什么她会走到这一步？为什么自己这么窝囊，竟然从来没有做对过一件事？哪怕只是一件事，这一切都会不一样了吧？整个人生会在做对一件事的那一刻，走向完全不同的结局吧？

她是有机会的，她有无数机会去做一个更好的选择，最终却选择了痛苦。这种痛苦一天比一天沉重，即便现在知道就快抓住老西了，也没有减轻丝毫。

警察抓住老西以后，她会怎么办呢？人生是不是到这里就结束了？

所以，当她偷听到，今晚就要实施抓捕，心里反而空落落的。她觉得自己很变态，又抑制不住这种空落落的失落感。

她闭着眼睛想了很久，突然对民警说："我要见冯警官，我有很重要的事需要立刻告诉她！"

谷子得到消息赶来，一只脚刚踏进病房，金福真就声音颤抖，充满期待地问："今天就要抓他了，对吗？一定能抓住吗？"

"一定，一定能抓住，别害怕。"

金福真并不是害怕，她只是很想做点什么。

突然，她抓住谷子的手："小春也会在那里对吗？"

"对。我们会保护好她的，不会让她受伤。到时候带她来看你。"

"冯警官，我求求你，求求你带我一起去！小春一定会吓坏的，她不会配合你们的，我去了，她就会听我的。还有，你说过老西，说赵振德他是为了找我，我去了，他一定会分心的。求求你，求求你！"

谷子没有答应。

"冯警官，我是女人，你也是女人，你一定明白我的感受。我就想让小春看到我，这孩子最喜欢我了，我去了一定只会帮忙，不会添乱的！真的，求求你，求求你了！"

"这、这不符合纪律！"

"我求求你了！你把我铐在车上，你们抓到赵振德，把小春和我放一辆车上就好了。真的，我保证什么也不做，求求你了。小春胆子小，肯定会吓坏的，求求你了……"

她不断地哀求，让谷子心乱如麻。背对着金福真沉默了许久后，她把金福真带出大楼，铐在警车的后排座位上。

晚上，抓捕行动正式开始。

按照老姜的安排，王飞飞物色了一个男的，和赵振德约好晚上九点在拆迁区见。到时候，事先埋伏好的警力会抓个现行，人证、物证都能拿到，怎么也能先把他关十天半个月了。

晚上九点，月亮钻进稀稀朗朗的云层里。残垣断壁，裸露的钢筋，各处破碎的玻璃，在忽明忽暗的月色下，一下亮一下暗，像一台坏了的胶片投影机投影出来的画面。

几个民警在事先约定的位置埋伏着，还有几个埋伏在未拆完的楼里。

九点过一刻了，赵振德还没现身，王飞飞和一个中年男子在一面断墙下焦急地等待着。

"怎么回事，涮我呀？说好的九点。"中年男子抱怨起来。

王飞飞也有点着急，到处张望寻找民警，差点露馅儿。好在他即时反应过来，安抚男子："别急别急，好菜不怕晚嘛！"

看着王飞飞信誓旦旦的样子，男子又耐着性子等了一会儿，终于看到赵振德带着小春从巷子另一头走过来。

男子一看，这不是两个男的吗？

赵振德把小春的帽子摘了，对她说："叫叔叔。"

小春很坦然，对着男子喊了一声："叔叔！"

男子一听是女孩的声音，乐坏了，拿出一样东西递给赵振德。

"动不动？"

"再等一下。"

大家看着王飞飞和赵振德一前一后走到一旁，王飞飞点了一根烟，两人在聊着什么；另一边，中年男子拉着小春的手，绕到短墙后面。

"等一等，等男子有动作。A组准备，A组准备。"

金福真被谷子铐在警车后排座，她离得远，看不到赵振德和王飞飞那一边，断墙这一边却看得清清楚楚。她看到中年男子拉着小春的手走到断墙这一边，很多被她忽略的细节，突然在脑海中串联起来。小春身上的伤痕，小春裙子上的血，在诊所小春高烧迷糊中抗拒脱裤子，老酉一直有钱用，他总是单独带小春出门，给小春买新衣服……

这一切就像一个电击装置，此刻对着她的大脑放电，颅内嗡嗡作响，身体本能地挣扎起来。

她太瘦了，瘦得皮包骨头，她企图从手铐里挣脱，小拇指和大拇指的骨骼卡住了。她现在红了眼，像一头发疯的母狼，发疯似的按住小拇指的指节，想把它掰断，又尝试掰断大拇指，都没有成功。

金福真已经完全红眼了，外面男人的每一个动作，嘴巴一张一合说的每一句话，都被放慢了。她的瞳孔放大，手快速地上下摩擦着，磨到小拇指指根鲜红见骨，血肉模糊……

她挣脱了。

在男人脱下小春裤子的那一刻，在老姜对着对讲机喊"行动"的那一刻，在赵振德错愕地看着突然窜出来的民警的那一刻，在王飞飞抱着头蹲在墙角的那一刻，在所有人都没反应过来的那一刻，金福真冲向小春，将一根尖锐的铁器刺进男人的胸膛。

28　没有恐惧的人

整个抓捕现场，因为金福真的突然出现一片混乱，但出乎意料的是，赵振德本来在跑，看到金福真时停下了脚步，任由民警把他抓起来，扭送进车里。

另一边，一个民警控制住了小春，一个控制住了金福真，还有一个手忙脚乱地把受伤男子送往医院。

谷子看着困兽一样的金福真，她的心快从嗓子眼儿里跳出来了。自己简直是疯了，才会做这样一个决定！

所幸，金福真没有太大力气，男子又躲闪了一下，只刺破了腹腔，伤到了肠子，没有伤到脾、脏等要害部位。紧急手术过后，男子暂时脱离了生命危险。

金福真被手铐铐在病床上，面无表情地盯着灯。

谷子被两边的领导各训了一顿，上面决定给她停职四周的处分，后续再做别的安排。

赵振德则被带到了审讯室，由老呱和老姜轮流审讯。

赵振德一直很平静，只在看到民警突然冲出来的那一瞬间有一丝错愕，随后是一副原来如此的样子。之后，看到金福真，又被抓到局里来，都十分平静。

他静静地坐在审讯室里，不像是被抓了，倒像是来公安局参观，了解普法内容，学习法律知识的。

老姜端了一杯水走进来，递给他，自己拧开保温杯喝了一口。

"赵振德，抓你可真不容易啊！"

赵振德笑了一下，点头示意。

"说说吧，什么感受？"

"你们挺厉害的。"

"你真这么觉得？"

"是，真挺厉害的。"

"哟，那谢谢你的肯定。都这时候了，说说吧，早点说完，咱们都早点休息。你看，都已经晚上十一点了。"

"说什么？"

"先说说你干的事儿吧！"

"我干什么了？"赵振德依旧笑着，慢慢地说。

"今晚算怎么回事呀？那女孩，小春，真名叫什么？怎么认识的？你要求她从事非法活动多久了？"

"真名不知道，就叫小春，早几年在街上捡的。她一直跟着我，我就给她一口饭吃。"

"赵振德，不管你现在说成什么样，我都能定你的罪，明白吗？"

"就是这样啊，我没强迫她，顶多算介绍，离违背妇女意志差得远呢。"

"你还挺懂法。"

"年轻的时候，闲着没事会看看书。"

"我再问你一遍，这样的事你干过几次？"

"就这一次，运气不好，让你们逮到了。"

"王飞飞交代的可不止这些。"

"王飞飞是谁？"

"行，你装傻，可以，装傻也是一个方法。我再问你，这个人是你吗？"

赵振德仔细辨认照片："挺像的，不过不是我，你看我的脸……很早就有了，这个人没有，肯定不是我。"

"我知道你会这样说。看看这个……"老姜播放"流浪汉勇救跳河女"的视频。

赵振德看完，说："好吧，这个人是我，所以呢？"

"你和金福真之间发生了什么事？"

"你们已经把她抓了，她没告诉你们吗？"

"我要听你说。"

"我说的和她说的一样，她说什么就是什么。"

"邹莉莉是你杀的吗？"

"不是，她自己掉下去的！"

老姜旋开保温杯的盖子放在一旁，凑近赵振德说："邹莉莉的死，不仅是高坠钢筋贯穿导致的，她的整个头部被剧烈地敲击过。金福真说不知道，那你怎么说？"

"那我也不知道。"

"东子是不是撞见你杀人了，才要挟你给钱？"

"不是，他只是单纯地想要钱，并没有要挟我。"

"东子是你扔下河的吗？"

"金福真怎么说？"

"我现在要听你怎么说。"

"不是我，我什么也不知道。"

这时老呱进来，对老姜示意了一下，他手上有一把钥匙，上面挂着一条塑料绳编织的橘色金鱼。

"赵振德，这条金鱼是你的吧？"

"是。"

"东子身上有一块印子，我们已经比对过了，和这条金鱼一模一样，你还要抵赖吗？"

"我有这条金鱼，东子身上有金鱼印子，就一定能说明是我杀了他吗？我们当天是见了面，但是我并没有杀他，印子说不定是在争执的时候留下的。他怎么死的，我不知道。"

"2014年7月，你到收容所找邹莉莉，也就是金福真，返回的路上你干什么了？"

"什么也没干，就在路上玩。"

"能玩四小时？"

"我喜欢看野外的风景。"

"好。我再问你，2002年8月，你在哪里？"

"那么久远，我不记得了。"

"我来帮你回忆：2002年8月，在江阳工作得好好的你，突然回乡了。为什么？"

"就是突然想回去了，不为什么。"

"那这条项链是怎么回事？哪儿来的？"老呱又从证物袋里取出一条精致的项链，上面镶着一颗不小的钻石。

"捡的。"

"哪儿捡的？"

"路上。"

"我怎么遇不到这么好的事？"

"我运气好。"

"赵振德！注意你的态度！"

"我态度很好，你们问什么，我就答什么。至于你们觉得我态度不好，那是你们觉得，我本身的出发点并没有问题。"

看他的样子，两人都明白了，赵振德现在是准备这样胡搅蛮缠、顽抗到底了。

"2002年8月，江阳市西山远景小区，一家五口被杀害，这条项链正是其中一名受害人的遗物，她胳膊上有和东子身上一模一样的金鱼印子。你说这是你捡的，我现在可以相信你说的是真的，不过赵振德你知不知道现在的检测设备，哪怕有一点点皮屑留在金鱼上，都能检测出来。你现在不说不要紧，等金鱼上的DNA检测结果出来，东子的案子你不认，别墅杀人案我非叫你认不可！"

这时候，一名民警来叫老姜，说上面来电话了。

老姜走出去以后，赵振德突然把头凑近，对老呱说：

"刘警官，我认识你，我在报纸上看到过你，说你屡破奇案，是江阳一等一的刑警，还勇破绑架案，荣获一等功。但是刘警官，你现在真的是想为别墅一家五口申冤吗？你是真的同情金福真吗？你是真的想替那些死去的人讨回公道吗？你不是，你只是想抓一个人奖励自己，那个人可以是我，也可以不是我。对你来说，这就像一个游戏，而我只是其中一个关卡的奖励。"

老呱不明白他为什么会突然这样说，拿着项链有点发愣，随后立即调整状态，也把头凑近，两个人面对面，离得非常近。

"我知道你杀了人，别墅案、瓦窑村下毒案、邹莉莉案、东子案、砍头案都是你做的。你不招认没有关系，现在我们可以按照强迫妇女从事非法活动的最高标准移交法院提起公诉，至少能关你五到十年，我有的是时间和你慢慢耗。你是很聪明，但聪明过头了，你知不知道，会游水的最容易淹死？"

"刘警官，其实你又比我高尚多少呢？你有把这些被害人当人吗？你没有，你只是想做上帝，做能左右别人生死的上帝。如果有一天

301

世界上没有罪犯了，你反而会空虚吧，说不定你自己会去犯罪哦。"

他把脸越靠越近，压低声音继续说："你和我并没有什么不同，区别只在于你恰好做了警察，而我没有机会做警察。我也想做上帝啊，但是想做上帝不代表我杀了人。要证明我杀了人，得拿出证据来。"

说完，松弛地靠在椅子上，面带微笑，等着老姜回来。

老姜回来以后，老呱不再问话了，他叫了另一个民警进来做笔录，自己则走出大楼，走到江边，吹着江风。

其实老呱自己也分不清，他究竟是喜欢那种伸张正义的自豪感，还是喜欢那种咬住谁就能把谁抓住的痛快感。甚至有时候，一些线索不是很清晰的案件，他默默地在心里先嫌疑人有罪论了。

他不敢承认，不敢承认自己人性中的劣性。当赵振德看着他的眼睛问他"你只是想做上帝"，他第一次面对嫌疑人感到心虚。第一次，他不知道该怎么审下去；第一次，他开始怀疑自己的动机；第一次，他开始审视自己。

想起在病房里把金福真逼到抽搐，他有一丝怪异的快感，随之而来的是看自己有没有违反警察纪律，最后才是那么一丝丝的愧疚感。

面对罪恶，这种愧疚感当然很多余，但是他今天开始搞不明白了，办案时的他，面对的究竟是纯粹的罪恶，还是活生生的人？

老姜审了一晚，什么都没审出来。在他出租屋里搜出来一笔钱，他说是打工攒下的，是给小春治病用的。没有搜到其他东西，就连金福真说的白色药片也没有找到。

谷子不能再参加审讯，她听说那天过后，又过了几天，老呱都不再提审赵振德。凭对他的了解，她知道那天他们单独在审讯室里时，一定是出了什么问题。

根据相关规定，赵振德就在江门审。她回江阳办完停职手续后，又回到江门。现在，她在江门市局门口等老呱下来，两人约好去吃牛蛙。

在牛蛙店里，人声鼎沸，喝酒的，聊天的，自拍的，叽叽喳喳。老呱只是一个劲儿地吃着，辣得冒汗，工作上的事一句都不提。这可把谷子急坏了，这么多年了，好不容易逮住赵振德，他竟然只顾着吃饭。

谷子把头伸过去："喂，赵振德的事，你一句都不说吗？"

"没什么好说的，什么也问不出来。"

"不是抓到现行了吗？"

"他只认这一次，别的没有证据。只有口供，没有证据。"

"别的案子呢？"

"也没有，都没有，什么都没有！谷子，你让我好好吃顿饭吧，我现在就想好好吃顿饭。"

谷子举着筷子，也不好再继续追问，只能默默吃饭。

吃完饭，谷子突然提议："去我外婆家玩吧！"

"你外婆……在江门？"

"是啊，你不知道？"

"我一直以为她在上海……"

"我外婆就是江门人啊！不然你以为我最近住哪里？走吧走吧，别磨蹭了，一起去坐坐。"

老呱当然知道谷子的用意，磨蹭了一会儿，想了想，还是鼓起勇气去了。

朱虹是南方地区知名的犯罪心理学专家，多年前很多警校用的教材都是她编写的，她退休以后，几度被返聘回校任教，现在七十多岁了，依旧活跃在犯罪心理学研究前线。

她是很多警察的偶像，她对罪犯做的侧写，已经多次被验证是吻合的。没想到她是冯小谷的外婆，难怪谷子好几次审案子都能想到不太一样的角度。

到了朱虹家，老呱显得非常拘谨，和平日里的混蛋模样大不相同，甚至有一些害羞。谷子看他的样子，偷笑了一下，然后朝着院子里喊："外婆，外婆，我带朋友来了。"

一位身穿运动服和运动鞋的老人从屋内走出来。

"刚跳舞回来……这位是刘警官吧？"

老呱紧张地把手放在裤子上搓了搓汗，和老人家握手。

没有过多的寒暄，三人在漂亮的小院里喝茶、吃点心，没有弯弯绕绕，很快切入正题。

"根据谷子所说的，这个嫌疑人，我认为他应该不是'天生犯罪人'。如果他是由前额叶受损或者基因问题引起的天生犯罪，那他不会有'照顾'或是'保护'这类概念，但是你看，事实上他对女孩是有'照顾'行为，对废品站老板有'知恩图报'行为，唐爱军死后，又对金福真有'安慰'行为。从这点来看，我认为他不是'天生犯罪人'。"

"朱老师，这是不是意味着，攻破他的心理防线还是有希望的？"

"当然了。单就谷子告诉我的信息而言，我觉得这个嫌疑人应该属于'依恋情感'缺失。你们上学的时候就学过，一对一的依恋情感是人最初情感形成的过程，而这种情感发展始于抚养。人对抚养人会天然地产生一对一的依恋情感。"

"我记得您说过，缺乏依恋情感，会导致人后期对情感感知、情绪感知的缺失……"

"确实是这样。情绪是一种感受，包括心理感受和生理感受，从生命初期开始，人就需要通过声音、触感、气味等来建立情绪感受。如果在建立感受的初期，感受到的不是善意或者保护，后期情绪感知就会失调，也就是我们说的第二种反社会人格——情绪缺失型。"

"您认为赵振德属于情绪缺失型？"

"砍头案的很多细节可以说明问题。如果你们在查的几起相关案子的确是同一人犯下的，我认为此人的暴力行为很大概率不是单一行为。我目前分析，这名嫌疑人应该在初期，即婴儿时期或者整个青春期开始之前，都没有对抚养人形成依恋情感。极有可能，或者说我个人高度怀疑，他可能还有杀亲行为。"

"杀害亲人？"两个年轻人几乎是同时惊讶地喊出这句话。

"对。资料显示他父亲早死。在一个家庭中，尤其是落后的地方，父亲缺失以后，谁最有可能成为家庭风险的直接承担者？"

"孩子。"谷子回答。

老人给了她一个赞许的眼神："确实，母亲虽然要承担更多的家庭责任，但是从生活风险来讲，孩子其实是最大受害人，因为大人能做选择，而孩子在家庭和社会层面都没有退路……"

"朱老师……"老呱欲言又止。

老人家坐起来，给他添了一点茶："有话直说，别怕。这不是工作场合，我也不是你领导，咱们就是一起讨论。"

"我审过的犯人几乎都有弱点，有的怕死，有的怕坐牢，有的怕连累家人……可是这个赵振德，我觉得他很聪明，并且没有恐惧，也不知道他要什么，在追求什么。"

老人笑了笑，喝了一口茶，重新躺下，晃着摇摇椅说："孩子，每个人都有恐惧，只是少数人恐惧的东西和别人不一样。你只要找到那个东西，就占上风了。"

"这个人虽然学历不高，但非常机敏，我真的不知道他的弱点在哪里。现在只是觉得金福真对他有一种特殊意义，但根本不知道是什么。他的口供听起来很随意，感觉他根本不在乎金福真是不是会被起诉，但是他在抓捕现场又……老师，我真的一点办法也没有了，不知道该怎么下手……"

"刘警官，其实你自己应该也知道，智和情是两件事情。一个人智商很高，不代表他情感能力很强。你有没有想过，或许情感能力恰恰是他的弱点？很多反社会人格，智商很高，控制别人为自己服务的能力也很强，但是往往他们情感能力很弱，在这种情况下，他们会对有正常情感能力的人产生好奇，会去观察，甚至模仿他们的行为，来获得一些社会资源。"

老人顿了顿，给他一点时间消化，又接着说：

"另外，人还涉及一个控制力的问题，对有的人来说，钱是很大的控制力；对有的人来说，权力是很大的控制力……大部分'非天生犯罪人'，前期很正常，后期突然爆发。为什么呢，因为他的控制力消失了。或许你们需要挖掘嫌疑人第一次作案之前的人生，看看他消失的控制力到底是什么。查出这一点，才能真正攻破他的心理防线……"

三人聊了很多，一直聊到月亮挂在天空，洒下一片清亮。

告别朱虹以后，老呱一直沉默不语。谷子问："怎么着，被我外婆点透了？"

"如果别墅杀人案是他做的，那他的控制力消失至少是在2002年之前，甚至更早……我准备明天去赵振德老家，沿着他工作过、生活过的地方走一遍，一定要找出朱老师说的这个'消失的控制力'。"

"在金鱼上找到DNA了吗？"

老呱摇摇头，苦笑一声，自嘲道："也不知道是怎么回事，竟然只有他自己的 DNA。总不会真的抓错人了吧？"

"不会不会，我们一步步追到现在，难道都在犯错吗？你一个人犯错也就罢了，总不能大家都在犯错吧。现在我停职了，什么都做不了，要不这样，你去走访，问到有疑惑的地方就告诉我，我及时请教我外婆！"

老呱点点头，挥挥手走了，他的脚步比来时轻快多了。

看到他走进月色里，谷子返回家中，外婆已经进屋看电视了，她像小女孩一样把头枕在外婆的膝盖上，问：

"朱女士，你说金福真那样遮遮掩掩，是不是有点斯德哥尔摩症啊？其实有时候我感觉，她好像对赵振德并没有太大的恨意……"

外婆摸着她的头发说："这倒未必。你呀，被宠得没边儿了，没有经历过那种家庭内部的混乱和等级压迫，所以无法理解她的心理。更何况金福真经历的不仅仅是家庭成员之间的情感矛盾，我更倾向于认为，她因为长期的'自我'缺失，现在正处于本我和自我的混乱期，等她慢慢寻找到'我是谁''我要什么'，就会产生不一样的行为了。但是你这次带她去抓捕现场，还是太冒失了，得亏没出大事。我要是你们领导，就收了你的证，让你永远不能办案子！"

外婆边说边拍打了谷子儿下。

谷子靠在外婆的膝盖上，忍不住想，和赵振德有关的人，早就查过一遍了，老呱重走赵振德的人生轨迹，真的能找到答案吗？这件事情尘埃落定以后，金福真又会怎么样呢？

29　村里的秘密

现在的赵振德看起来就像一个落难君子，他彬彬有礼，会对给他水喝的民警说谢谢，甚至会用衣袖擦去自己不小心留在桌面上的水渍。

他的伤已经好得差不多了，在看守所养了一段时间，人白净了，看起来也壮实了不少。他的头发整齐，囚服干净，袖口和裤脚整整齐齐地挽着。

现在，他端坐着用纸杯喝水，看起来像一个智者在品一杯好茶。只有脚上的手铐，揭示着这一刻的割裂。

鉴于上次的情况，谷子建议老姜让她来审，老呱拒绝了。他甚至什么资料都没拿，平静地走进审讯室。

此刻，两个男人面对面，脸上都波澜不惊。

"抽烟吗？"老呱问。

"不了，谢谢。"

老呱自己点了一支烟，说："赵振德，1966 年生，瓦窑村人。"

"是的。刘警官，您去过瓦窑村吗？那里风景蛮好的，除了春秋两季风有点大……"

"去过去过，你们那儿产那个什么梨来着？"

"丰水梨。"

"是是是，特别不错，我最近过去，正是好时候。哎呀，那个梨真是对得起这个名字，汁水特别多。对了，你们村有个老家伙，叫大药，你还记得吧？"

赵振德云淡风轻地回答："记得，那位年纪可大了，长命，福气好。"

"大药，这名字不错。哎，对了，你知道他为什么叫大药吗？"

"自打认识他起，他就一直在吃药。"

"对对对！你知道他吃的是什么药吗？"

"可能是治咳疾的，我不知道。"

"这也难怪，大药说，你母亲去世，你都没有发丧，当然不可能去注意邻居吃什么药……"

"刘警官，不发丧不等于不难过，发丧也不等于就是孝子，这两件事没有直接的联系，您觉得呢？"

"是是是，你境界比较高。哦，对了，我们把大药抓了，你知道为什么吗？"

赵振德摇摇头，面部没有一丝疑惑。

"他老了，支撑不住了，随便审审就招了。这个大药啊，还是叫他大名吧，赵显波——哎，我发现你们村里大多数原住民都姓赵，真是挺亲的……"

老呱把烟灭了，接着说："总之，这个赵显波不知道我们是去查你的，还以为是去抓他的，太逗了，看到警察就跪下，开始忏悔。你知道他说了什么吗？"

赵振德微笑着摇摇头，依旧是一副绅士的样子。

"我给你讲个故事吧。"

老呱身体端坐，语气缓和，慢慢地讲着。

"瓦窑村有个赵显波，他隔壁住着两口子和一个傻儿子。这家女主人长得真漂亮，前凸后翘的，她只要一在地里干活，他的眼神就没法看别的地方，心被勾得直痒痒。他觉得这个女人配她那个老实老公，又生了个傻儿子，真是太可惜了。可人家一家三口日子过得井井有条，他只能馋着、盼着，盼她老公快点死，他就有机会了。本来只是想想，没想到她老公真的死了。你知道她老公是怎么死的吗？"

赵振德的笑开始有些不自然了，但还是非常优雅地摇摇头。

"有一天雷雨夜，赵显波在地里捡到一块硬邦邦的馍馍。在那个年代，那可是真正的宝贝，趁着天黑下雨，他打算躲在外面吃完了再回家。他吃完，心满意足，正准备回家，却听到隔壁家的牛棚里传来奇怪的声音。本来吧，又打雷又下雨，啥也听不清，只是隐隐约约听到一个女人的叫喊，谁曾想，这时……"

啪的一声，老呱拍了一下桌子，把后面做笔录的民警吓得一激灵，他就跟说书似的，语气开始变化，语速也快了起来：

"这时，一道闪电划过，赵显波竟然看到隔壁家的草堆上，那个傻儿子正在强奸自己的母亲！赵显波吓坏了，不敢相信，揉揉眼睛，千真万确。傻儿子力大无穷，把自己的亲生母亲按在草堆上，不顾母亲的嘶喊和抵抗，生生地犯下了罪恶。赵显波心里怕呀，又心痒痒，觉得欲罢不能，他竟然没有上前帮忙，而是对着这样的场景撸了一发……"

讲到这里，赵振德的脸色已经变得阴沉了，他看着桌子说："这个故事很好，你讲得也很好，不过我累了，如果今天不问话，我要回去休息了。"

老呱又点燃一支烟，悠闲地把玩着打火机，说："别呀，我还没讲完呢，来都来了，听完再走呗。"

他不管不顾，继续讲述："女主人的肚子很快就大了，她丈夫好生照料，有口吃的就都省给她吃，把她养得精精神神的。村里人都夸他好福气，最好生对双胞胎，家里就更热闹了。谁知道，有一天女主人竟然闹自杀！这还得了，大着肚子上吊，那可是一尸两命。男的魂都吓没了，还好把女的救了下来。可没多久，那男的就死了。你说说，这可怎么办，老婆要生孩子了，他却死了。女人伤心啊，大着肚子和傻儿子一起把丈夫抬出去埋了，往后日日以泪洗面。"

他观察了一下赵振德的反应，依然阴沉着脸，没有别的动作。他知道还不到火候，接着讲故事。

"丈夫死后没多久，傻儿子竟然又想侵犯母亲，女人挺着大肚子，哪是他的对手。你说这个世界上怎么就有这么巧的事，那可是大白天，整个生产队都下地，赶在下雨前种地呢，偏偏他赵显波咳得快死了，请了假哪儿都没去。他在家躺着，听到狗叫起来，赶紧出去看。隔壁家门大开着，傻儿子又要骑到母亲身上去了。这是孕妇啊，禽兽都不会干这样的事！赵显波拿着扁担冲过去，谁知那傻儿子力气奇大，赵显波这病歪歪的身子哪能拉得开他呀，挣扎几下就被他掀翻了。反倒是他的举动惹怒了傻儿子，傻儿子拿起堂屋桌上的菜刀，眼看就要向他砍去！"

老呱顿了一下。身后的民警听得瞪大了双眼，都忘了打字，直到老呱在这里停下，他才如梦初醒，继续记录。

"说时迟，那时快，女人抄起门后的砍柴刀，一刀下去，傻儿子的脑袋就跟西瓜开了瓢似的，鲜血喷满了堂屋。傻儿子直挺挺地倒在堂屋里。"

一支烟燃尽了，老呱又点了一支。

"女人大着肚子，还能怎么着啊，缩在地上只知道哭。赵显波一不做二不休，把堂屋门关上，用砍刀把傻儿子分成几块，用蓑衣裹了，装在挑大粪用的竹篓里，又把屋里洗干净。做完这一切，他用力打了女人一巴掌，打出印子来，然后让女人换上干净衣服去公社报案，说傻儿子打了自己一顿，跑了，让他们帮忙找找。夜里，赵显波把傻儿子一块一块全背去山上埋了。没多久，女人肚子里的孩子出生了，是个男孩。从那以后，赵显波和女人经常暗地里互相照料。有了孩子，女人倒是没再闹自杀，至少要把孩子养大不是？孩子大概一岁的时候，有一天公社通知女人去拿信，信封上只写着：瓦窑村人民公社赵振友之亲属。女人当场打开信，脚一软，跌倒在地上。信上说傻儿子死在外面了。没多久，女人去了县城一趟，哭哭啼啼地领回来一个盒子，埋在丈夫坟边。那封信当然是赵显波送的，里面哪有什么骨灰，灶灰罢了。"

赵振德听到"赵振友"三个字，已经不再坐得直直的，而是把手放在桌上，脸色越发阴沉。

"哦，对了，你不知道赵显波在吃什么药，他呀，下面不行，硬不起来。可你说巧不巧，偏偏这个女人死了男人以后，他就行了。可他这老光棍，寡妇能跟他上床？不可能的嘛。他就每天看着这个寡妇，想啊盼啊，直流口水，终于有一天他自己在家的时候又硬起来了，看着家伙事儿，他整个大脑想的都是女人。夜里，他偷偷摸摸到寡妇家里，没多大一会儿，心满意足地回家了。

"后来，寡妇生了一个儿子，取名赵振顺……"

赵振德紧紧攥着拳头，压抑着情绪说："别说了。"

老呱没有停下，继续说："你说这寡妇也是，想找男人就找吧，怎么找赵显波那样的。要我说，那傻儿子说不定也是她勾引的，根本不存在强奸。王明霞这个女人，就是从骨子里骚，没有男人她肯定受不了……"

赵振德一拳捶在桌子上："别说了！"

"我说你呀你，赵振德，你说你妈该叫你儿子，还是叫孙子呢？你们家这辈分也太乱了，啧啧！"

哐当一声，赵振德猛地站起来揪住老呱的衣领，用头猛烈地撞击他的头："我叫你别说了！别说了！别说了！"

　　身后的民警根本没时间反应，老呱挣脱他的双手，擦了一下鼻血，示意民警没事，接着说："你老娘要杀人；你哥，不对，应该说你爹，你爹要强奸亲妈；你妈到处找男人，你弟弟也是野种，难怪，难怪别人都叫你们野种！"

　　"野种"两个字，像股电流一样穿过赵振德的脑子，他用头猛磕桌面，嘴里呢喃着："都该死！全都该死！全都该死！"

　　老呱再次示意民警别动，然后语速越来越快，一个一个从嘴里蹦出来的字，就像一颗颗子弹，打进赵振德的心里。

　　"你妈是杀人犯，你爹是强奸犯，你也是杀人犯，你们全家个个都要下地狱。野种！野种！野种！"

　　赵振德的额头和手臂青筋暴起，头发凌乱，眉间沾满鲜血，后颈全是汗，他像一头愤怒的野兽，低头死死瞪大双眼，样子分外吓人。"都该死，全都该死！我把他们全杀了，全杀了！全都该死！"

　　老呱瞅准时机，像一头猎豹冲上去，他怒目圆睁，与赵振德额头顶着额头，放声大喝："你杀别人也就罢了，为什么杀王明霞！为什么杀赵振顺！"

　　赵振德也大吼："我是在帮她！我是在帮他！"

　　老姜闻讯赶到时，只见老呱鼻血直流，民警一脸错愕，赵振德坐在椅子上后仰着，面无表情，血顺着额头流向耳后……

　　告别犯罪心理学专家朱虹，老呱向专案组提交了外出调查申请，老姜继续办赵振德强迫妇女从事非法活动的案子。老呱带着小云，还悄悄约了已经退休的老杨——老杨退休之前没看到别墅杀人案出结果，一直郁郁寡欢，接到老呱的邀约，自然是欣然应允——三人一辆车，从赵振德的老家瓦窑村开始，一点一点地查，争取找到之前调查中疏忽了的微小细节。

他们的到来，让沉寂多年的瓦窑村再度掀起了波澜。正是农忙时节，今年人均收入指标定得高，这可是影响村委会政绩的大事，这会儿来查原来查过的事，这不是添乱嘛。村委会不是很乐意，但明面上又不好不招待。

在村委会公房里，村主任赵小有摆了一桌酒接待三人。他有他的主意，要把他们打发回去。

老呱和小云未必知道他的心思，老杨能不知道？刚开始吃饭时，老杨先下手为强，一上来就给赵小有戴高帽，先是夸他"勤俭奉公、一心为民"，再赞他"经济文化两手抓，瓦窑村换了新面貌"，又好生感谢了他对他们工作的配合，叫他"再世海瑞"，最后竟然唱起了现编的酒歌，都是夸赵小有的，把赵小有喝得迷迷糊糊……

要不说老杨口才了得呢，他这一番行云流水的操作，把小云和老呱二人看得一愣一愣的，赵小有更是一句话也插不上，生生被老杨抬得高高的，光顾着自鸣得意了。

得，这下他答应也得答应，不答应也得答应了！

后面的工作就顺利多了。镇上听说市里来人了，又增派了几名民警。

问的问题还是那些问题，答案也还是那些答案，老呱却发现了一个不寻常的地方：赵振德的父亲、母亲和弟弟都死于咳疾。

老呱虽然不精通医学，但也觉得这很奇怪。按理说，如果是传染性疾病，那赵振德也应该患病啊。如果是遗传性疾病，父亲和母亲同时患病的概率也太小了。而且不管是遗传性疾病还是传染病，都不可能只避开赵振德他一个人吧？

另外，还有一个疑点：抓到赵振德以后，他们发现他是左利手，也就是说，当年水源下毒案的物证——印有赵振德指纹的农药瓶上应该是右手指纹，而不是左手的。

老呱和老杨沟通以后，心里有了一个猜想，但是不敢确定，直到一个人心急露出马脚。他叫赵小乡，也是小字辈，和村主任赵小有是堂兄弟。

老呱他们重新去水源下毒案案发地勘查，当天晚上赵小乡来找他们，说他想到多年前的一个细节，想向警察补充。

这案子前后查了三次，老呱三人来村里也不是一两天了，他早不来晚不来，这时候倒突然想起线索来了？老杨和老呱心里都有一个想法，不过还是先听听他怎么说。

赵小乡像是有残疾，右手很不利索，胳膊肘往里翻，扭曲地挂在身体上。

"2005 年大年初一晚上，我看到赵振德拿着一袋东西往水窖那边走。我好奇他要干什么，就一直看，看到他把锁砸开，走了进去。过了一会儿，他才出来，把空瓶子丢在地上，然后走了。"

"你以前已经指证过一次了，为什么今天又说一样的话？"

"我、我又想起来别的了……今天看到你们去，我又想起来别的了！"

"你怎么知道我们去过？"

"我、我看到你们路过我家门口。"

老杨看了老呱一眼，问他："看到什么了？说说看。"

"我看到赵振德后半夜又去了一次，又倒了一次农药！"

"后半夜？你后半夜不睡觉，上水窖去干什么？"

老呱这一问，倒是把他问懵了，他一心想着警察会把重点放在赵振德身上，没想到会反问他。他支支吾吾地说："起、起夜……"

"起夜不在自家菜地，跑那么远上水窖去？"

老呱连续追问，让赵小乡止不住地抖起来："我、我、我……"

老杨按住老呱，问："我相信你，赵小乡同志，你来提供线索绝对是为我们好，多亏有你这样的好乡亲，我们才能把坏人绳之以法。那我问你，你还记得赵振德是怎么砸锁的吗？"

"是用铁锤砸开的。"

"不不不，我的意思是，你能不能比画一下？"

赵小乡搞不懂他要干什么，怯怯地站起来，举起畸形的右手，在照进屋里的月光里，一下一下模拟着砸锁的动作。

"赵小乡！你为什么要投毒？"

老杨站起来，突然中气十足地大喝一声，把赵小乡吓得一屁股坐在地上。

"我没有，我没有，我是来提供证据的呀！"

"提供证据？我告诉你，赵振德是左撇子，根本不可能左手捏瓶子、右手开瓶盖，更不可能用右手砸锁。说，是不是你？"

多年以前，在田地里，赵小乡被赵振德踩断了右边胳膊。那时候村里连个赤脚医生都没有，他的手就那样残废了。

后来，赵振德的妈死了，赵振德出门打工。赵小乡长大了，有仇没地儿报，只能时不时地给赵振德的弟弟使绊子，让他粮食歉收。谁知道，十几年后赵振德回来了。他回来没多久，他弟弟竟然也死了。赵小乡心里非常高兴，觉得一切都是报应，可是为什么没有报应到赵振德身上？

2005 年春节，酒后的赵小乡产生了一个大胆的想法。他之前在集市上看到，根本不会照料农田的赵振德竟然买了五瓶敌敌畏。一不做二不休，趁着酒劲，他把自己家里的水桶全部接满水，然后拿

316

了五瓶农药，全部倒进水窖里。

他想过，水窖里的水会稀释五瓶农药，应该死不了人，只会让大家拉拉肚子，到时候举报赵振德，就能让他吃牢饭了。

但他没想到，第二天竟然有三个人喝水喝死了！赵小乡吓尿了，他忙不迭地举报赵振德，没想到警察说，农药瓶上确实有赵振德的指纹。

赵振德跑了。

好长一段时间，赵小乡百思不得其解，不断推演当晚的细节，终于有一次，他回想起一个细节。当天后半夜，他酒醒了一些，准备去把遗落的农药瓶子捡回来，突然有个人从水窖一闪而过，吓得他慌忙躲回家里。

如今想想，那个人一定就是赵振德，一定是他真的去下毒了，所以才会喝死人。不然，他的指纹怎么会留在现场的瓶子上呢？

"我保证，我真的只倒了五瓶。五瓶不会死人的呀！后来一定是赵振德，一定是他去倒了更多的农药。你们相信我，相信我呀！"

赵小乡焦急辩解，急得眼泪鼻涕直流，唾沫喷得到处都是。

老杨和老呱也觉得很奇怪，但可以肯定下药的不是赵振德，他这样谨慎，不可能把有指纹的农药瓶子留在现场。

那第二个人究竟是谁？

老杨又审了赵小乡两次，问出了一个细节：第二次去下药的人有咳疾，喘气就像拉风箱。

当时村里喘气像拉风箱的人并不多，赵小乡以为赵振德也发作咳疾了。如果不是他，难道是大药叔？

根据赵小乡提供的线索，几人来到大药家中。

大药大名赵显波，已经七十八岁了，无儿无女，现在吃着低保，一个人生活在老屋里。他的老屋就在赵振德旧屋的斜对面。

几人推门进去时，赵显波像一块抹布蜷缩着身体，挤在臭气熏天的屋子里。屋里没什么光线，很潮湿，霉味混合着屎尿味频频袭来，众人忙捂住鼻子。

赵小有叫了几声："大药叔，大药叔……"

老人缓缓地翻过身来，整个人瘦弱得像一只晒干的河虾。他在微弱的光线中辨认了许久，看到赵小有三人身后跟的是派出所民警，便猛烈地咳嗽起来。

众人把他扶起来，带到赵小有家里给他喂了吃食，他才恢复了一点点精神。

没等民警开口，他竟然说："赵振德，他杀了我儿子！"

众人莫名其妙，大药叔一生没有讨老婆，哪儿来的儿子？

赵显波知道自己时日无多，怕把一切都带进棺材里，竟然没怎么审就什么都说了。

从赵振德的亲哥赵振友强奸王明霞开始，讲到他和王明霞的孩子赵振顺出生，再讲到2005年大年初一，他去水窖倒了五瓶农药，并把带有赵振德指纹的空瓶子留在现场，又把赵小乡扔的农药瓶子给收走。

他不在乎，不管是一个人倒过，还是十个人倒过，那天往水里倒农药的都只能是赵振德。

他和赵小乡都没有想到，从腊月开始，杀年猪、吃杀猪饭消耗了水窖里大量的存水，而上级水源进入枯水期，乡上的水利部门是分级放水，他们下毒时水窖里其实没剩多少存水了。十瓶农药灌进去，怎么可能不死人？

可是赵显波为什么要说赵振德杀了他儿子呢？

"我儿振顺孝顺、能干，即便知道了自己的身世，也不怨恨母亲，不怨恨生父，不畏惧兄长，他把两家的地都打理得平平整整的，谁不说我赵显波沾了好邻居的光，谁不说我赵显波有福气？就是他赵振德，给我儿子下药，把我儿子药死了。我恨、恨不得把他也大卸八块，剁来喂狗吃！他爹没有心，他也没有心。我恨！我恨！"

村里人听得大气都不敢喘，他们一直都猜测王明霞和大药可能有点什么，但是没想到是这样的关系。人人都知道大药那里不行，不可能生儿子，一直以为赵振顺是王明霞和别的男人生的，才个个传她是骚货，说她儿是野种。

老呱却抓住了他话里的"也"字："赵显波，你还杀了谁？"

赵显波也不挣扎，和盘托出当年和王明霞一起把傻儿子杀了。

众人听得舌拵不下，外面围观的村民越来越多，有的牵着牛路过都不走了，干脆骑在牛上，听里面的审讯。

"埋在哪儿了？"

"后山上，那棵多依树旁边。"

老杨朝派出所民警和小云使了个眼色，他们就出去打电话了。

"为什么说赵振德给你儿子下药？"

"他又不会打农药，又不会照料田地，农药向来是我儿买我儿用，他买那么几次农药做什么？我儿还活着的时候，就说家里农药见少，还问是不是我拿的。不是赵振德下药了，还能是谁？可怜我儿，我儿是真心对他好，真心对他好啊！"

赵显波老泪横流。

但是他说的话并不能证明赵振德给赵振顺下药了，再说赵振德当时是完全依靠赵振顺生活，把他杀了有什么好处？

"你还有别的证据吗？"

"赵振德回来那一年，大金牙喝醉酒，和他透露振顺是我和王明霞的孩子，还笑赵振德的爹，说要是以后再立碑，碑上就要和我分一个儿子。赵振德当晚就把大金牙推沟里摔死了。别人不知道，可我知道！我儿死前三个月，一天他把我叫到家里，想撮合我和赵振德的关系。那天晚上，赵振德问了我儿一个很奇怪的问题：'王明霞喂你吃奶吗？'

"我儿很奇怪，说：'当然喂，不喂我怎么长大？'

"赵振德笑了笑，又问：'你看到我和大药叔坐在一起，你不难受吗？'

"我儿很伤心，喝了酒，还掉了眼泪，说：'现实成这样，我也没有办法，肯定有难过的时候，这么多年风言风语，尤其妈死了以后，日子更难过了，每天都觉得有一种阴影笼罩着自己，媳妇儿也不敢讨，也不敢和人起冲突，啥事都只能忍着……'

"我听了心里难过，也哭了，只有他赵振德，跟看别人家的事似的，打量我父子俩。后来没多久，我儿就病了，一直咳嗽，和王明霞当年一模一样。一定是他，一定是赵振德，药死了我儿！他就是气王明霞更疼我儿，他气我儿想搞好我和他的关系，他丧尽天良，他药死了我儿啊！"

赵显波说得太激动了，竟然昏死过去，赵小有带人火急火燎地把他送去卫生院。

但是不应该啊，他们几次调查，村里人都说赵振德只听他弟弟的话，大家都怕他，因为他弟弟性格和蔼，才愿意和他来往。

他从江阳回来以后，脏活累活全是他干，不让弟弟挑粪，不让弟弟翻地，弟弟让他干啥他就干啥，毫无怨言。有一次，他弟弟在地里被机器割伤了脚，赵振德背着弟弟，硬是跑了三公里路去找医生。那可是大热天！这样的感情，他能狠得下心来杀他弟弟？

当天下午，江阳市局的法医和民警都来了，挖开傻儿子赵振友的空墓，又把赵振友、赵振顺、王明霞的遗骸都挖出来，再次尸检。

　　尸检结果表明，赵振友确实死于头颅伤；而王明霞和赵振顺都死于磷化物中毒。

30　失控

那次失态过后，赵振德又恢复了往常的冷静，甚至更冷静了。

赵振顺和王明霞的尸骨，赤裸裸地揭露了他的罪行。然而到底为什么，他却不交代。

一个是亲生母亲，一个是最亲近的弟弟，赵振德究竟是为了什么要生生夺取两人的性命？

在对于他的心理分析上，专案组的同志有不同的看法。有人认为，应该是他情绪缺失，让他觉得母亲和弟弟是某种累赘；有人认为，或许是两名受害人在不同的时间点激怒了他，引来杀身之祸；还有人认为，并没有什么特殊原因，赵振德就是以杀人来寻找刺激，起初最容易下手的就是亲人，母亲和弟弟才成为亡魂。

老呱没心思想他杀人的原因，寻找原因是专家的事情，现在要紧的是让他把别的案子也招认了。

他看着证物袋里的两条金鱼，一条是赵振德的塑料绳金鱼，另一条是草编金鱼。由于使用的材料不同，两条金鱼有些许差别，但是仔细对比就能发现：它们的编织手法、编织走向非常相似。

这条草编金鱼是赵显波在等候转院的时候用卫生院里的狗尾巴草编的。然而没等老呱去问个清楚，他就在转院途中病发身亡了。

现在他只能推测，第一种可能是，赵显波把编织金鱼的方法教给了自己的儿子赵振顺，赵振顺又教给了哥哥赵振德；第二种可能是，王明霞教会了他们编织金鱼的方法，多年以后赵振德买了当时流行的用来编手链的塑料绳子，自己编了金鱼随身携带，以纪念母亲。

可既然已经亲手杀了母亲，又为何要纪念她？难道说，不是纪念母亲，而是纪念自己的第一个猎物？

老呱想得脑子嗡嗡痛，他现在终于明白了，要查清楚别的案子，还真就得搞清楚这个为什么，得搞清楚赵振德究竟是一个什么样的人。

他突然想起来什么，打电话给卫生院。

"赵显波编金鱼的时候，有说什么吗？"

"没说什么，就是央求我们给他拔点狗尾巴草，然后就一边唱歌一边编金鱼了。唉，兴许那时候已经是回光返照了，我们也没留意……"

老呱没得到答案，有点失落，准备挂电话时，又突然问："他唱的是什么歌，你知道吗？"

"什么'金丹丹，红艳艳，小小的狗儿要打洞……'，不知道是啥意思，唱了好多遍，我听得都快学会了！可能是他们那里的童谣吧。"

老呱挂了电话，疯了似的重新翻看瓦窑村村民的口供，翻了一份又一份，终于找到了两份口供，一份说王明霞生前喜欢唱歌，另一份说赵振顺和他母亲一样喜欢唱歌。

他恍然大悟——金鱼和这首歌都源于王明霞。

金鱼上之所以没有受害人的DNA，且实物和根据被害人身上的印子建立出来的模型，压力点分布上有非常细微的差别，大概率是因为赵振德知道怎么编，拆开清理过。

此人当真是心细如发！

老呱决定，再度提审赵振德。他心里有一个猜想，需要面对面谈话验证。

"这个东西熟悉吗？"

"你给我看过很多次了，是我的钥匙扣上的吊坠。"

"是你母亲教你编的，还是你弟弟教你的？"

"我买的。"

"哦，真的吗？那就怪了，赵显波倒是告诉我们，你和赵振顺都是和你母亲学的。"

"他瞎说的。"

老呱笑了一下，拿起另一条金鱼，说："这条草金鱼是赵显波编的，他编的时候还一直唱着王明霞最爱的歌。"说完，他按下手机音频播放键。

"金丹丹，红艳艳，小小的狗儿要打洞……"是他请瓦窑村的人帮他录的。

村民的歌声传出来时，赵振德的眉头渐渐皱了起来，他死盯着金鱼一言不发。

老呱现在基本可以确定，王明霞对赵振德有一种特殊的影响力，但是这种影响力究竟是爱还是恨，他拿不准，只能一次次地试。

赵振德却毫无预兆地说："我要见金福真。"

"你说什么？"

"我要见金福真。"

"她的案子已经在审理了，她会在你之前去蹲监狱，你没机会再见她了。"

"我要见金福真。"

"赵振德，我说了，你没机会再见她了。"

"把金福真带来，你问什么我都告诉你。"

老呱吃惊地看着他，看了一会儿，没有回答他，收拾东西直接走出了房间。

"他要见金福真？为什么？"

老呱约了谷子在市局附近吃酸辣粉，他一边嗦粉一边回答："不知道。"

"你会答应他吗？"

"不知道。"

"哎呀，你要急死我，不知道不知道，那你知道什么！"

"你别急嘛，我饿得都快死了。你先看看这个，我把和他有关的所有案卷都看了一遍，根据时间线整理出这个。你看看，能发现什么，我把粉吃完，咱们再讨论。"

他放下筷子，拿出一张 A4 纸，纸上是他用笔画出来的一条时间线，记录了赵振德确定作案和疑似作案的时间，以及当时发生的特殊事件。

谷子拿着纸仔细看。

赵振德最早一次失控是十六岁，就是踩断赵小乡手臂那一次，刺激源是"野种"。

第二次是十八岁，杀害了母亲，刺激源未知。现在还无法明确他对母亲的具体情感。

2002 年，别墅杀人案，刺激源未知。在别墅杀人案之前，他还很正常地工作着，同事对他几乎没有负面评价。

2003 年，杀害弟弟，刺激源未知。

2012 年，疑似杀害邹莉莉，刺激源未知。

2012 年，疑似杀害陈东，刺激源未知。

2014 年，疑似杀害唐爱军，刺激源未知。

2014 年，砍头案，刺激源是金福真出走。

谷子一条条看完，包括老呱标注的重点口供编号和他用红笔强调的疑惑点。

"现在唯一能确定的是，金福真出走这一单一事件再度导致他失控。仔细分析，我觉得他几次犯案，性质还是有很大不同，毒杀母亲、别墅杀人案、毒杀弟弟、砍头案是最恶劣的，我怀疑这四起案子本质其实是一样的，但是究竟是什么，我还需要更多佐证。"

"我和你想的一样，不过我觉得在金福真和他见面之前，你可能要先搞清楚金福真对他的了解究竟有多少，还有东子案和邹莉莉案的真相究竟是什么。金福真比较信任你，这事只能靠你了。回头我和老姜打个招呼，让他罩着点。"

"可我现在不是在停职了嘛！"

"要不说你傻得天真呢，金福真的直系亲属可以申请探视！"

第二天，谷子联系了程健健上的医学院，发现她已经改名了，现在叫李爱媛。

事实上，程明和金福真落网以后，谷子联系过程健健几次，但都被她拒绝了。谷子实在无法理解，为什么程健健全程努力想和父母撇清关系。尽管她明白这种事影响不会小，可程健健当时回家只办理了相关手续，很快就返校了，既没有看望母亲，也没有看望父亲。

如今谷子找上门来，她才答应见面。

在学校的小咖啡厅里，谷子和李爱媛面对面坐在一起，她不禁想起来当初和李静对峙的场面。

父母都是舆论关注过的人物，程健健改名在情理之中，但是为什么叫李爱媛呢？

"冯警官，找我什么事？我下午还有课，您有话直说。"

"你从来没有探望过他们吗？"

"我为什么要探望他们？时时刻刻记着自己的父母都是杀人犯吗？"

谷子看她单刀直入，也就不迂回了："我现在想请你帮警方一个忙……"

她话还没说完，李爱媛直接回绝了："对不起，我最近都没有空，我先走了。"

谷子有些着急，声音不自觉地提高了一点："你母亲是为了你！"

咖啡厅的人都看过来，李爱媛又气又急，脸一下子红了，她拿起包夺门而去。

谷子说完就后悔了，在心里暗骂自己，赶紧追了上去。

"对不起，我刚才有点着急，我向你道歉。但是李爱媛，现在你母亲很有可能是在替别人背黑锅，如果你不帮这个忙，她可能下半辈子都在牢里了！"

"那也不关我的事，她自找的，他也是自找的，他们都是自找的。"

李爱媛一边快步走着，一边克制着情绪。

"你恨你父亲也就罢了，为什么这么恨你母亲？"

"为什么?！你问我为什么?！"李爱媛停下脚步，声音有点哽咽，"为了我，说是为了我才逃亡。真的是为了我吗？到底是为了我，还是为了她自己？"

"她真的是为了你，为了你政审没有污点……"

"如今不也有了吗？有什么区别呢？真是为了我，当初就不该和程明结婚！"

喊出这一句，她突然跑起来，想摆脱掉谷子。

谷子没想到她会有这样的想法，一路追上去，却看到她蹲在转角处伤心地哭泣着。她缓缓走上前，像唯恐惊到流浪猫一般小心翼翼地蹲下来，递上纸巾。

过了一会儿，李爱媛冷静下来，对谷子说："我也知道，现在我是她唯一的亲人了，可是亲人有得选吗？她把我丢下的时候，有想过我的感受吗？她想过自己的孩子会管别人叫妈吗？我宁愿她自首，宁愿她当时就坐牢，也不愿像今天一样……"

"家人确实不能选择，我知道你困惑，也委屈，你父亲……但是我想告诉你，母亲爱孩子是没有条件的，她爱你，才会做出这样的决定……"

"那叫愚蠢的爱！自我感动的爱！她自轻自贱，自己都不爱自己，怎么能好好爱我？我和她说过，不要在我面前那么卑微，她不欠我的，可她呢，就像我的奴婢、我的奴隶！我要求过她这样做吗？没有！我那时还是个孩子，不知道是非曲直，会做一些错事，会看不起她，但是她知道啊，她知道是非曲直，知道应该教育我，但是她做了吗？没有！她明明可以做出选择的，却走了最糟糕的一条路。是她自己选择了自己的人生，如今却说是为了我……"

她苦笑起来，同时又泪流不止："一切都是为了我，太可笑了，我承担不了这么重的指控！"

李爱媛几乎是嘶吼着喊出这句话的。

谷子一时也不知道该怎么办了，她决定什么也不做，只是把李爱媛带到无人的角落，安静地倾听。

"我明明可以考更好的学校，却还是选择了这里，你知道为什么吗？"

谷子摇摇头。

"就是为了远离程明，远离那个家。我想远离程明对她的轻视，远离她的卑微，远离那种弱肉强食的氛围。如果我不教育我自己，谁还能教育我？程明吗？那个只知道赌博和家暴的垃圾男！还是金福真？身子里没有一根硬骨头的废人！他们明明都不想要我，却还是生下我，我连名字都只能用那个死去的哥哥的！"

这一刻，谷子隐隐约约体会到了李爱媛的内心世界，这个家的疮疤，不是外人随便两句"父亲太坏，母亲太傻，女儿没良心"就能说清楚的。

她终于明白外婆说的"家庭中的等级制度"是什么意思了。在这个家里，程明站在金字塔的顶端，孩子在中间，金福真在最底层。但是金福真就比中间的孩子更惨吗？从不同的角度看的话，并不见得。

"当牛做马就是爱吗？为我受委屈就是爱吗？给我钱就是爱吗？都不是，都不是！活成一个人样，让我看，让我学，这才是爱！

"他们犯的错，我却要用一辈子承担，你知道我为什么失去了最好的暑期见习机会吗？你知道学校里的人都是怎么说我的吗？难道我不想要爸爸，不想要妈妈？可这样的爸妈你让我怎么接受？怎么接受?！"

谷子安抚着她，陪伴着她，直到她哭得没有力气，扑倒在她怀里。

这些情绪李爱媛想必是憋了许久，才能在这一刻，在一个知道自己所有底细的人面前毫无顾忌地宣泄出来。

最终，李爱媛还是同意去看金福真。她冷静下来以后，主动和学校请了两天假，跟着谷子回到了江门市。

金福真没想到来的人是女儿，她一时有点愣住了，然后本能地整理了下自己的衣服和头发，随后又害怕地往后退。

李爱媛着急地站起来，喊了一声："妈！"

金福真一下子定在原地，眼里充满了泪水。

李爱媛又喊了一句："妈，对不起，我现在才有勇气来看你……"

话没说完，一行眼泪先流了下来。

金福真三步并作两步，走向前来，连连摆手："不要说对不起，不要说……"

"你还好吗？"

"我……你还好吗？在学校里好吗？"

"还好，你……妈，你太瘦了……"李爱媛把手放在玻璃上，哭了起来。

金福真也把手放在玻璃上，母女俩一起哭了起来。

谷子把手搭在李爱媛的肩膀上，捏捏她，安抚了一下。

"妈，你和他们说吧，你把什么都告诉他们好不好？不要再选错了，不要再为别人了，你总要为自己一次呀，妈……"

李爱媛的语气，带着焦急，带着央求，还带着痛苦，眼泪一直没有停下，反而流得更凶了。

金福真只知道哭，根本说不出话来。

"妈，我求求你了，你为自己好好选一次，好不好？不要再为别人，哪怕就这一次？就这一次，你做我榜样好不好？你总得把自己当回事，我才有勇气去爱你啊！"

看着满脸泪水的女儿，金福真哭着点头，连连点头。

分别时，两人都已不再落泪，金福真只是一再说着："爱媛，爱媛这个名字很好，很好。"

李爱媛没有再说什么，对着母亲挥挥手，捂着嘴快速跑了出去。

李爱媛走后，金福真主动要求见老呱。老呱知道谷子那边肯定成事儿了，忙不迭地赶过去。

"东子的脑袋确实是我拍的，老西，不，赵振德把他扔进河里，一开始没有扔进水里，扔到石头上，把他脸砸破了。"

330

"你为什么拍东子？"

"要从邹莉莉的事讲起。邹莉莉死的那天，我并没有看到她是自己掉下去的，还是赵振德推下去的。但是她给我留了一块布条，上面写着'离开他'。起先，我以为她精神错乱了，因为她是被男人拖垮的，我以为她搞错了。"

"后来呢？"

"后来，东子威胁赵振德，说看到他把邹莉莉推下楼了，他们就打了起来。东子快要刺到他了，我就……"

"埋邹莉莉的尸体，你们是一起去的吗？"

"是。"

"是一起埋的，还是他单独埋的？"

"他单独埋的。"

"你之前为什么一直袒护赵振德？"

"我不知道，我不知道……"

她捂着脸，不知道是痛苦是羞愧还是后悔，看不出来情绪。没多大一会儿，她又抬起头，冷静地说："赵振德对我和小春真的都很好……我知道他有这样那样的问题，我一直认为他只是性格古怪，毕竟他是被冤枉杀了三个同村人才跑出来的。可我不知道他竟然利用小春……完全没办法把这两件事联想到一起！"

她死死抠住自己的大腿。

"后来，我发现赵振德并不像表面上那样和善……我不知道该怎么形容，就是觉得他像有两个人似的。"

"两个人？"

"刚认识他的时候，感觉他和别人没什么不同，可是爱军死了，我们从江阳逃到江门，有一天我看到他在表演。"

"表演？"

"就是……我不知道怎么表达，他在表演一些他说过的话、做过的事，在……"金福真歪着头，努力回忆、理解和模仿，"他像是在练习自己的表情，一下笑，一下发怒，一下又悲伤。当时我整个人精神可能已经出问题了，竟然恍恍惚惚离开了，没有带上小春。"

她再度陷入痛苦的回忆里。

"赵振德想见你。"老呱赶紧用话语打断她的回忆，把她拉回现实。

"什么？"

"他说，如果你去见他，他就全都说出来，包括……包括唐爱军。"

金福真死死咬着下嘴唇，手抠得更紧了。手上的伤还没有痊愈，她这一用力，伤口崩开了，血又流了下来。

老呱没有强迫她，只是静静地等着，过了好一会儿，金福真平静地说："好，我和你去见他。"

老呱觉得金福真变了，具体哪里变了又说不上来，只愣愣地回答："哦，好，好。"

他见过很多嫌疑人，见过很多因为各种隐情犯下罪恶的人、很多无辜的被害人，金福真是非常特殊的一个。

老呱自己也说不上来，但是他总有一种参与感，一种电影感，一种不真实感，感觉金福真就像一个剧本，是程明、赵振德、唐爱军、他、谷子……这许许多多的人和事，在慢慢塑造这个剧本。

他有一种说不清道不明的心酸感，这是第一次他因为办案子有了心酸感。他不明白，是和赵振德的那一次对峙改变了他，还是这个案子改变了他，或者是这两部分组成的共同经历改变了他。还是说，他以前从来没有去注意过这些嫌疑人和受害人真实的样子，只把他们当作案件的因素之一，从来没有注意过他们作为一个人时是什么样子。

他突然对金福真笑了，这是一个很和蔼的值得信赖的微笑。他点点头说："明天见。"

金福真先到了一会儿，赵振德才被押到，两个人隔着桌子面对面坐着。金福真只戴着手铐，没有采取别的约束措施，赵振德则被牢牢地固定在座椅上。

一名女警站在金福真背后，一名男警守在一侧。

赵振德看了一圈屋里的摆设，才对金福真说："那天我去找你，是他们设的局吧？"

"我不知道。"

"我知道，看到新闻的时候我就知道是个局。"

"那也是你自找的！"

"不不不，你没有说实话。你在病房里和我说的都是真心话，认罪也是真心的，让我走也是真心的，不然他们不会不让我见你。"

"你要见我干什么？你说见了我就都交代，现在可以说了吗？"

"我知道是个局，但还是想去。我在新闻里看见你了，你不情愿做那些事。"

金福真的心抽了一下。

"快交代吧，没有别的退路了。"

"他们和你说我的事了吗？"

"什么事？"

赵振德突然笑了，想摸摸脸，手被固定住，徒劳地动了一下，取而代之，他扭了扭脖子。

"他们竟然没有告诉你。"他又笑了一下，"你生了孩子，会给孩子喂奶吗？"

金福真不知道他为什么会问这个，惊讶中带着一丝恐惧。想了想，还是说："会，喂到两岁。"

333

"我没有吃过奶，很想知道吃奶是什么感觉。"赵振德竟然认认真真地说，头微微抬着，像是在回忆。

金福真心里说不出的怪异，想知道他会继续说什么，又想赶快离开。

赵振德不看她，继续抬头回忆着。

"我是和狗一起吃狗奶长大的，不对，这样说不对，应该说狗喂了我一段时间……"

金福真震惊了，她看到一旁的民警脸上也闪过一丝惊讶，随即消失不见。

"狗奶，还有……一些稀的东西。王明霞从来没有喂过我。"

"那么早的事情，你怎么会知道？一定是你记错了！"

"我看到她喂赵振顺了，我不知道，不知道吃奶是什么感觉。"

金福真完全不知道他到底要说什么，在外面的老呱却有一种原来如此的感觉。

他把这边的对话内容快速发送给谷子。

谷子回复了一个字："等。"

赵振德接着说："王明霞从来不抱我，也不怎么和我说话。后来我长大了，也能干活了，吃饭的时候，她还是让我端着碗出去吃，晚上睡觉的时候，她又会突然抱着我哭，说对不起。"

他的表情竟然有一丝丝痛苦，或者说更像困惑。

"王明霞生赵振顺的时候好像很痛，在屋里叫得像要死了一样。但是她没有和赵振顺说对不起，为什么？"他问金福真，眼神竟然是那样真挚。

金福真不知该如何回应这样的眼神，她躲闪了一下，说："她生你的时候状态不好。女人生孩子就像鬼门关走一遭，那种痛苦不是男人能……"

334

话还没说完，就被赵振德打断了："别人欺负她，她为什么不还手？"

"什么？"

"你家人对你不好，你为什么不还手？"

"我当时没有这样的概念。"

"什么概念？"

"不知道可以还手，不知道有还手这个选项。"

"她会给赵显波和赵振顺唱歌，从来没给我唱过，还有金鱼……"

他又出神了，又回到了回忆中："我看到她抱着赵振顺在厨房里织金鱼，我很快就学会了，她并没有笑。可是他们两个在厨房里的时候，她明明在笑。"

"因为你母亲偏爱弟弟，你就要杀了他们吗？"金福真脱口而出。听到这里，她算是明白了，赵振德竟然因为偏爱杀了亲母和弟弟！

"不不不，你不明白，王明霞需要一个人帮她。"

"你到底在说什么啊？"金福真眼含泪水，带着一丝悲悯质问他。

"她很痛苦，她不高兴，她很难受的，你能不能明白？"

金福真当然不明白，老呱却一下子明白了。所有人都想错了，人人都认为赵振德是因为恨母亲才杀了她，事实上他是因为爱母亲才亲手杀了她！

想到这里，老呱起了一身鸡皮疙瘩，就像一阵电流通过，他等不及了，直接出去给谷子打电话。

接电话的却是她外婆。

"谷子就在我旁边呢，她让我直接和你说。说吧，小刘。"

"朱老师，赵振德的控制力应该就是他母亲。"

"我听谷子说了，你是用他母亲刺激他才逼出一些真话。那接下来呢？"

"老师，我不知道该怎么利用这一点逼他交代别的案子。"

"你别急，我跟你们赵局沟通一下。这样，我下午过去，你安排他们中间停一下。另外，要注意观察金福真的心理动态，及时中断，分段进行，小心赵振德的暗示影响她的行为。"

挂了电话，老呱回到室内，看到金福真在微微颤抖，赵振德还在讲述。

果然和他猜得八九不离十，赵振德的母亲在被他杀害以前，有过情绪上的爆发。

"我踩断赵小乡的胳膊，是想制止她和赵振顺的痛苦，为什么反而让他们更痛苦？那天晚上，赵振顺带着鸡蛋和钱去赵小有家里赔不是，而王明霞想上吊，为什么？"

"因为她看到两个孩子都在受苦，她心里难受……"

"那为什么要把两个孩子生出来呢？"

"这不是她能决定的，那个年代的女人……"

"我制止了让她痛苦的人，她却更痛苦，为什么？"他再一次打断金福真。

这个房间里正在进行的，与其说是交谈，不如说是赵振德的自白。

"王明霞说'我好恨你，我恨你们一家人，我恨这个世界，我恨所有人'，可是她又抱着我哭，说'对不起振德，对不起啊，妈对不起你'。她想上吊。上吊不是更痛苦吗？她不是想寻死嘛，为什么我喂她喝农药的时候，她又很恐惧，一直在挣扎呢？"

金福真没想到，他竟然能够如此平静地回忆这一切！她不知道什么是情绪缺失型，不知道什么叫诱导式谈话，她只知道赵振德的反常和变态，已经完全超出了她的认知范围。

所以当赵振德两眼单纯地看着她，嘴里仔细地描述母亲临死前的模样时，金福真直接吐在了桌子上。

就在这时候，老呱进来叫停了对话，把金福真带出去休息。

看到老呱进来，赵振德一瞬间恢复到冷静状态，他的眼神不再像孩童，脸上的表情也全部消失不见，又恢复到先前冷漠的样子。

金福真迟迟没有缓过来，一直在呕吐。女警呼叫了医务，医务给她注射了针剂，她才停下来。

老呱犹豫了，他面带愧色，对金福真说："我、我让人送你回去吧。"

"不行，"金福真虚弱地摇摇头，"小春的事，爱军的事，他还没有说。"

"你撑得住吗？"

"撑得住！"

老呱心里可真不是滋味，他宁愿负重跑十公里，或者让他中枪、中刀，也不愿看这种场面。他恨不得把赵振德浑身钉满钉子，钉到他说为止。

这个念头吓到了自己，他摇摇头，回过神来，对医务叮嘱了两句，转身跑下楼去——朱虹应该快来了。

下午两点半，特殊的审讯再度开始。

金福真换了一身衣服，她原来的衣服被汗水浸湿了。老呱扶她坐下。

玻璃外面站着的有赵局、朱虹、老姜、谷子以及其他警察。赵振德似笑非笑地往外看了一眼，像是已经知道有人在围观似的。

"我没想到你还会来。"

"我想听的你还没有说。"

"你想先听什么？"

金福真闭上眼睛，默默地回忆。在她走进这里之前，谷子和朱虹陪了她一中午，当然，也给她交代了任务。谈话是有顺序的，是朱虹整理的顺序。

"先说你弟弟。"

"赵振顺……他……我也帮了他。"

"你杀了他！"

"可他在受苦！"

"人生怎么可能只有快乐，没有痛苦。他痛苦，你就要杀了他吗？那我也痛苦，你为什么不杀了我？"

谷子有点着急，这不是安排好的对话顺序，她把拳头放在嘴边，紧张地看着里面。朱虹把她的手拿下来，摇摇头说："没事，让他们说。"

面对金福真的质问，赵振德也有点困惑，他第一次说出这三个字："不知道。"

"我的痛苦不够多吗？你带给我的痛苦还不够多吗？你为什么不干脆杀了我？"

"你、你希望我杀了你吗？"

金福真简直无言以对，他竟然能问得这么真诚，这么天真，这么无辜，他的反应让她鸡皮疙瘩直冒，又觉得无比恶心。

她顿了顿，说："你为什么要杀害你弟弟？"

对话又回到正轨，谷子松了一口气。

"他看到我给王明霞喂药了，他没有去举报我，只是抱着我哭。哭完就叫我赶快走，给我收拾包袱，让我去江阳打工，还说……"他挪动了一下身子，"还说'再也不要回来了'。他和别人说王明霞是咳死的，他叫我不要再回去。十几年后，我回家的时候，他又很高兴，和我说'哥，你哪里别去了，咱就这样过日子，挺好的'。

我不明白他为什么要这样。后来，他还想让我和他亲爹赵显波……他提议我们三个人一起生活……我完全搞不懂他为什么要那样做，但是我听他的话了。他让我走，我走了；他让我和赵显波过日子，我也听了。为什么他还是哭个不停，还是想死呢？"

他看着一脸惊讶的金福真，说："对吧，你也不懂吧。他哭得很厉害，他说这辈子不知道为什么会这样活着，还不如当初就死了。那天晚上，赵显波走了以后，我就给他喂了一点药。他喝醉了，他不知道。第二天，他晕晕乎乎的，我又喂了一点。就这样，每天一点点，他就不会像王明霞那样挣扎了。"

朱虹在本子上记着什么，又有力地捏了一下身边的谷子——谷子已经被赵振德的自白惊讶到微张着嘴了。

"为什么要杀一家五口？"

金福真压制着怒气，用理智控制着自己，尽量完成警方交给她的任务。

"别墅那一家吗？"

"对。"

"那个男的让我滚远一点。"

"什么？"

"我去那个小区拉死人，等着的时候，看了一下他家花园，他让我滚远一点。"

"就因为这个？"

"嗯。"

"你……他骂你，你为什么要害别人？"

"再去的时候他不在家。"

"你……"

老呱走进来，打断两人的对话，女警扶金福真出去休息。

老呱接着问："作案过程呢？"

赵振德不说话。

"我问你作案过程！"

赵局咳嗽了两声，说："我还忙，回头老姜和我汇总一下情况。"

老姜看看里面，又看看局长，连声答应着把局长送了出去。

"赵振德！"老呱又喊了一声。

"把金福真叫回来。"

"你这是在害她。"

"你们能帮她？为什么她不能帮我？"

朱虹立刻记下这句话。

老呱对外面示意了一下，朱虹对金福真说了几句话，金福真点点头，又被女警搀扶进去。

"你还想知道什么？"赵振德的脸又变了，他挪动了几下屁股，凑上去问她，有一种小狗摇尾乞怜的感觉。老呱觉得自己看错了，揉了揉眼睛。

"你杀了一家五口，为什么没有指纹？血流了一地，为什么没有脚印？"

"哦哦哦，这个啊，我知道工人通道，早上跟着去收垃圾的人进去的——聊两句，发支烟，就带我进去了。他们小区侧门那保安不行，问都不问。"说着，他竟然摇了摇头，像是真心惋惜。

"进去以后，我看到那个男的和另一个男的进地库了，他们挺亲热的。地库门没关，我就跟进去了。进去以后，门锁上了，我不知道怎么从地库上楼，也不知道怎么从进来的地方出去，饿了一天一夜。直到第二天早上，一个小男娃娃从里面开了门，我才进到屋里。"

金福真捂住了嘴巴。

"找了一圈，那个男的不在，我就和那个小男娃娃在负一楼还是

340

一楼玩了一会儿。他给我拿了一点吃的，我们又一起睡了午觉。他家真大，我们玩了半天，一个大人都没遇上。那么大的房子就住几个人，搞不懂。"

"后、后来呢？"

"我跟着男娃娃上楼，听到三个女人在吵架，好像是婆婆、媳妇和小姑子，吵得很大声，还有个孩子在哭。那个小男孩说：'我们去其他地方玩，不想听她们吵架。'我在一边听了一下，听到一个女人叫嚷'一开始就骗我''离婚了会把孩子都带走'，叽叽喳喳，听得我头疼。然后，我看到一个年轻女人拿东西打了那个叫嚷的女人一下，她就倒了。"

说到这里，赵振德带着疑惑摆了一下头："又不是打到头，那样一下竟然就倒了。然后老女人叫了起来。男娃娃哭着对我说：'走吧走吧，我不想再看了。'我问他：'你害怕吗？'他点点头。我说：'我帮你解决行不行？'他答应了。"

金福真已经预感到他后面会说什么了，捂着脸，深吸了两口气。

"为什么把小男孩也……"

"他一直哭一直哭，叫妈妈叫奶奶，我就……"

金福真扶着桌子，看起来又想呕吐。

她已经没有心力了，对他摆摆手，说："你没回答我的问题。"

"哦哦，对。我先用胶带把那个晕倒的女人绑好，另外两个在一边一直哭，老女人想报警，我就把她也绑了。没办法，他家只有胶带，我戴着他家塑胶手套弄的。我要离开的时候，那个老女人还在动，我就用刀从她这里……"

赵振德想在自己身上比画一下，但手被固定住，于是接着说："就从她这里插了进去。我在医院工作的时候，看到过一本书，说插进去后不要一下子拔出来，否则血会喷得到处都是。我想试试看

341

怎么做才不会喷血。我弓着身子，把刀很慢很慢很慢地抽出来……"他尽量比画着，"原来只要速度够慢，慢慢拔，慢慢放血，就真的不会喷得到处都是。"

他的语气不是高兴，不是炫耀，不是兴奋，也不是沾沾自喜，就是客观地探讨，像做小组作业。

金福真浑身颤抖，现在她才终于明白，她问："你是不是也这样害了唐爱军？"

"不是不是，"赵振德摆摆手，"我去找你借钱是真的。给小春弄了张身份证，还差些钱才能住院，本来我都要凑够了，结果她把人家的车砸了。"

"别再撒谎了！"金福真怒吼道。

"真的，真的着急用钱，和医院都说好了，就差缴费了。我拿着钥匙打算自己去唐爱军家找钱。我不想给你添麻烦，看到你们都出门了，我才开门进去，谁知道他又回来了。"

金福真想到那一天唐爱军送她出门，分别之前两个人紧紧地拥抱，仿佛就在昨天，她似乎还能闻到他身上洗衣粉的味道。

她绝望地闭上双眼："然后呢？"

"他回来撞见我，说可以给我钱，但是我必须永远离开你。"他的表情有了一丝变化，接着说，"我答应了。他给我倒了一杯水，说去取钱，却在阳台上报警。没办法，我在他水里放了一点小春吃的药，然后把他闷死。临走时，我又打燃两个灶火，并且在一个灶上煮粥。哦，对了，我还撒了面粉。以前在书里看到的，说粉尘也会引起爆炸，我就想试试看。下楼没多久，就……"

他没说完，金福真猛地站起来，走到他旁边重重地扇了他一巴掌，这一巴掌力度之大，她的手腕被手铐勒出血痕，赵振德的嘴唇也渗出一丝丝血。

他没有闪躲，也没有生气，平静地接受了这巴掌。

民警赶紧把金福真拉回来，她扭动着身躯挣扎着，终于再也控制不住，大哭起来，流着眼泪怒吼："小春又做错了什么？小春又做错了什么？"

赵振德带着一丝困惑，真诚地发问："没有性欲不是好事吗？小春没有感觉，她自己挣钱治自己的病，不应该吗？"

众人正惊讶和气愤时，赵振德却突然失控了，他把头往桌上轻轻地砸，就像动物园里动物的刻板行为，他喃喃道："我也没有的，我也没有的……为什么杀东子？为什么？"

31　悲剧

　　赵振德突然失控，令在场的人措手不及，民警控制住他的同时，女警把金福真带了出去。

　　金福真没有流泪，她像是被吓坏了，坐在椅子上木木地看着警察们忙来忙去。

　　朱虹握住她的手，对她说："好了好了，都结束了，一切都结束了。你做得很好，做得非常好，都结束了，都结束了。"

　　谷子不知怎么的，看着外婆安慰金福真，有点想哭，眨巴了几下眼睛，问："接下来怎么办？还有一个案子没问出来。"

　　朱虹没做过多停留，迅速把老呱、老姜、谷子和另外一个刑警带到会议室，对他们说："接下来的审讯，金福真肯定是不能再参与了。这样，刘警官你去审，他现在对你有敌意，你去优势比较大。"

　　她拉出白板，一边飞快地书写，一边口头解释。

　　"现在要抓紧时间。另外，要注意两件事情。第一，现在可以明确，赵振德的母亲因为他的出生，处于一个非常分裂的状态，恨他，但是又爱他，所以阴晴不定。有了弟弟以后，才在某种程度上治愈了她的伤痕。由此，我们可以看出，赵振德最初的感情建立就是缺失的。

　　"他杀害母亲，不是因为恨母亲，也不是出于爱，而是一种自恋的责任感。他认为帮助母亲死亡是对她最好的处置，同理，对弟弟也是一样。当然，对别墅男孩也是这样。我们以为是那个让他滚的男人导致了悲剧，其实是小男孩的痛苦情绪触发了悲剧。"

"触发？"

"对，触发。他的暴力行为就是'内部因素'。这个内部因素就像炸药桶，母亲的痛苦、弟弟的痛苦、别墅案小男孩的痛苦以及金福真的痛苦，都只是引线，也就是'外部刺激'。即便不是他们，也会是别人，只要有引线，他就一定会爆炸。所以现在纠结这个已经没有意义，也问不出什么来了。在清楚了这一点的前提下，我们要把审讯重点尽量转移到第二点上。"

"第二点是不是他刚才崩溃的原因？是性吗？"谷子问。

朱虹点点头，在白板上写下一个"性"字，又画了一个大圆把它圈起来。

"第二，赵振德突然失控，我考虑是性因素。他说'我也没有的''为什么杀东子'，也就是说他现在有了。这说明，赵振德前半生一直有性方面的问题，他感受不到性快感。"

老呱很困惑："但我还是不明白这和砍头案有什么关联，受害者毕竟是男性……或者说，赵振德的性取向为男……"

朱虹摇摇头，对他做了个等一下的手势，接着讲：

"什么人的心理状态最糟糕？自恋。因为自恋会让人无法从外界得到满足，包括心理满足，也包括性满足。赵振德的性心理并没有随其他身心发展达成一致，而是停留在幼童阶段，于是内心的冲突矛盾演变成性障碍。赵振德无疑是非常自恋的，他认为自己就像上帝，能够为别人解决痛苦。这种程度的自恋，已经是无解的了。然而在这种极端自恋的情况下，他又有性障碍的问题，这对他来说是十分难受的……"

听到这里，老呱一边想一边举着笔说道："对对对，废品站老板的口供也佐证了这一点。那在这个案件的犯罪过程中，他的羞耻感是不是会比内疚感更强烈？不，应该说，他会产生羞耻感这种社会性情绪，但是没有内疚感，更不会产生同情。或许可以从羞耻感下手……"

朱虹点点头，在白板上写下两个词语：性羞耻、性道德，然后接着说：

"我们说，犯罪嫌疑人一般会因为两种动机犯罪：支配性动机，即安排自己的时间、行为和思想；情感性动机，比如报复。如果说前面几起案子是支配性动机，那砍头案更类似于报复性动机，并且是性报复。注意，是性羞耻报复，不是性道德报复。按照这个方向审，这个案子应该就能有结果。"

简单的会议很快结束了，老呱再次走进审讯室。这次他没有再给赵振德要求见金福真的机会，他戴上手套拿出那个心形吊坠，打开盖子露出里面的照片，推到他面前。

赵振德还没有从突然的失控中醒来，他的表情极其不自然。老呱云淡风轻地说："这不是金福真，是金福真的母亲李三妹。"

赵振德又开始沉默了。

"你连人都认不清楚，还叫人家来听你说。什么东西？自白？真是可笑，可悲，可怜！"

老呱看赵振德竟然岿然不动，表情也渐渐缓和下来，心里咯噔了一下：糟了，绝对不能错过他这个短暂的心理缺口，难道要临时调整策略？

这时候，谷子推门进来，一边迅速地把砍头案的照片一张一张地放在他面前，一边不带任何情绪地说："你去北城收容所找金福真没找到，为什么要在路上把这个男的杀了？"

赵振德还是一言不发。

"当天是你打伤了小春，还是这个男的打伤了小春？"

赵振德抬头打量了她几眼，还是不说话。

"你尝试过和小春性交，没有成功对吗？"

赵振德嘴唇抖动了一下，依旧不说话。

"你一直很好奇为什么小春很招人喜欢，你感受不到那种感觉，你嫉妒。你既嫉妒，又好奇，于是也和小春尝试了性行为，但是失败了。"

"不是！"

"后来，你对金福真产生了性冲动，她却和唐爱军生活到了一起。你说你去唐爱军家只是为了拿钱，你说因为他出尔反尔才杀了他，唐爱军的电话卡根本没有报警记录！你就是妒忌唐爱军！你妒忌他得到了金福真！"

"不是！"

"你去北城收容所找金福真的当天，这个男子，"谷子用手指叩了一下照片，"他企图或者已经对小春实施了性侵犯。这种人都可以，你却不可以，你忌妒，你生气；你有性欲，你想控制金福真，她明明已经一无所有，只能和你在一起，可她还是要离开你；你什么都控制不了，你什么都把握不住，你把这种不得意统统报复在了这个人身上。"

谷子把尸首裆部稀烂的照片举起来紧贴在他眼前。

"金福真会接受你吗？小春会接受你吗？不会，你就是一个懦弱、虚伪、无能的男人，你的一切都是那么肮脏可恶。我告诉你赵振德，王明霞不爱你，金福真也不爱你，你这一生中没有任何人爱你！"

"小春是我的！"

"小春不是你的，金福真也不是，她们是她们自己的！赵振德，你不是上帝，你只是一个一事无成、谋杀亲人、犯下无数罪孽的社会垃圾！看看你自己吧，看看吧！"谷子拿出一面镜子，怼在赵振德眼前。

赵振德低着头，不看镜子。

"赵振德，把头抬起来，看看你自己！看看这张脸！"

谷子把镜子放在他的视野内，逼迫他看自己。

赵振德看着自己的脸，眉毛高低不一，眼角堆着深深的皱纹，残缺的耳朵就像一块发霉的薄饼，耳边血色的疤痕扭曲着蜿蜒到脸颊上，像火山吞噬了大地，只留下一道可怖的印记。谷子的声音持续不断地钻进他耳朵，他捏紧拳头，一动不动。

"你自以为很了不起，但是有人看得起你吗？没有。赵显波那么窝囊，尚且敢为王明霞放手一搏，而你只是一个没人看得起的废物！"

这种来自女人的压制力，深深地刺激了赵振德，他再也无法忍受，抬起头看着谷子，从牙缝里挤出几个字："这是天意，这是上天的安排。"

谷子丝毫不受他的影响，从老呱手里拿过吊坠，继续说："就算你把这个男人砍得再烂，金福真也不会在乎你。这不是天意，是你自己无能。"

"那我也不允许他动小春！我不允许！"

"你带给小春的伤害更多，但你永远不会明白。"

谷子留下这句话，把吊坠交还给老呱，走出审讯室。

根据赵振德交代的信息，别墅里一定留下了物证。专案组再次对别墅展开地毯式搜查，终于在儿童活动区孩子用玩具堆砌的玩具屋里一乐高小人身上找到了赵振德的 DNA。这个儿童活动区就是当年赵振德和小男孩一起睡午觉的地方。

林生被释放以后，一直没有再住这套别墅，也没有动过里面的东西。当年技术手段做不到的事情，现在可以了，整条证据链终于完整地串联起来。

然而，别墅里那么多名画古玩，他都没有拿，唯独拿了受害人身上那条项链。究竟是为什么，没有人知道答案。

同时，非法制药那边查明，当年和赵振德在同一家医院工作的药品库房管理员，先后多次制作违禁药品，并向赵振德兜售。直到赵振德逃往江门，交易才中断。

最令人想不到的是，关于小春的事情，他说的竟然是实话。后续调查表明，赵振德非法兜售违禁药品以及强迫小春从事非法活动取得的非法收入，他用来找地下渠道给小春买了一张假身份证，并且用这张假身份证在江阳市一家私人安康医院为小春预约了入院治疗。他杀害唐爱军的那天，本该到医院缴费的，医院却一直没有等到他。

这可能是他对金福真说过的唯一一件真实的事了。讽刺的是，他所有的欺骗，她曾经都以为是真的，唯独这件事，她自始至终没有相信过。

这对赵振德来说何尝不是一种惩罚呢？

谷子在停职期间擅自参与审讯，又一次违反了纪律，但是考虑到当时特殊的情况，局里只给了口头警告，没有其他处罚。

案子办完了，谷子复职的日子也快到了，她就要回江阳去了。回江阳的前一天傍晚，她挽着外婆的手，两人在桥上散步，边走边聊天。

"外婆，你说赵振德爱金福真吗？"

"他爱金福真，但不是爱金福真这个人，而是爱上了这样一个形象。他不清楚爱的具体含义，也不会去爱一个具体的人，他只是像动物追寻血腥味一样本能地追逐着一个形象。而金福真只是恰好对应上了这个形象而已。"

"赵振德……一个人到底是怎么变成这样的？"

"谷子，人心理上的痛苦，源于只认识外界，不认识自己。一般来说，能做到认识自己的人，痛苦就会少很多。而赵振德，他既不能认识世界，又不能认识自己，同时还有一个性的问题。这样说并不是在同情他，但是你想象一下，这三个因素同时出现的感觉——完全不认识、不理解这个世界，也不认识自己，就像一个人出生时就没有眼睛、耳朵、嘴巴，听不到，看不到，说不出来。这种感觉是非常痛苦的，这种痛苦最终在他身上以暴力的形式体现出来。"

谷子停下脚步，靠在栏杆上，看着不断翻滚、奔腾向前的江水。沉思片刻后，她看向远处，太阳慢慢落下，为城市染上了一层温暖的橘黄色。这座城市即将进入黑夜，即将亮起万家灯火。

路灯亮起时，谷子问："赵振德，他的人生原本有机会在某个时间点改变吗？"

朱虹站在她身旁，摇摇头："赵振德罪无可恕，但归根结底，他的人生是一个彻头彻尾的悲剧。这个悲剧可能在哪个时候终止？或许都不行。"

树叶渐渐变黄，金福真的案子在秋天即将结束的时候审理完结。因过失致人死亡罪、遗弃尸体罪、故意伤人罪，数罪并罚；又因有重大立功表现，一审判决，金福真被判处有期徒刑七年。她服从判决，没有上诉。

程明，教唆杀人罪，罪同故意杀人罪，一审判决故意杀人未遂，

350

判处有期徒刑十二年。程明不服，提起上诉。二审法官认为，程明买凶杀害发妻，影响恶劣，且在调查中没有悔过、配合表现，查明的事实与一审法院查明的事实一致，驳回上诉，维持原判。

其余涉案人员，以及非法制造、贩卖违禁药品团伙，皆依法获罪。

小春接受身体检查，医生判断她应该在十九岁左右。在医院接受了基础疾病的治疗以后，她被福利部门转到公立精神病医院，进行精神疾病方面的干预和治疗。

在医院治疗了一段时间，小春的情绪稳定多了。谷子经常去看她，当然，也经常去看金福真。谷子会给她讲小春最新的情况，给她看小春的照片，讲外面的事情给她听，她时常被谷子逗得哈哈大笑。

但是谷子没想到，老呱也经常来看她。金福真说，他给她带了很多书，不怎么说话，每次都是放下东西就走。有一次，他和欧阳阳一起来的。谁能想到，竟然是欧阳阳拿住了这个混子。

李爱媛也来过很多次。她全身心扑在学业上，心无旁骛。金福真的想法产生了变化，她很高兴，觉得女儿全身心扑在学业上是正确的，她鼓励女儿坚持钻研，不管遇到多大困难都不要放弃。李爱媛没想到她会这样想，先是很惊讶，后转为开心，挂着灿烂的笑容说："我还以为你会催我谈恋爱呢！"

金福真当然变了，她慢慢恢复了健康，皮肤不再是骇人的蜡黄色，脸上又渐渐长起肉来，精神状态也好了很多。她在抓紧一切机会学习原来没有接触过的东西。五十多岁，人生还长着呢，能学的还有很多，一切都还来得及。

狱警告诉谷子，金福真在里面表现非常好，还拿了好几次标兵。

她正在积极争取减刑，也在努力重塑自己的精神世界。

赵振德的案子审理了整整十三个月，最终因故意杀人罪，强迫妇女卖淫罪，损毁、遗弃尸体罪，纵火罪，非法贩卖违禁药品罪被公诉情节严重，影响恶劣，数罪并罚，判处死刑，终身剥夺政治权利。

这些案子吸引了媒体热情追逐，在很长一段时间里，赵振德这个名字一直霸占着各大媒体的版面：各种专家分析、网友爆料、小道消息、博主揭秘……层出不穷。人们猎奇地追逐着关于他的一切，甚至还有一大批自由媒体人，一次又一次造访瓦窑村……

赵振德不知道外面的世界对他的评价和看法、分析和讨论。当然，他也不在乎。他只是活着，做一个犯人必须做的事。

执行死刑的那一天，外面热辣的夏日骄阳透过走廊的玻璃窗，铺在剩余的路上。

赵振德手脚都戴着镣铐，不知怎的，他突然想起十三岁那一年的夏天，也是这样热辣的太阳，他和弟弟去河里摸鱼。

他脚下一滑，沉进水里。

赵振德不会游泳，水很快就得逞似的把他压在身下，他的鼻腔里、喉咙里都灌满了水，耳朵"轰"的一声，便再也听不到岸上的任何声音了。

他挥手乱抓，抓到的只有流动的虚无。那条河并不深，其实只要他能站起来就可以逃脱，他心里明白，但就是站不起来。

他挣扎了许久，最终没了力气，大脑昏昏沉沉，身体顺应着河水的节奏沉浮，视线慢慢模糊……在模糊中，他看到一片美丽的光亮。

在遥远又宁静的河面上，那团光亮也跟着河水飘飘荡荡，忽明忽暗。

他觉得自己离那团光亮越来越近，越来越近，他伸出手去迎接它，去触碰它，并且决定就这样接受命运对他的安排。

光亮中，一只小手伸过来，十岁的弟弟把他从命运手中拉了回来。

此刻，就在戴着镣铐从阳光中走向死亡的这一刻，他的耳边又一次回荡起那一天，他们一起回家时，弟弟在河岸上高声唱的那首歌。

他迎着阳光，轻轻哼："金丹丹，红艳艳，小小的狗儿要打洞……"

资料补充

救助流浪人员的工作难度很大，首先要确定他们是否有家人，没有家人的流浪人员才符合救助条件。但是，确定流浪人员的身份并不是一件容易的事。

其次，绝大多数流浪人员，哪怕确定了身份，家庭也很难担负起照看责任。即便归乡，流浪人员主动再度离家的可能性也很大。

从程序上来说，公安或民政部门发现流浪乞讨人员后，会先落实身份，积极帮助其返乡。疑似患有精神病的，会先将其送至定点收治的医院进行治疗，等病情稳定后帮助其返乡。

如果在医院接受两个月以上治疗仍无法达到出院标准或联系不上家人的，民政部门会通过购买服务的方式将其转移到当地的医院、福利院、敬老院进行康复和安置。

需要注意的是，国家在法律上严格保护精神病人在内的残疾人。

《中华人民共和国残疾人保障法》第九条规定："残疾人的扶养人必须对残疾人履行扶养义务。禁止对残疾人实施家庭暴力，禁止虐待、遗弃残疾人。"

目前，我国各地均出台《流浪乞讨人员救助管理办法》，对于这个特殊群体，民政等部门一直在持续关注中。根据公开信息，民政部下一步将会全面应用人脸识别技术提升流浪乞讨人员管理救助服务能力。2020年，全国共救助流浪乞讨人员43.6万人次（2021年可查数据）。

图书在版编目（CIP）数据

寻找金福真 / 南山著. -- 贵阳 : 贵州人民出版社，
2023.1（2024.3重印）

ISBN 978-7-221-17471-0

Ⅰ.①寻… Ⅱ.①南… Ⅲ.①推理小说－中国－当代
Ⅳ.①I247.5

中国版本图书馆CIP数据核字(2022)第211596号

XUNZHAO JINFUZHEN

寻找金福真

南　山　著

出 版 人：朱文迅
选题策划：后浪出版公司
出版统筹：吴兴元
编辑统筹：梅天明
责任编辑：汪琨禹
特约编辑：王莉芳
责任印制：常会杰
封面设计：昆　词
出版发行：贵州出版集团　贵州人民出版社
地　　址：贵阳市观山湖区会展东路SOHO办公区A座
印　　刷：北京天宇万达印刷有限公司
版　　次：2023年1月第1版
印　　次：2024年3月第4次印刷
开　　本：889毫米×1092毫米　1/32
印　　张：11.25
字　　数：270千字
书　　号：ISBN 978-7-221-17471-0
定　　价：58.00元

贵州人民出版社微信

星期天女孩

南山

世界像一个废弃的游乐场，有很多漂亮的东西，有被堆砌出来的层叠空间，也有一些潮湿的角落，还有装满垃圾、落叶和盛满雨水的摇摇车。

每天，当太阳出来照在这些东西上时，它们就会变得各有各的光亮，各有各的色彩，提醒着路过的鸟儿、松鼠、蚂蚁和小壁虎：这个世界是好的，虽然破败，可它仍然是好的。

1994 年春天，在一个很远的叫柏家村的小山村，一个婴儿安静地坠地了。

家人都为这个新生命感到欣喜，但随后他们发现这是个女婴，一个不会哭的女婴。

在这个村子里，第三胎生的仍是女孩，是对家族的一种诅咒。婴儿的父亲和大伯摔门而去；母亲抱着婴儿，以泪洗面；奶奶则把婴儿抱过来，用红布裹好，装进竹篮，又在其身上铺上糯米和花生，准备把婴儿敬送给河神。

虚弱的母亲下体还拖着未脱完的胎盘，她爬下床，跪求老人，声声哭泣和哀求撕心裂肺。老人挤在一起的皱纹微微发颤，一时心软，把婴儿还给了母亲。

婴儿留在母亲身边慢慢长大，变成一个漂亮的小女孩，母亲给她取名柏水。

柏水从小就不爱哭，也不爱爬着玩，只呆呆地看大人，看物品。大人都忙于生计，两个姐姐带她，或者说是大姐一直在带两个妹妹。

柏水长到七岁时，家里人已经不得不正视她的反常——她学说话非常慢，只会一个字一个字地往外蹦。

在母亲的央求下，父亲最终还是带孩子去县城医院做了检查，医生推测她有先天性的精神疾病，以至于语言功能和认知功能都有障碍。

但是孩子这么大了，送出去也不会有人要，母亲强忍着指责和压力把孩子养到十四岁。

柏水开始出现嗜睡、自残以及损坏物品等症状，有时候还会伤害家里的牲畜家禽。

没有办法，母亲攒了很久钱，强行将她送到了县城里的平安医院。这已经是母亲当时能够做出的最好的选择了，否则过不了多久，她就会成为别人的妻子。

到平安医院住院的那一天，她天真地问母亲："妈妈?"

母亲告诉她："星期天，星期天就来接小水回家。"

从此，女孩记住了"星期天"这个词语。每天，上午打一次针，吃一次药，中午吃过午饭后，柏水就会收拾自己的东西，把漱口杯和牙刷用小毛巾包好，穿戴整齐，把另一件衣服叠好放进小书包里，背着书包坐在诊区和住院区隔离的铁门后面，等待母亲来接她回家。

护士一遍又一遍地告诉她"今天不是星期天""今天也不是""今天也不是哦"……

她一直等，一直等，等一个不会到来的星期天，就像在无人的山巅等待一艘永远不会出现的小船。

住了一段时间以后，她的家人彻底失去联系，医院几次催缴费用，都没有人再出现过。

六个月过去了，费用越积越多，医院没有办法，派了两个专人上门走访，催缴欠款。乡亲们都来看热闹，家里的男人不说话，母亲逼不得已，将柏水带回家中。

回到家中，柏水有一种她无法表达出口的情绪——原来这就是星期天啊！然后快乐地睡着了。

第二天，母亲带她走了很远很远、很远很远的路，又坐了很远很远、很远很远的车，来到江阳市区。

在一个冷清破败的展销会上，母亲为她买了一条粉色的连衣裙，又给她买了两个牛肉饼，把她带到一处无人的楼梯旁，说："你在这里等妈妈，妈妈很快就回来。"

她问："什么时候？"

母亲含泪回答："星期天。"

从此，星期天女孩开始了在陌生城市的流浪生活，她不知道什么能吃，什么不能吃，什么东西都往嘴里塞。

如此流浪了大半年，到了冬天，她冷得不行，本能地从垃圾桶里找一些东西套在身上，层层叠叠，套得像一棵五彩斑斓的树。

一天夜里，她在街上游荡，遇到一个人，衣着单薄，睡在马路旁边。

柏水不知善恶，不懂是非，笨拙地把自己身上所有的衣服脱下来盖在那人身上。

小小的身子冻得瑟瑟发抖，在刺骨的冬夜里，她用最傻的办法救了那人性命。

那人醒来以后，只看到一个赤条条的少女，看蚂蚁似的看着他。他把衣服又一件一件地还给柏水。

从此，两人相依为命。

那人对她很好，自相遇那天起，她再也没有受过冻，再也没有挨过饿。

那人问不出她的姓名和年龄，便叫她小春。

他们相遇没多久，小夏出现了，"星期天"一下子变成了三个人，她很高兴。

不知道过了多久，一个很冷的夜里，她和那人一起遇到了一个女人。就像她救了那人一样，那人也救了那个女人。

但是第二天，小夏消失了。她不知道人出现和消失是什么意思，她只看到小夏被大车吃了，她被吓坏了。

还好还有"妈妈"。

她非常喜欢那个捡到的女人，那个女人也很喜欢她，非常疼爱她，她叫她"妈妈"，她也从不拒绝。

那是她一生中最好的时光，她很快乐，他们一起住在安静的大房子里，还有很多没吃过的东西，妈妈每天都抱着她睡觉，每天都美好得像星期天。

有一次，那人带她和一个陌生男人见面，男人对她做了一些奇怪的事情，很痛。但是男人给了她糖，于是她吃着糖，一个人在菜市场旁边等那人。

其间，被包子铺的香味吸引，她跑开了。包子铺的姐姐人很好，给了她三个包子。她还没来得及吃，就被突然跳出来的疯女人打了一顿。

那个疯女人她见过，她和陌生男人一起从小屋出来时，女人就在门口不远处蹲着，吃一小块饼。

没想到的是，女人跟着他们回家了，还偷拿了那人的钱。那人追她，一直追到五楼。女人对他说："我看见了！我知道你做了什么，我知道你在做什么。"

那人想上去抢钱，女人却掉了下去。

女人睡在地上，像一朵红色的花睡着了。

那天下了很大很大的雨，她有点害怕，想和妈妈在一起。她穿过大雨，到对面的楼里找妈妈。找到妈妈，她就安心了。

晚上，雨小了，那人带着妈妈和她去埋女人。

那人挖好坑，准备把女人推进去时，女人突然挣扎了几下。

她很害怕，她挣脱妈妈的手，抢过那人手里的铲子，对着女人的脸连连击打，击打了十几下，直到女人不再动弹。

妈妈哭了，哭得很厉害，在潮湿的森林里抱着她哭了好久好久，还对那人说："如果以后……就说是我做的。"

那人却说："不会有以后的。"

后来，她和两个大人一起搬家，搬到一个没有窗子的家里。她不喜欢这个家，不喜欢妈妈每天都板着脸，不喜欢妈妈很晚才回来，不喜欢那人总是带她出门见陌生男人。

她想回去，想回到以前，想像原来一样，三个人住在大房子里，对着月亮聊天，吃妈妈煮的不一样的东西。

又过了很久，不知道为什么，妈妈走了。

她很难过，她不明白妈妈为什么走了。她想问那人，却说不出一句囫囵话。那人对她仍像从前一样好，她甚至能穿新衣服了。

但她在等妈妈。她又一次开始了漫长的等待，等待下一个星期天的到来。

有一天，那人突然说带她去找妈妈，她开心极了。和那人走啊走，走到一个老小区外，她被留在一棵很漂亮的银杏树下。那天下过雪，她把手指插在雪堆里，冻得发痛了就拔出来含进嘴里，含一会儿又再次插进雪里……如此反复，玩得不亦乐乎。

玩着玩着，那人回来了，他力气很大，拉着她就走。没多大一会儿，不远处传来了爆炸声。她吓坏了，连连回头看发生了什么。

那人却头也不回，带着她一直走一直走，走到一个路口时，她竟然看到了妈妈！她开心得跳起来，准备大喊妈妈，那人却紧紧地捂住她的嘴巴。

他们跟在妈妈后面，不让她发现，一直跟到刚才玩雪的地方。等了一会儿，妈妈又出来了。他们继续跟着妈妈，走啊走，走啊走，走到很漂亮的河边，妈妈却想跳到河里去……

救回妈妈以后，他们又搬家了，这次是坐车搬家。

在车上，妈妈不知为什么和那人打了起来，打了一会儿，又抱在一起。

妈妈哭了，她很难过。

他们搬到了一个她从来没去过的地方，那里的楼好高好高，路好宽好宽，那人还给她买了棒棒糖。

她很高兴，虽然住的地方很破，但是她很高兴，有妈妈她很高兴。

自从搬了家，她再也没有和陌生男人做过奇怪的事情，她和妈妈睡在一起，醒来妈妈也一直在身边。她又一次等到了一个完美的星期天。

妈妈变化很大，不爱笑，也不说话，每天只是睡觉。她总抱着妈妈睡。

有一天，那人带她出去逛了几圈，买了一些吃的，回家却发现妈妈不见了。

他们找了许多许多天，都没有再看到妈妈。

妈妈不见了，她又要见陌生男人了。

他们还去了很远很远、风景很美的地方，也没有找到妈妈。不仅没找到妈妈，她还被一个陌生男人打了头。醒来时，头上包着纱布。她很害怕，她想妈妈，她非常非常想妈妈。

这一次，她特别特别难过，难过得心里痛，就像胃里有许多蝴蝶在飞舞。她按不住蝴蝶，也抓不到心，只能捶打那人，撕咬那人，把那人的耳朵生生咬下来一片。

那人没有打骂她，自己扯了一点布包起来，然后在房子里转来转去。

就是那天，他们搬到了大卖场附近，那人开始擦鞋。她的头发被剪短了，再也没穿过裙子。

她说不出心里的感觉，感觉就像辫子不见了，像棒棒糖掉进水沟里了，像小猫的尸体被扔在垃圾堆旁边，像小猫吐出一团毛球，像鸽子断了一根脚趾，像炸油条的油溅到手背上，像米饭里的石子儿硌痛了牙齿……

星期天，或许再也不会来了吧。

她心里思念妈妈，却也渐渐习惯了回到没有妈妈的生活。

她闭上心里的眼睛，不去看死掉的小猫，也不去管水沟里的糖；她乖巧地、安静地吞下那人给的所有药片，做那人安排的所有事。

有一天晚上，她又和陌生男人见面了，正准备做奇怪的事情时，妈妈突然出现了！是妈妈，没看错，真的是妈妈！

妈妈来了，妈妈刺伤了那个陌生男人，妈妈被很多人抓走了，她也被很多人抓走了。

从此，她一个人住在医院里，一个漂亮姐姐和一个叔叔经常来看她。他们说："妈妈很快就会出狱的，等妈妈出狱了，你们就能在一起了。"

她不明白这是什么意思。漂亮姐姐说："星期天，星期天妈妈就会来接你。"

2021年11月28日，金福真出狱了。她在服刑期间积极改造，态度端正，最终提前十三个月释放。

这是一个有太阳的星期天，她和两个漂亮姐姐手拉着手，那个常来的叔叔拿着一碗豆腐，他们一起安静地等着。

她喜欢冬天的太阳，冬天的太阳就像小狗的脖子一样温暖。

她抬起头，把整张脸暴露在太阳里，阳光舔着她的皮肤，她闭上眼睛，眼皮上出现了七色彩虹，她再睁开眼睛时，妈妈出现了！

太阳最温暖时，妈妈从那道门里出来了，小漂亮姐姐和她都叫了妈妈，三个人抱在一起又哭又笑。

金福真在服刑期间学会了做衣服，出狱后开了一家很小很小的裁缝店。她和小春一起住在街道办安排的小房子里。虽然小，但是她把它打理得井井有条。

她照顾小春，慢慢训练她的语言能力，小春已经能表达一些很基本的需求了。

她总是笑眯眯的，端坐在小板凳上，要不帮妈妈整理线圈，要不就拿着收音机听广播，跟着唱歌。

她很乖巧，客人们都很喜欢她。

每隔一段时间，小漂亮姐姐都会来吃饭，给她带好吃的、好玩的，叫她妹妹，叫她春姑娘，叫她圆脸包，还会叫她贪吃鬼。

姐姐叫什么她都开心，她都会答应。

有一个周末，妈妈带她坐了很久的车，她很害怕，害怕妈妈把她放在不认识的地方。但是妈妈没有，她只是带她去两座坟墓前磕头。

回去的时候，妈妈领了一只叫小馒头的小奶狗！

她喜欢妈妈，喜欢新家，喜欢姐姐，喜欢狗狗。

星期天女孩再也不用等待星期天了。

也再没有见过那人。